ज्ञान गरिमा के
67 वर्ष

भारतीय ज्ञानपीठ

AF633032

णाणं
पयासयं
वीर नि.सं. 2470
ई.सन् 1944
भारतीय ज्ञानपीठ

आखेट

(उपन्यास)

आखेट

ज्ञानप्रकाश विवेक

भारतीय ज्ञानपीठ

लोकोदय ग्रन्थमाला : ग्रन्थांक 994

ग्रन्थमाला सम्पादक

रवीन्द्र कालिया

सह-सम्पादक

गुलाबचन्द्र जैन

ISBN 978-81-263-1776-9

प्रकाशक :

भारतीय ज्ञानपीठ

18, इन्स्टीट्यूशनल एरिया, लोदी रोड

नयी दिल्ली-110 003

मुद्रक : विकास कम्प्यूटर ऐंड प्रिंटर्स, दिल्ली-110032

आवरण-चित्र : शेखर राय

आवरण-सज्जा : ज्ञानपीठ कला प्रभाग

दूसरा संस्करण : 2011

मूल्य : 150 रुपये

AAKHET

(Novel)

by Gyanprakash Vivek

Published by

Bharatiya Jnanpith

18, Institutional Area, Lodi Road

New Delhi-110 003

e-mail : jnanpith@satyam.net.in, sales@jnanpith.net

website : www.jnanpith.net

Second Edition : 2011

Price : Rs. 150

आखेट

मेरी जेब में अपायंटमेंट लैटर है—नौकरी का अपायंटमेंट लैटर। जैसे अपायंटमेंट लैटर न हो, कोई सपना हो...रंगीन सपना—जिसे तहाकर मैंने अपनी जेब में रख लिया हो।

मैं उसी उम्र में हूँ, जिस उम्र में हम ज़मीन पर खड़े होकर आसमान को छूने की कोशिश करते हैं। आसमान हाथ में आये न आये, वो आँखों में ज़रूर उतर आता है। उम्मीद शायद इसी को कहते हैं। और कल्पना? किसी परिन्दे की तरह उड़ते चले जाने की ज़िद!

अपायंटमेंट लैटर को मैंने कई-कई बार देखा है। और सामने एक ख़ुशगवार दुनिया बिछती चली जाती है। मैं रोमांचित हो उठता हूँ। सिर्फ़ मैं ही नहीं, घर के सब लोग। तीन बहनें...तीन भाई...माँ, पिता—सब!

पहली बार मैं जब अपायंटमेंट लैटर लेकर घर पहुँचा था तो आँगन में बिछी चारपाइयों पर सब बैठ गये थे और फिर 'लेटर' के मज़मून को एक-एक बार सबने पढ़ा—अटक-अटककर। लैटर अँग्रेज़ी में था। और अँग्रेज़ी हम सबकी गुज़ारे लायक थी।

मैंने अपनी मँझली बहन को तो डाँट भी दिया था। उसने लैटर को मेरे भाई से लगभग छीन-सा लिया था। उसने इस बात का भी ध्यान नहीं रखा था कि उसके हाथ आटे वाले हैं।

मेरी नौकरी का अपायंटमेंट लैटर किसी ऐसे अच्छे मौसम की तरह था जो पहली बार हमारे घर में प्रविष्ठ हुआ हो। हमारा घर दरहक़ीकत अपने शिकस्ता की आवाज़ था। जर्जर। मायूस। थका-थका और सहमा हुआ। शायद सारे ग़रीबों के घर इसी तरह होते हों। हमारे माता-पिता ने घर को ऊपरी तौर से ठीक-ठाक कर रखा था। लेकिन घर के भीतर ऐसे कई कोने थे जहाँ से निर्धनता के शिग़ाफ़ साफ नज़र आते थे। पिता की जेब छोटी थी, ज़िम्मेदारियाँ बड़ी। चुनाँचे, वो हमेशा फ़िक्रज़दा नज़र आते। उनके चेहरे पर हमेशा तक़रार-जैसा नज़र आता। यह तक़रार उनके भीतर का था या बाहर का...या फिर यह भी मुमकिन है यह तक़रार भीतरी और बाहरी दोनों तरह का हो। उनका लहज़ा बेशक करख़्त था, जो वक़्त की चट्टान से टकराते और लहूलुहान होते, पैदा हुआ था। लेकिन उनका मिज़ाज शायराना था। कभी-कभी गहरी साँस लेकर कहते—'मुश्किलें मुझ पर पड़ीं इतनी कि आसाँ हो

गयीं।' यह मिसरा पता नहीं वो किसे सुनाते—हमें या फिर अपने आपको? इक़बाल के एक शेर को वो इतनी बार दोहरा चुके थे कि कई बार वो एक मिसरा बोलते तो दूसरा हम भाई-बहनों में से कहता नज़र आता—'नक़्श हूँ अपने मुसव्विर का गिला रखता हूँ मैं।'

पिता रेलवे में थे। तनख़्वाह कम। परिवार बड़ा। वर्तमान मुश्किल। भविष्य ख़ौफ़ पैदा करनेवाला। वो घर में होते तो हम सब भाई-बहन डरे हुए खरगोशों जैसे होते। दुबके हुए। चुपचाप। वो घर से बाहर निकलते। हम अपनी पर आ जाते। पूरा घर हंगामाख़ेज़ हो जाता। आपस में लड़ाई-झगड़े। हू-हल्ला। गाना-बजाना। यहाँ तक कि किसी कनस्तर पर हाथों की ऐसी थाप देना जैसे तबला बजा रहे हों।...आँगन में बिछी चारपाइयों पर खड़े होकर हम एक से दूसरी चारपाई पर ऐसे छलाँग लगाते जैसे किसी नहर को कूदकर पार कर लिया हो। ऐसा करते हुए...यानी नहर पार करते हुए एक बार एक चारपाई टूट गयी थी। सब सहम गये थे। पिता आये। पिता को हम बाऊजी कहते थे। बाऊजी ने टूटी हुई चारपाई देखी। हम सबको देखा। हम सोचने लगे थे कि बाऊजी हाथों से हमें मारेंगे या कि डंडे से। उन्होंने एक बार फिर हमें देखा। टूटी हुई चारपाई को देखा, फीकी-सी मुस्कान उनके होठों पर तैर गयी। उन्होंने गहरी साँस लेकर कहा, ''के शिकस्ता हो तो अज़ीज़तर है निगाहे-आईनासाज़ में।''

बाऊजी की अपनी ख़ास पहचान थी—शायराना फ़ितरत। ग़रीबी की कई सारी परतें। उदासी के कई सारे तलघर। पाकिस्तान की कई सारी यादें। हिन्दुस्तान के कई सारे अजनबीयत से भरे अनुभव।

तीनों बहनें जल्दी-जल्दी जवान हो रही थीं। ऐसा लगता था वो तीनों अपराधिनें हैं। उनका जल्दी-जल्दी जवान होना अपराध ही तो था। वो एक साथ बैठतीं। एक साथ हँसती। उनकी हँसी दबी-दबी होती। जैसे हँसने का निषेध हो और उन्होंने उल्लंघन किया हो। बाऊजी कभी हमें कभी माँ को तो कभी बहनों को डाँट देते। हम भाई छत पर चले जाते। बहनें एक बन्द-से कमरे में कुछ देर सुबकने के बाद और नाक साफ़ करने के बाद फिर आ बैठतीं।

माँ एक पुल की तरह थी। एक ऐसा पुल जो तिनकों का था, जो कच्चे धागों का था, जो दुख की पुरानी लकड़ियों का था—उस पुल को कभी भी टूट जाना था। लेकिन तिनकों का वो पुल कभी नहीं टूटा था। कच्चे धागों का वो पुल, हमेशा पुल की तरह खड़ा रहा। दुख की पुरानी लकड़ियों का वह पुल शायद इसलिए खड़ा रहा कि दुख उसकी ताक़त थी।

माँ दुख सहती। ख़ुशियाँ बाँटती। वो स्वयं भी तृप्त नज़र आती। अभावों में जीनेवाली स्त्री की तृप्ति चकित करती थी। शायद वो इसलिए ख़ुश रहती थी कि

उसकी इच्छाएँ कम थीं। उसकी अन्य थोड़ी-सी इच्छाओं के अतिरिक्त एक इच्छा यह भी थी कि हम सब पढ़-लिख जाएँ। हमारा भविष्य उज्ज्वल हो।

अपायंटमेंट लैटर और उज्ज्वल भविष्य!

माँ ने कई बार अदृश्य को इंगित करते हुए हाथ जोड़े। उसके सारे देवी-देवता, हवा, धूप-पानी, धरती-आकाश में निवास करते थे। जो अपनी अनुपस्थिति में उपस्थित थे।...माँ ने कई बार मेरे सिर को सहलाया था। कई बार उसकी आँखें सजल हुईं। उसकी आँखों में तैरता पानी, उम्मीदों का जल था या फिर कोई सपना था, जिसने ख़ुद को पानी-जैसा कर लिया था।

अपायंटमेंट लैटर मिलने का भी अजीब किस्सा है। अपायंटमेंट लैटर हासिल करते हुए मैं ख़ुद बहुत ज़्यादा चकित था। गोया, अपायंटमेंट लैटर न हो, किसी दोस्त की चिट्ठी हो—जिसे डाकिया दे गया हो।

पता नहीं पृथ्वी किस धुरी पर टिकी है? लेकिन हमारे पाँव कभी-न-कभी इत्तेफ़ाक की ज़मीन पर ज़रूर जा टिकते हैं। शायद यही वजह है कि ज़िन्दगी में दो और दो चार ग़लत हो जाते हैं। इत्तेफ़ाकों का संसार आँकड़ों को ख़ारिज करते हुए तिलिस्म रचता है।

एक तिलिस्म मेरे साथ भी हुआ। बाऊजी ग़ालिब के शेर को कई बार गुनगुनाते थे—बाज़ीचए अतफ़ाल है दुनिया मेरे आगे...होता है शबो-रोज़ तमाशा मेरे आगे।

दुनिया, कमोबेश बाज़ीचए-अतफ़ाल ही है। मैं अपने दोस्तों के साथ दिल्ली फ़िल्म देखने आया था। और वक़्त ने ख़ूबसूरत दृश्य बुन दिया—तिलिस्म के किरोशिए से।

हम दोस्तों का एक दिन पहले रिज़ल्ट आया था—थ्री ईयर डिग्री कोर्स...यानी बी.ए. का रिज़ल्ट। एक ओमी को छोड़कर हम सब पास हो गये थे। पास क्या हुए मानो वाटरलू फ़तह कर लिया हो। अगले दिन दिल्ली के ओडियन में फ़िल्म देखने का प्रोग्राम बना। हम सबने जो रुपये या फिर चिल्लर, अपनी पॉकेटमनी में से बचाकर रखे थे, जेब में भर लिये। हम आठ-नौ दोस्त थे। रोहतक शटल से नयी दिल्ली, ग्यारह बजे पहुँच गये थे। हमें पता था, सवा रुपयेवाली टिकट के लिए ग्यारह बजे लाइन लगती है और पिक्चर शुरू होती है साढ़े बारह बजे। साढ़े ग्यारह बजे तक तो हम टिकट ले चुके थे। और कनाट सर्कस के बरामदे में घूम रहे थे। पिक्चर शुरू होने में देर थी। और हम कभी रुकते। कभी चल पड़ते।

हम कस्बे के नौजवान थे। हर शय को कौतुकभरी दृष्टि से देखते। इस हसरत

से देखते कि काश, यह चीज़ हमारे पास भी होती। घड़ी, लाइटर, परफ़्यूम, पेन, टाई, शर्ट, जूते हमें विचलित करते रहे। यह अलग बात कि हमारी जेबों में जो बाक़ी बचा था, वह चिल्लर ही था। हमारी जेब में अठन्नियाँ-चवन्नियाँ थीं और राजधानी में हम सब भी अठन्नियों-चवन्नियों-जैसे रेंगते हुए नज़र आते थे।

अचानक मेरे दोस्त किसी दुकान में घुस गये। यह बात मुझे बाद में मालूम हुई। मैं अकेला बरामदे में चलता रहा। अचानक ठिठक गया।

एक अधेड़ किस्म के आदमी को मैंने टाइपराइटर उठाकर सीढ़ियों पर चढ़ते देखा। सीढ़ियों और फर्श पर और भी कई सारे टाइपराइटर रखे थे—रेमिंगटन और हाल्डा के टाइपराइटर।

मैं जल्दी-जल्दी सीढ़ियाँ चढ़ता गया। उस अधेड़ आदमी को बीच सीढ़ियों के मैंने रोका, "लाइए मुझे दे दीजिए।"

उसने तुरन्त टाइपराइटर सीढ़ी के बीच रखा। मुझे देखा। वो हाँफ रहा था। यह पहला टाइपराइटर था, उसने अभी पहली मंज़िल भी पूरी नहीं की थी। और वो थक गया प्रतीत होता था।

मैंने टाइपराइटर उठाया। और ऊपर के किसी दफ़्तर में रख आया।

"थैंक्यू!" उस अधेड़ आदमी ने कहा।

"जब सारे टाइपराइटर ऊपर पहुँचा दूँ तब थैंक्यू कहना सर!" मैंने कहा।

"दस टाइपराइटर और हैं।" उसने कहा।

"आठ या दस...जितने भी हों।" मैंने लापरवाही से कहा और दफ़्तर के भीतर का दृश्य देखने लगा।

"कितने पैसे लोगे?" उसने पूछा।

"पैसे?" मैं हैरान हो गया।

"हाँ...पैसे।" उसने ख़ुश्क लहज़े में कहा।

"पैसे नहीं सर...हममें किसी और बात का समझौता हो चुका है।" मैंने हँसते हुए कहा।

"कौन-सा समझौता?" वो हैरान नज़र आया।

"जब मैं सारे टाइपराइटर ऊपर ले आऊँगा तो आप 'थैंक्स' कहेंगे। मैं फिर हँसा। मेरी हँसी को वह देखता रहा। थोड़ा-सा मुस्कराया।

इसके बाद मैंने दस टाइपराइटर सेकिंड फ्लोर पर पहुँचाये। मैंने यह काम इतनी तेज़ी से निपटाया कि आख़िरी टाइपराइटर को जब मैंने एक मेज़ पर रखा तो मेरी भी साँस फूलने लगी थी। मुझे उसके थैंक्स का ध्यान नहीं था। दोस्तों से मिलने की चिन्ता थी।

मैं जाने लगा तो वो बोला, "आज संडे है। दो पीएन आने का कह गये थे,

नहीं आये। मैं हार्ट पेशेंट हूँ। तुमने मेरी प्रॉब्लम साल्व कर दी।...बरख़ुरदार तुम्हारा शुक्रिया अदा करता हूँ।''

''कोई बात नहीं सर, मुझे ज़रा भी थकान नहीं हुई।'' मैंने जल्दबाज़ी में कहा।

लेकिन उसे कोई जल्दी नहीं थी।

''ऐजूकेशन क्या है तुम्हारी?'' उसने पूछा।

''कल बी.ए. का रिज़ल्ट आया है। मैं पास हुआ हूँ।''

''कंग्रेचुलेशन।'' उसने इत्मीनान से कहा।

''थैंक्यू सर!'' मैंने कहा। इधर-उधर देखा। फिर बोला, ''मेरे और भी कई सारे फ्रेंड्स आये हैं। आज हमने फ़िल्म देखने का प्रोग्राम बनाया है।'' मैंने जल्दी-जल्दी बात पूरी की। यहाँ खड़े रहना बेमतलब था। मैं यहाँ से निकल जाना चाहता था।

''लिसन?'' उसने ज़रा सख़्ती से कहा।

''जी।'' मैं थोड़ा डर गया।

''जब कभी किसी से बात करो तो उसकी आँखों में आँखें डालते हुए बोलो।'' उसने कहा। उसकी आवाज़ में आदेश-जैसा था। ऐसा नहीं लगता था कि वो हार्ट पेशेंट है।

''टाइप करनी आती है?'' उसने पूछा।

ओह भगवान! मैंने मन-ही-मन कहा। कहाँ आ फँसा। अब यह बन्दा मुझसे कोई लैटर टाइप कराएगा। मेरे दोस्त मुझे ढूँढ़ रहे होंगे और मैं यहाँ इस बन्दे के सामने।

''मैं तो यहाँ पिक्चर देखने आया था सर।'' मैंने पिंड छुड़ाने की कोशिश की।

''सवाल गन्दुम जवाब चींणा।'' उसने मेरा मख़ौल उड़ाया।

''जी?'' मैं उसकी बात बिल्कुल भी नहीं समझा था।

''मैंने पूछा तुम टाइप करना जानते हो। तुमने कहा मैं पिक्चर देखने आया हूँ।... मेरे सवाल का यह जवाब होना चाहिए?''

''जानता हूँ।'' मैंने कहा। मैं अब अधेड़ आदमी से छुटकारा पाना चाहता था। वैसे टाइप मैंने छः-सात महीने पहले सीखनी शुरू की थी। टाइप करना मुझे निहायत बोरिंग काम लगता था। 'ए' कहीं टाइप करना पड़ता 'बी' कहीं। मैं की-बोर्ड की तरफ़ देखता रहता। टाइप सिखानेवाला मुझे बार-बार कहता कि मैं सामने टाइप-रोलर की तरफ़ देखूँ। मैं रोलर की तरफ़ देखता तो एलफ़ाबेट्स ग़लत हो जाते। 'की-बोर्ड', काग़ज़ और रोलर—एक मुठभेड़-सी चलती रहती। कुछ अरसा

पहले मैंने बाबूलाल पेटी मास्टर से हारमोनियम भी सीखा था। उसे भी बीच में छोड़ देना पड़ा था। हारमोनियम बजाने लगता तो मुझे लगता मैं गऊशाला के लिए चन्दा माँग रहा हूँ। अक्सर साधु-संन्यासी गले में हारमोनियम लटकाये, कोई बेसुरा भजन गाते हुए दान इकट्ठा करते थे। हारमोनियम की आवाज़ मुझे ग़रीबी की आवाज़ लगती। आर्तनाद-सा लगता।...मैंने हारमोनियम इस वजह से तथा कुछ और वजह से छोड़ दिया। लेकिन उँगलियाँ मेरी बेवकूफ़-सी थीं। मैं कहीं आता-जाता घर में, बाहर—कहीं भी होता। उँगलियाँ, हवा में हारमोनियम बजाने लगतीं। इस आदत से अभी छुटकारा नहीं मिला था कि टाइपराइटर का की-बोर्ड आ गया। मैं टाइप सीखने जाता, लेकिन उँगलियाँ हारमोनियम बजाने लगतीं। इसलिए बेशुमार ग़लतियाँ करता। मैं अपना द्वन्द्व किसी को कैसे समझाता कि मैं टाइपराइटर पर हारमोनियम बजाने आता हूँ। टाइप सिखानेवाले ने मुझे एक वाक्य बताया—'दि कुइक ब्राउन फ़ाक्स जम्प्स ओवर दि लेज़ी लिटल डॉग।' इस वाक्य में सारे अक्षरों पर उँगलियाँ स्ट्रोक करने लगती हैं।

"लिसन!" उसने मुझे देखते हुए कहा, "कल इस ऑफ़िस में कुछ लड़कों का टाइप टेस्ट है। तुम भी आ जाना।...ग्याहर बजे।"

"मैं?" मैंने हैरान होकर पूछा, "मैं टाइप टेस्ट के लिए?" टाइप टेस्ट मेरे लिए ऐसा था जैसे माउंट ऐवरेस्ट!

"आपसे कह रहा हूँ। आई एम वेरी मच सीरियस। हमारी कम्पनी बहुत रेपुटेड है। बहुत अच्छी सेलरी है।...हो सकता है तुम्हारा सिलैक्शन हो जाए।" उसने समझाया।

"जी...जी सर।" मैंने गले में कुछ अटक गया महसूस किया। मुझे लगा मैं किसी चूहेदान में फँसा कोई चूहा हूँ। ऐसा चूहा जो बाहर निकलने की कोशिश में थक चुका है।

मैंने थकी हुई-सी आवाज़ में थैंक्यू कहा। पलटकर जाने लगा। उसने फिर कहा, "याद रखना। कल ग्यारह बजे।...और हाँ,...मेरा नाम केसरदास है, केसरदास खत्री... ऑफ़िस में मैं 'के.डी.के.' हूँ।"

मैं फिर सीढ़ियाँ उतरने लगा। मन-ही-मन झुँझलाया—तेरा नाम केसरदास हो या कि गणेशदास मुझे क्या फ़र्क़ पड़ता है।

"एडरेस नोट कर लो कम्पनी का।" उसने एडरेस लिखकर दिया और फिर एक कागज़ पर टाइप टेस्ट का 'कॉल लैटर'! लैटर मुझे देते हुए वो बोला, "ये लो। ऊपर अपना नाम लिख लेना।"

मैंने कागज़ को उसके हाथ से लिया। और बिना पढ़े तहाकर जेब में रखने लगा।

"फ़ुलिश।" उसने कहा। उसने धीरे-से कहा। लेकिन मैंने सुन लिया था।

मन-ही-मन मैं भड़क उठा। दस टाइपराइटर उठाकर ऊपर ले आया और जाते-जाते बन्दा मुझे फ़ुलिश कह रहा है। मैंने पहली बार उसे देखा—तरेरकर देखा। वो ज़रा-सा मुस्कराया। फिर बोला, "कल ज़रूर आना। टाइप टेस्ट के लिए। क्या पता कोई मिरेकल हो जाए।"

वो मेरे उड़ने के दिन थे। आसमान को छूने के। वो दिन...मेरे बेशक़ीमती दिन थे। मैं हमेशा तसव्वुर में गुम रहता। मुझमें परिकथाएँ जन्म लेतीं। मैं आसमान में सितारे तोड़ने के लिए निकल पड़ता। कभी मैं ख़ुद सितारा बन जाता तो कभी चाँद! मैं हवाओं को अपनी मुट्ठियों में बन्द करने की कोशिश करता। कभी-कभी मेरे अन्दर कोई कोलम्बस पैदा हो जाता। मुझे लगता, मैं किसी नयी दुनिया को खोज निकालूँगा। कभी-कभी मैं नेपोलियन बन जाता और अपने मन की स्लेट पर लिखे असम्भव शब्द को मिटाने की कोशिश करता। मेरी जेब में थोड़ी-सी रेज़गारी होती और मैं अपने कस्बे के सारे बाज़ार को ख़रीद लेने के ख़्वाब बुनता। बुने हुए ख़्वाब बहुत जल्दी उघड़ जाते। मैं फिर बुनने लगता। नतीजा यह होता कि मैं हमेशा खोया-खोया रहता। मैं अपने आपको आईने में देखता। बार-बार देखता। मैं अपने आप पर रीझता। मुग्ध होता। सपने देखती हुई अपनी आँखों में, मैं ख़ुद भी किसी सपने की तरह होता। शायद इसलिए कि मैं दुनिया के सच को नहीं जानता था। या शायद इसलिए कि मैं जो जानता था वह कुछ भी न जानने-जैसा था। या शायद इसलिए कि मैं अँधेरे को उजाले का मर्कज़ समझ बैठा था।

मेरे बस्ते में किताबें-कॉपियाँ थीं और मेरी ज़िन्दगी के बस्ते में अभावों के ग़र्दआलूद रिसाले! फिर भी मैं अपने दोस्तों के साथ मिलकर ख़ूब हँसता था। ठहाके लगाता था। हम एक-दूसरे का मख़ौल उड़ाते और ख़ूब हँसते। हम सब हँसने का हुनर जानते थे। मुझे अपने अन्य दोस्तों का पता नहीं। लेकिन मैं हँसने के अतिरिक्त प्रेम करना भी जानता था। संसार की प्रत्येक शय से...मैं प्रेम कर सकता था। तार पर बैठी चिड़िया से, दहलीज़ के अन्दर उतर आयी धूप से, दीवार पर टँगे कलैंडर से, पुरानी छतरी से, अपनी साइकिल से, पिता की शायरी से, माँ की उदासियों से...मैं सबसे प्रेम कर सकता था। मैं कस्बे की उन तमाम लड़कियों से भी प्रेम कर सकता था जो मुझसे प्रेम नहीं करती थीं। बेशक, वो मेरे उड़ने के दिन थे। इसके बावजूद मैं कभी-कभी उदास हो जाता—पता नहीं क्यों? मैं कई-कई दिन गुमसुम रहता। दोस्तों से कटा-कटा। अपने आपसे उलझता हुआ। मैं अपने आप पर हैरान होता। अपने आपसे पूछता—यह मैं हूँ या कोई और?

शायद जीवन का यथार्थ मुझे पृथ्वी पर ले आता। ऐसा लगता मैं किसी पतंग की तरह था—उड़ता हुआ। अनायास किसी ने डोर को बीच से तोड़ दिया। पतंग धरती पर आ गिरती। धरती—जहाँ एक पुराना मकान था, जो अपने शिकस्ता की आवाज़ था। मकान, जिसकी दीवारें पुरानी थीं। छत-ज़ईफ़! दरवाज़े क़दीमी। जिनके खुलने, बन्द होने पर कई सारी आवाज़ें निकलतीं। वो आवाज़ें—पुराने वक़्तों की थकी हुई आवाज़ें, जैसे दुख का गीत गा रही हों।

हमारे शहर...यानी हमारे कस्बे में एक नक्कारख़ाना था। नक्कारख़ाना अद्‌भुत था। किसी गुम्बद-जैसा। दो तरफ़ से खुला, हवादार। दोनों तरफ़ पत्थर के चबूतरे। नक्कारख़ाना, जितना अद्‌भुत (और व्यर्थ) था उतने विचित्र वो लोग भी थे, जो उन चबूतरों पर बैठे रहते। मैं उन पुराने ज़माने के लोगों को देखने नक्कारख़ाने में चला जाता। पता नहीं मैं वहाँ क्यों आता? अपनी उम्र के दोस्तों के साथ ठहाके लगाते-लगाते, अचानक मुझे क्या सूझता कि मैं नक्कारख़ाने के चबूतरों के पास खड़ा हो जाता। सबके सब शरणार्थी! पाकिस्तान से जान बचाकर, भागकर आये लोग! जब बैठते। वतन की बात करते। वतन जो पाकिस्तान था। मुझे वो सबके सब दरिद्र नज़र आते। ऐसे दरिद्र जिनके पास यादों का सरमाया था। मेरे पिता भी उन-जैसे थे। जो कभी रौ में आते तो कितने पाकिस्तान तामीर होते चले जाते।

पता नहीं वो बूढ़े लोग मुझे क्यों मुसाफ़िरों-जैसे लगते। वो इन्तज़ार में नज़र आते। किसी ऐसी रेलगाड़ी के इन्तज़ार, जिसे कभी नहीं आना था। उन पुराने लोगों के अपने घर थे। फिर भी वो मुझे शरणार्थियों-जैसे लगते। नक्कारख़ाना, पनाहगार-जैसा लगता। वो अपने दुखों से छुपकर यहाँ आ बैठते। वो अपने पैरों में चप्पल डालकर आते और दुख उनके पीछे-पीछे नंगे पाँव और दबे पाँव चला आता। वो एक-दूसरे को मुल्तानी काफियाँ सुनाते। शायरी सुनाते। एक दिन मैंने बड़े ध्यान से एक बूढ़े आदमी को गाते हुए सुना—

भज्ज सक्कां ते भज्ज जावां
सब्ब तज के करां फ़कीरी
पर दुलड़ी तिलड़ी चौलड़ी
है गल विच प्रेम ज़ंजीरी
चल बुल्लिहआ, चल ओत्थे चलिए
जित्थे सारे अन्नें।
न कोई साडी जात पछांणे।
न कोई सानूं मन्ने।

आख़िरी शब्दों तक आते-आते उसका गला भर आया। मैं हतप्रभ होकर उसे देखता रहा। वो मेरे उड़ान भरने के दिन थे। वो मेरे खिलन्दड़े दिन थे। उन दिनों मैं

ख़ूब हँसता था। ख़ूब ठहाके लगाता था।

लेकिन भरी जवानी में मेरे दिल के अन्दर कोई ऐसा कोना भी बन गया था जो किसी भी बात पर विचलित हो उठता था। तब मेरी हँसी गुम हो जाती। जैसे हँसी न हो, अँधेरी ज़मीन पर सुई गिर गयी हो। ढूँढ़ने से भी न मिलती।

अपनी अज्ञानताओं के दिनों में भी मैंने इतना ज़रूर जान लिया था कि ज़िन्दगी की एक अदृश्य कमीज़ भी होती है और उस अदृश्य कमीज़ का एक अदृश्य जेब भी होता है और इस अदृश्य जेब में दुखों का छोटा-सा संसार भरा रहता है।

इसलिए हर मुसीबतज़दा इनसान की मदद करना मुझे अच्छा लगता था।

कनॉट प्लेस के बरामदे से गुज़रते हुए और एक अधेड़ उम्र के आदमी को टाइपराइटर उठाकर, किसी दफ़्तर की सीढ़ियाँ चढ़ते देखकर मैं भावुक हो गया था। मैंने कुछ सीढ़ियाँ चढ़ीं और उससे टाइपराइटर ले लिया। एक के बाद एक दस टाइपराइटर दूसरे फ़्लोर पर चढ़ाकर जब मैं नीचे उतरा तो मेरी जेब में कागज़ की दो स्लिप रखी थीं एक पर कम्पनी का एडरेस दूसरी पर टाइप टेस्ट के लिए कॉल लैटर।

मेरे दोस्त मुझे ढूँढ़ रहे थे और मैं अपने आपको। दिल्ली मुझे किसी कौतुक-जैसी लग रही थी। मैं आया था अपने दोस्तों के साथ पिक्चर देखने और मेरी जेब में टाइप टेस्ट का कॉल लैटर था। नक्कारख़ाने में जैसे कोई बूढ़ा गा रहा हो—

ओत्थे अमलां दे होंणे ने नबेड़े
किसे नीं तेरी बात पुच्छणीं
झूठे बांण तेरे झूठे सब झेड़े
किसे नीं तेरी बात पुच्छणीं

आज मैं फिर उसी रोहतक शटल में बैठा हूँ। आज मैं अकेला हूँ। कल हम सब दोस्त नयी दिल्ली तक ख़ूब शोर मचाते गये थे। हँसते हुए। बेसुरा गाते हुए। छेड़छाड़ करते हुए। सबके सब विदाऊटिकट!

आज मैं अकेला हूँ। मैंने टिकट ली है। खिड़की को खोलकर बैठा हुआ मैं खेत, आसमान, वृक्ष देख रहा हूँ। उस टेलीफोन की तार को भी देख रहा हूँ, जो रेलगाड़ी के साथ-साथ चली आ रही है। तार पर बैठे पक्षी...कितने सारे पक्षी...रेलगाड़ी को देखते हुए। और रेलगाड़ी के अन्दर बैठा मैं उन पक्षियों को देखता हुआ।

कल फ़िल्म देखने का रोमांच था ओर आज टाइप टेस्ट देने का भय। मैं जानता हूँ मैं टाइट टेस्ट क्लीयर नहीं कर पाऊँगा। इसलिए मन में न उम्मीद है न उत्साह! बाऊजी ने कहा था कल रात को, ''मर्दे-आख़िर बा-मुबरक बन्दाएस्त!'' फिर

उन्होंने मुझे समझाने का प्रयास किया था, "उम्मीद एक दोस्त की तरह होती है। जब आप अकेले होते हैं...तब भी वो आपके साथ होती है।"

बाऊजी की बातें किसी चिन्तक-जैसी होती थीं। माँ की बात को हम जल्दी समझ जाते। माँ ने बड़े प्यार से कहा था, "तू जा तो सही।"

और मैं टाइप टेस्ट देने के लिए दिल्ली जा रहा हूँ। मुझे 'कुइक ब्राऊन फ़ाक्स जम्प्स ओवर दि लेज़ी लिटल डॉग'—फ़िकरा याद आ रहा है। आज पता नहीं क्यों लगने लगा है कि समय कुइक ब्राउन फ़ाक्स है और मैं लेज़ी लिटल डॉग!

टाइप टेस्ट देनेवालों की अच्छी-ख़ासी भीड़ है। सेकिंड फ़्लोर पर भीड़, सीढ़ियों में भीड़, यहाँ तक कि कनॉट प्लेस के बरामदे में भी भीड़! नौजवानों की भीड़! आज मुझे मालूम हुआ है कि मुल्क़ में नौकरियाँ कितनी कम हैं और बेरोज़गार कितने ज़्यादा! यथार्थ को मैंने अपनी नंगी आँखों से देखा है। यथार्थ के पसःमंज़र उस ग़रीबी को भी मैंने महसूस किया है, जिसे मैंने भी अपने अन्दर छुपा रखा है।

यथार्थ के पास एक अदृश्य कैंची भी होती है जिससे वो उड़ान भरते लोगों के पर काट देता है। बन्दा ज़मीन पर आ गिरता है—जैसे कि मैं!

सब नौजवान स्मार्ट हैं। उनकी बातें, उनके कपड़े, उनके खड़े होने का स्टाइल... बात करने की अदा...सबमें स्मार्टनेस! वो टाइप टेस्ट देने आये हैं। लेकिन ऐसा लगता है जैसे वो टाइप टेस्ट देने नहीं, कम्पनी की बोर्ड ऑफ डायरेक्टर की मीटिंग में आये हैं...कांफीडेंस इसी को कहते हैं।

और कस्बैयापन? वो किसी कलैंडर की तरह मेरे चेहरे पर लटक रहा है। सब स्मार्ट लड़कों में एक अकेला मैं हूँ जो दब्बू नज़र आता हूँ। मैंने अपनी आँखों में जो सपने सँभालकर रखे थे, पता नहीं कहाँ गिर गये? आँखों की यही बुरी बात है। वो कभी सपने गिराती हैं तो कभी आँसू!

यह दफ़्तर, जहाँ मैं टाइप टेस्ट देने आया हूँ—प्रामिनेंट इंश्योरेंस कम्पनी का रिजनल ऑफिस है। केंडीडेट यहाँ सिलेक्ट किये जाएँगे और अन्य दफ़्तरों में, जहाँ वैकेंसियाँ होंगी, भेजे जाएँगे।

टाइप टेस्ट के लिए आये लड़कों ने अपने नाम दर्ज करा दिये हैं। मैंने भी वही किया है। बीस-बीस का बैच है। एक हॉलनुमा कमरे में बीस लड़के...मेज़ पर रखे बीस टाइपराइटरों पर कागज़ चढ़ाते हैं और 'स्टार्ट' कहने के साथ टाइपराइटरों की बेशुमार आवाज़ें गूँज उठती हैं। दो-तीन पैरे टाइप करने होते हैं। 'स्टॉप' के साथ सब रुक जाते हैं।

मैं नौजवानों की टाइप की स्पीड देखकर हैरान हूँ। मुझे लगता है मैं सबसे ज़्यादा पिछड़ा हुआ हूँ। अपनी औक़ात के मामले में पिछड़ा हुआ...और स्पीड के

मामले में भी। आज मुझे महसूस हुआ है 'स्पीड' ज़रूरी चीज़ है। स्पीड टाइप की हो, वाहन की हो या फिर ज़िन्दगी की।...काफ़िले आगे निकल जाते हैं। जो पिछड़ जाता है, ग़र्क हो जाता है।

पुराने वक़्त के बहुत पुराने तख़्तपोश पर बैठे लोग, ज़िन्दगी के अजायबघर जैसे नज़र आने लगते हैं। शायद इसलिए कि वो तेज़ रफ़्तार वक़्त से छिटक जाते हैं।

मैं जानता हूँ मेरा सिलेक्शन नहीं होगा। युवा लड़कों की टाइप करने की स्पीड देखकर तो मैं और ज़्यादा नर्वस हो गया हूँ। मैं टाइप करता हूँ तो गलतियों के अम्बार लग जाते हैं। मैं सिर्फ़ एक शब्द ठीक से टाइप कर लेता हूँ—बिना किसी अशुद्धि के। सिर्फ़ एक शब्द। नहीं, शब्द नहीं, नाम—सरिता! मेरे कॉलेज में मेरे साथ पढ़नेवाली ख़ूबसूरत, छरहरी, अहंकारी और बहुत कम बोलनेवाली सरिता। उसने नोट्स लेने के लिए क्लासरूम में सिर्फ़ एक बार मुझे मेरे नाम से बुलाया था। उसने सिर्फ़ एक बार मेरा नाम बुलाया और मैं टाइपराइटर पर कम-अज़-कम उसका नाम एक हज़ार बार टाइप कर चुका था।

कई सारे बैच टाइप टैस्ट देकर जा चुके थे। मैं पहले बरामदे में खड़ा रहा। फिर सीढ़ियों में और अब दफ़्तर के भीतर रिसेप्शन के पास खड़ा हो गया था। मुझे टाइपराइटरों की अनेक, बेसुरी आवाज़ें आ रही थीं। मैं चुप खड़ा था। लेकिन कोई शोर-जैसा मेरे अन्दर भी था। चुप खड़ा आदमी कभी भी आवाज़ रहित नहीं होता।

अचानक मुझे कलवाले साहब नज़र आये थे। साहब इसलिए कि आज वो मुझे सचमुच साहब लग रहे थे। कल वो टाइपराइटर उठाकर जाते, हाँफते कोई कमज़ोर इनसान लग रहे थे। आज उनके चेहरे पर अफ़सराना रूआब था। आज वो मामूली नहीं...ग़ैरमामूली लग रहे थे। आज उनके पास न सलाहें थीं न वक़्त! आज उन्होंने मुझे न बरख़ुरदार कहा था न मुझे देखकर मुस्कराए थे। शायद उन्होंने मुझे पहचाना भी नहीं था।

पहचान भी कम्बख़्त सूखे पत्ते-जैसी होती है। उड़ती है तो कहीं-की-कहीं जा गिरती है। कई बार तो वो हैसियत के पैर के नीचे दब जाती है।

आज मुझे मालूम हुआ है दफ़्तर के भीतर मनुष्य कुछ और तरह का हो जाता है। दफ़्तर के भीतर की कुछ अदृश्य शक्तियाँ उसे संचालित करती हैं।

मेरा मन बुझ गया था। रही-सही उम्मीद भी राख़ हो गयी थी। मेरा मन हुआ 'साहब' को नमस्ते करूँ। लेकिन मेरे अन्दर कस्बेवाला नौजवान खड़ा हो गया, जिसमें संवेदना थी तो थी, हेकड़ी का अनुपात भी कम नहीं था।

टाइप टेस्ट देकर जब मैं हॉल से बाहर निकला तो रिसेप्शनिस्ट ने मेरा एडरेस नोट किया। उसने बाकी केंडीडेट के भी नाम-पते रजिस्टर में लिखे और रटा-रटाया एक फ़िकरा वो सबसे बोलती जा रही थी—बाद में कॉल करेंगे।

पाँच दिन बाद अचानक मुझे एक लैटर मिला—प्रामिनेंट इंश्योरेंस कम्पनी में मुझे बुलाया गया था। दो लाइनों की चिट्ठी। चिट्ठी पढ़कर मैं ज़रा भी उत्साहित नहीं हुआ था। मुझे लगा फिर कोई नया शगूफ़ा है, जिसे मैं नहीं समझ पा रहा।

तीसरी बार फिर वही रोहतक-नयी दिल्ली ट्रेन। जिसे पता नहीं क्यों 'रोहतक-शटल' कहते थे, मैं उसी में बैठा था। अच्छी बात सिर्फ़ यह थी कि मुझे रेलगाड़ी में सफ़र करना अच्छा लगता था। कनॉट प्लेस घूमना भी अच्छा लगता था लेकिन अकेले कनॉट प्लेस घूमना ऐसे लगता था जैसे रेलवे यार्ड में कोई इंजन शंट कर रहा हो।

साहब के कमरे के बाहर चपरासी बैठा था। मैंने चपरासी को वो लैटर दिया जो मुझे डाक से मिला था। साहब ने मुझे बुलाया। बिठाया। चाय मँगायी। मुझे देखते रहे। मेरे लिए सब अप्रत्याशित था—उनके चाय मँगाने से लेकर, मुझे देखने तक! आज वो फिर भिन्न लग रहे थे। या कहूँ कि उस दिन जैसे लग रहे थे—सहृदय...सरल!

"बरख़ुरदार, टाइप की स्पीड पता है कितनी थी तुम्हारी?" उनकी आवाज़ में मज़ाक छुपा था।

मैंने उनकी तरफ़ देखा।

"माइनस बीस।" उन्होंने कहा। थोड़ा हँसे।

"इसलिए मैं टाइप टेस्ट देने नहीं आना चाहता था।" मैंने कहा। मैंने चाय के कप में नज़रें गड़ाए रखीं। मन में कुछ फिसल गया हो जैसे—शायद आख़िरी उम्मीद की रोशनी।

"इसलिए मैंने तुम्हारावाला ट्रांसक्रिप्शन पहले ही टाइप कराके रख लिया था।" वो बोले। सहजता से बोले। मुस्कराए। मैं उन्हें चकित भाव से देखता रहा।

उन्होंने चाय का कप उठाया। मेरी तरफ़ पड़े चाय के कप को देखते हुए बोले, "इसे तो ख़ुद उठाकर पी लो बरख़ुरदार।" उन्होंने मुझे देखा। मुस्कराए। मैं भी फीकी-सी मुस्कान को अपने होठों पर ले आया।

मैं चाय पीने लगा। मन-ही-मन सोचने लगा कि पूछूँ—आख़िर हुआ क्या?

उन्होंने चाय के दो-तीन घूँट भरे। कप को मेज़ पर रखते हुए बोले, "तुम्हारा सिलेक्शन तो मैंने उस दिन...हाँ, संडे को ही कर दिया था...जिस दिन तुमने सीढ़ियाँ चढ़कर, मुझसे टाइपराइटर ले लिया था। और फिर एक के बाद एक दस टाइपराइटर ऊपर पहुँचाये थे।"

"सर, आप मुझे शर्मिन्दा कर रहे हैं। वो तो मामूली-सी बात थी।" मैंने यह वाक्य सोच-समझकर, बड़ी चतुराई से कहा।

"लेकिन जज़्बा बड़ा था।" उन्होंने कहा। फिर दराज़ में से अपायंटमेंट लैटर

निकालकर, मेरी तरफ़ बढ़ाते हुए वो बोले, ''कंग्रेचुलेशंस...आपको जॉब मिल गयी।''

मैं उन्हें देख रहा था। कोई शख़्स किसी को जॉब देते हुए इतना खुश भी हो सकता है—मैं हतप्रभ था। मैं चकित था कि मेरे हाथ में अपायंटमेंट लैटर था। मेरी टाइपिंग स्पीड माइनस बीस थी और मेरे हाथ में अपायंटमेंट लैटर था।

पता नहीं यह यथार्थ था या फिर फन्तासी! कभी मैं लैटर को देखता तो कभी उन्हें। उन्हें देखता तो एक ही क्षण बाद मेरी नज़रें झुक जातीं। शायद मेरी नज़रों को कृतज्ञता व्यक्त करने का यही तरीक़ा सूझा हो।

''सर...थैंक्यू सर!...मैं इस योग्य नहीं था और आपने...।'' मैं शब्द तलाश करता रहा। कई बार शब्दों के मामले में हम कितने दरिद्र हो जाते हैं?

''बरख़ुरदार, हमें बेस्ट केंडीडेट चुनने होते हैं और मैंने अपने तजुरबे के मुताबिक बेस्ट केंडीडेट सिलेक्ट किया है।'' वो ख़ुद भी मुझे जज़्बाती नज़र आने लगे थे।

फिर उन्होंने हाथ मिलाया। भविष्य की शुभकामनाएँ दी। अपायंटमेंट अम्बाला छावनी की प्रामिनेंट कम्पनी के लिए था।

मैं कुर्सी से उठा तो वो भी उठ खड़े हुए। वो, यानी केसरदास खत्री। यानी, के.डी.के. साहब! वो मुझे अपलक देखते रहे। पता नहीं क्या ढूँढ़ रहे थे मुझमें। अचानक मुझे देखते हुए उन्होंने कहा, ''बरख़ुरदार, तुम्हारी जितनी उम्र का मेरा भी बेटा था।''

वो चुप हो गये। स्मृतियाँ कई बार होठों पर उँगलियाँ रख देती हैं। कई बार वो शब्दों को छीन लेती हैं।

अब मैं उनकी तरफ़ देख रहा था। इस प्रतीक्षा में था कि वो कुछ बोलें।

''आपका बेटा?'' मैंने बहुत आहिस्ता से पूछा। कई बार प्रश्नों से पूर्व उनके उत्तर हमारे पास चले आते हैं। मैंने अपनी तरफ़ से उत्तर ढूँढ़ भी लिया था।

''वो अब इस संसार में नहीं है।'' उन्होंने गहरी साँस ली। उनकी आँखें...आँखें और आवाज़ दोनों भीग गयीं।

कुछ रुककर बोले, ''दो साल पहले स्कूटर पर था वो। बस ने हिट किया। बहुत ज़्यादा इंजरीज़ आयीं। दो दिन बाद डेथ हो गयी उसकी।''

''ओह...सॉरी सर!'' मैंने कहा।

कुछ क्षण चुप-सी रही केबिन में। वो बोले, ''तुम भी मेरे बेटे जैसे हो।'' उन्होंने आवाज़ को भीगने से बचाया। मुस्कराने की कोशिश की। मुझसे हाथ मिलाया। बेस्ट ऑफ लक कहा।

मैंने हाथ मिलाते-मिलाते महसूस किया कि दुख को छुपाने की कलाएँ कई

बार कितनी व्यर्थ सिद्ध हो जाती हैं। हमें पता हो या न हो, दुख ज़िन्दगी के सारे चोर दरवाज़े जानता है। और किसी भी दरवाज़े से बेआवाज़ चला आता है।

प्रामिनेंट इंश्योरेंस कम्पनी की सीढ़ियाँ उतरकर मैंने मन-ही-मन के.डी.के. साहब का आभार व्यक्त किया। बरामदे के पिलर के पास खड़े होकर मैंने नौकरी का नियुक्ति-पत्र जेब से निकाला। पढ़ने लगा। सुख शायद इसी को कहते हों। मुझे नियुक्ति-पत्र के भीतर सम्भावनाएँ टिमटिमाती नज़र आयीं। मुझे महसूस हुआ संसार चमत्कारों का बेशक न हो, रहस्यों का संसार ज़रूर होता है।

मेरी टाइपिंग स्पीट माइनस बीस थी और मेरी जेब में अपायंटमेंट लैटर था। यह जीवन का रहस्य था या कोई चमत्कार!

अपायंटमेंट लैटर की सारी शर्तें मुझे उचित प्रतीत हुई थीं। लेकिन मेरी जॉब अम्बाला कैंट के ऑफ़िस में थी। नौकरी अगर दिल्ली में होती तो कितना अच्छा होता। दिल्ली मेरे लिए एक सपने की तरह थी। मैं रोज़ाना दिल्ली आता। रोज़ाना दिल्ली के आश्चर्य से मेरा सामना होता। मैं शाम को वापिस घर की तरफ़ जाता तो दिल्ली की परिकथाएँ मेरे साथ-साथ होतीं।

लेकिन नियुक्ति-पत्र अम्बाला छावनी के लिए था। मैंने अम्बाला छावनी के लिए तैयारी शुरू की। बैग ढूँढ़ा। सूटकेस और बिस्तरबन्द फ़र्श पर रखे। सब चीज़ें बेहद ख़स्ताहाल। बैग को चूहे कुतर गये थे। सूटकेस को ज़ंग लग गया था। बिस्तरबन्द ऐसा जैसे किसी गड़रिये का गूदड़ा हो। मैं इन चीज़ों को लेकर बैठा था। ऐसा लगता था जैसे ये सब चीज़ें मुझसे अलग होकर किसी तीथ-यात्रा पर निकल जाएँगी...ऐसी यात्रा पर जो आख़िरी होती है।

बैग, बिस्तरबन्द और सूटकेस...मेरी ग़रीबी का म्यूज़िम प्रतीत होते थे। ग़रीबी शोर मचाती नज़र आती। मैं सहम जाता। ग़रीबी चुप रहे तो भली और विनम्र लगती है। ग़रीबी कोलाहल पैदा करे तो वो नागरिकता की आख़िरी कतार में खड़ा कर देती है।

सबसे पहले मैंने रेक्सीन के बैग की मोची से तुरपाई करवायी। फिर सूटकेस पर मैंने ख़ुद रंग-रोगन किया। बिस्तरबन्द को मैंने खूब झाड़ा। जैसे सदियों की ग़र्द जमा हो। पुरानी और बेकार चीज़ों से हमारा रिश्ता जितना कम होता जाता है, ग़र्द का उतना ज़्यादा! कई बार हम कलेंडरों से नहीं, ग़र्द की तहों से पता लगा लेते हैं कि फ़लाँ शय कितनी पुरानी है और फ़लाँ आदमी कितना क़दीमी!

कपड़ा, किताबें, पेन, चप्पल, पंजीरी, मट्ठियाँ बेकरी से बनवाये आटेवाले बिस्कुट। माँ दुआएँ। पिता की हिदायतें। बहनों की आकांक्षाएँ। भाइयों की तमन्नाएँ... और मैं...एक अजनबी शहर के लिए रवाना होता।

मैं तैयार हो गया हूँ जाने के लिए। बैग, बिस्तरबन्द, सूटकेस...इनको कमरे में

रखकर खड़ा हूँ—जैसे कोई मुसाफ़िर प्लेटफ़ार्म पर खड़ा होता है। तीनों चीज़ें...मैं जब-जब इनको देखता हूँ, मुझे दीनता का अहसास कराती हैं। मैं दीनता के बोध को झटकने की कोशिश करता हूँ। मैं चुप-चुप हूँ। मेरे भाई मुझसे मज़ाक करते हैं। वो चाहते हैं मैं तनावमुक्त होकर जाऊँ। उनके मन साफ़-सुथरे हैं। उनमें कोई कपट नहीं। उन्होंने जितने-जितने पैसे जमा किये थे, सब मुझे दे दिये हैं। मैंने इनकार किया तो मेरा सबसे छोटा भाई रूठ गया। छोटी बहन मेरे लिए हवाई चप्पल ले आयी थी। एक बहन दो रूमाल। माँ के पास पैसे नहीं थे। पता नहीं, पचास रुपये का मुड़ा-तुड़ा नोट उसने कहाँ से निकाला था...अतीत की किसी नामालूम गुल्लक से।

वातावरण कशीदा हो गया है। हम सब भाई-बहन कमरे में बैठ गये हैं। और कोई वक़्त होता तो हम हँसने लगते। हँसने की कोई-न-कोई बात निकल आती। हमारी शुरुआत हँसने से होती ओर अन्त किसी-न-किसी लड़ाई पर। एक दिन मेरे छोटे भाई ने कहा था, "भापे, हमारा घर भी पानीपत की तरह है। पानीपत में तीन लड़ाइयाँ लड़ी गयीं यहाँ हज़ारों!"

पता नहीं क्यों इस सुस्त रफ़्तार शहर को छोड़ते हुए मन अस्थिर हो रहा है। नौकरी की ख़ुशी और किसी नये शहर में जाने का रोमांच अपनी जगह, लेकिन इस कस्बेनुमा शहर को छोड़ते हुए कुछ बेचैनी का अनुभव हो रहा है। यह शहर, उनींदा...थक हुआ-सा...शान्त और कम चालाक शहर! इस शहर को मैंने जब भी देखा, यह शहर मुझे किसी ख़ाली पड़े तख़्तपोश की तरह नज़र आया। किसी ऐसे तख़्तपोश की तरह, जिस पर बैठनेवाले बैठकर चले गये हों या फिर बैठनेवाले कहीं और जाकर बैठ गये हों।

मुझे इस शहर की चुप्पियाँ हमेशा नीम की पत्तियों की तरह उड़ती हुई महसूस हुई हैं। मुझे ऐसे लगता है जैसे इस शहर को शोर मचाने की आदत नहीं। इस शहर के सारे वक्तव्य चुप में...चुप की ज़ुबान में तहरीर होते हैं।

इस शहर को मैंने अपने अमूर्तन में रख लिया है। बिल्कुल वैसे जैसे मैंने घर की कई सारी निशानियों को अपने मन में उतार लिया है।

बिल्कुल उसी तरह उस चिट्ठी को भी जो मुझे मेरे बाऊजी ने लिखकर दी है मैंने अपनी जेब में रख लिया है। चिट्ठी किसी टंडन साहब के नाम है। टंडन साहब, बाऊजी के पुराने जानकार हैं। पाकिस्तान के एक छोटे-से शहर महमूदकोट में दोनों के घर आसपास थे। यहाँ, पार्टीशन के दौरान, दोनों करनाल कैम्प में रहे। बाऊजी बताते हैं कि टंडन फैमिली को बचाकर लाने में उन्होंने ख़ूब मदद की। शुरू-शुरू में टंडन साहब अपने हर ख़त में इस बात का ज़िक्र करते। अहसान का शुक्रिया अदा करते और बाऊजी के ममनून नज़र आते। बाऊजी को अपने बड़े भाई

जैसा मानते। बाद में ख़तो-क़िताबत कम हो गयी। इसके बावजूद, जब-जब मिलते टंडन साहब बड़े तपाक़ से मिलते। हाथ मिलाते हुए अक्सर कहते, "गो आँख में जुम्बिश नहीं, हाथों में तो दम है।"...बाऊजी भी उनसे गले मिलते और बड़ी लय के साथ कहते, "मेरा यक़ीन तो कहता है इश्क ज़िन्दा है।"

टंडन साहब अम्बाला कैंट के पी.एम.जी. ऑफ़िस में किसी ऊँचे ओहदे पर थे। रिहाइश उनकी पेरिज़ होटल में थी। पेरिज़ होटल में होटल नहीं था, शेष सब था। कॉटेज थे। और टंडन साहब किसी कॉटेज में रहते थे।

बाऊजी ने चिट्ठी लिखते वक़्त मुझे कई सारी बातें मुँहज़बानी भी बतायी थीं कि टंडन साहब बहुत नेकदिल इनसान हैं...मददगार हैं और शाइस्ता भी। बाऊजी ने जब टंडन साहब के बारे में बातें बतायीं तो उनके ऊँचे ओहदे का भय बाऊजी के चेहरे पर भी नज़र आया।

यानी मुझे सबसे पहले उस घर में प्रविष्ठ होना था, जिसे मैं बिल्कुल नहीं जानता था। अजनबीयत से टकराते हुए आदमी कई बार लहूलुहान भी हो जाता है। यानी, पराये शहर में मुझे किसी पराये दर पर दस्तक देनी थी।

व़ो क्षण मैं कभी नहीं भूल सका। बहनें पानी का भरा लौटा लेकर खड़ी थीं। तीनों भाई, एक-एक नग उठाये। माँ आँखों में आँसुओं को उठाये और पिता मुझे कुछ इस अन्दाज़ में देखते हुए, जैसे कि मुझे वो पहली बार देख रहे हों।

यह तो मुझे अम्बाला छावनी जाकर पता चला था कि मेरे मँझले भाई ने अपनी बिल्कुल नयी कमीज़ मेरे सूटकेस में रख दी थी।

मैं जब घर से चलने लगा था तो ऐसा लगता था सबने मिलकर घर के कुछ हिस्से मेरे बैग या सूटकेस में डाल दिये हैं। उस दिन मुझे मालूम हुआ था कि घर को छोड़ते हुए, हम जिस चीज़ को साथ लेकर निकलते हैं, वो घर ही होता है।

बाऊजी ने चलते वक़्त कई बातें समझायी थीं। यह भी कि मैं टंडन साहब के नाम लिखे ख़त को सँभालकर रखूँ। टंडन साहब पिता के हमवतनी। उन्हीं के नाम ख़त। काम की बात सिर्फ़ एक...साहबज़ादे को भेज रहा हूँ। कहीं रहने का इन्तज़ाम करा देना। बाक़ी सब बातों में माज़ी! गुज़िश्ता वक़्त को पकड़ने की कोशिशें। कुछ अश्आर। ख़त के आख़िर में एक शेर—नामाबर, ये तो बता...कैसे होते हैं वो ख़त...जिनके जवाब आते हैं।

मैंने ख़त को कमीज़ के जेब में रख लिया है। ख़त के साथ-साथ कई सारे संशय, दुविधाओं और उलझनों को भी मैंने सँभालकर रख लिया है।

मैं रेलगाड़ी में बैठा हूँ। रेलगाड़ी अम्बाला पेसेंजर है। उसे अम्बाला तक जाना है और मुझे भी। स्टीम इंजन...धुआँ उगलता हुआ। धुएँ में लिपटा हुआ मैं!

धुएँ के पस:मंज़र एक आग होती है। मैं अपने भीतर देखने की कोशिश करता

हूँ। शायद कहीं आग हो।

अम्बाला कैंट! ट्रेन छः नम्बर प्लेटफ़ार्म पर रुकी है। लम्बा सफ़र तय करके आयी हो जैसे। रुकते-रुकते कई सारी आवाज़ें निकली हैं। और वो तमाम आवाज़ें गिरती चली गयी हैं।

रेलगाड़ी का डिब्बा ख़ाली हो गया है। उतरनेवाला आख़िरी मुसाफ़िर मैं हूँ। ख़ाली डिब्बे की तरफ़ देखता हूँ। कुछ देर पहले एक शहर बसा था। लोग उतरते गये। शहर वीरान हो गया। लोग हों तो आवाज़ें होती हैं। आवाज़ों के चेहरे बेशक दिखायी नहीं देते। लेकिन आवाज़ों के चेहरे होते ज़रूर हैं। और उन चेहरों से मिलता-जुलता ज़िन्दगी का भी चेहरा होता है।

उतरनेवाला मैं आख़िरी मुसाफ़िर था। शायद इसलिए कि इस शहर में मेरी कोई इन्तज़ार नहीं कर रहा था या फिर, इसलिए कि यह शहर जितना ज़्यादा पराया था उतना ज़्यादा मेरे मन में सन्देह पैदा करता था।

पता नहीं मैं इतना आहिस्ता क्यों चल रहा था—संशय के प्लेटफ़ार्म पर चलता हुआ आदमी शायद इसी तरह चलता हो, जैसे कि मैं। रुकता। ठिठकता। इधर-उधर देखता। लोको शेड से इंजनों की आवाज़ें सुनता। अंग्रेज़ों के ज़माने के बने इस स्टेशन को देखता ओर एक अजीब-सी गन्ध को महसूस करता। कुछ-कुछ इस तरह की गन्ध मुझे पुरानी दिल्ली के स्टेशन पर भी महसूस होती थी। शयद यह गन्ध मुसाफ़िरों की हो या उनकी थकान की। शायद यह गन्ध प्लेटफ़ार्म की गन्ध हो, जिसने हज़ारों रेलगाड़ियों को गुज़रते देखा हो और ख़ुद कहीं न गया हो। शायद यह गन्ध उन हज़ारों कबूतरों की हो जो दीवारों में, रोशनदानों में, किसी शेड में, किसी पुल के गर्डर में, अपना घर बनाकर बैठे हों। शायद यह गन्ध यात्रा की हो...या पैरों के निशानों की या रेलवे ड्राइवरों की या ख़ाली पड़े हरे बैंचों की या...।

मेरा मन करता है किसी टंडन साहब के घर न जाऊँ। कम-से-कम आज रात यहीं प्लेटफ़ार्म पर...किसी शेड के नीचे पसर जाऊँ। मैंने गहरी साँस ली है। कोई बेघर शायद इसी तरह गहरी साँस लेता होगा।

मेरे ज़ेहन में होटल का तसव्वुर कुछ और तरह का था—तीन-चार मंज़िला इमारत—भव्य और आकर्षित करती। कार पार्किंग और चमचमाता रिसेप्शन! रेस्तराँ, रूम्ज़ और वेटर!

लेकिन पेरिज़ होटल! दो-तीन एकड़ में फैला सिंगल स्टोरी काटेज का समूह! बीच में बहुत बड़ा फाटक। फाटक ओर दरवाज़े दोनों पुराने। लकड़ी का फाटक कभी बन्द होता होगा और खुलता भी होगा। लेकिन अब वो खुलने और

बन्द होने की कवायद से मुक्त हो चुका था। फाटक के दो पल्ले ज़मीन पर इस तरह झुक चुके थे कि जैसे अपना सारा बोझ उन्होंने ज़मीन पर डाल दिया हो। फाटक के साथ एक गुमटी थी। कभी यह गुमटी सिक्यूरिटी गार्ड या सन्तरी के लिए होती होगी। फ़िलहाल यहाँ चाय की छोटी-सी दुकान थी। अन्दर की तरफ़ दो बेंच बिछे थे। पेरिज़ होटल के बीचोबीच बहुत बड़ा खुला हॉल था—कभी यहाँ रेस्तराँ होता होगा। फ़िलहाल खादी ग्रामोद्योग का दफ़्तर था और बिक्री-केन्द्र भी।

बहुत बड़ा नीम का पेड़ था। नीम की पत्तियाँ थीं—ज़मीन पर उड़ती हुई। दोनों तरफ़—दायें-बायें कॉटेज थे। बीच में खादी ग्रामोद्योग का दफ़्तर और उससे कुछ पहले नीम का पेड़—उम्रदराज़ पेड़। पेड़ के चारों तरफ़ मेंहदी के पौधों की फेंस। कटीली तार। जहाँ कॉटेज ख़त्म होते थे। वहाँ सर्वेंट क्वार्टर शुरू होते। एक बादामी रंग था जो हर कहीं नज़र आता था। कॉटेज की दीवारों, छोटी-सी चारदीवारी, गुमटी और खादी ग्रामोद्योग का दफ़्तर—सबका रंग एक जैसा, बादामी!

शाम के वक़्त मैं जब इस पेरिज़ होटल में दाख़िल हुआ तो कॉटेज के बाहर, ईंटों के खरंजे पर सर्वेंट पानी का छिड़काव कर चुके थे। मेज़-कुर्सियाँ लगा दी गयी थीं।

अगर मेरा अपना घर इस तरफ़ कहीं होता...तो यक़ीनन मेरे लिए यह शाम एक ख़ुशगवार शाम होती। मैं नीम की पत्तियों को बेशक न चुनता, नीम के दरख़्त को ज़रूर देखता। किसी कॉटेज के बाहर कुर्सी बिछाकर, ईंट के खरंजे को देखता। चाय के घूँट भरता। एक ख़ुशगवार शाम के हाथ पर रखे दिन के बचे-खुचे शोर के तिनके उठाता। चाय के घूँट भरता।

मैं पेरिज़ होटल के फ़ाटक के पास खड़ा हूँ। मैंने एक बार कमीज़ की जेब पर हाथ रखकर देखा है—बाऊजी की चिट्ठी को। वो मेरी जेब में है। मैं आश्वस्त हूँ भी और नहीं भी हूँ। बल्कि सशंकित हूँ। सिर्फ़ सशंकित ही नहीं उत्सुक भी हूँ और घबराया हुआ भी। मन-ही-मन भयभीत! मन-ही-मन द्वन्द्व से घिरा। अपने आपसे प्रश्न करता...और किसी युधिष्ठिर की भाँति जवाब ढूँढ़ता।

मैंने अपने रेक्सीन के बैग को कुछ इस ढंग से बग़ल में लटका रखा है कि मैं उसके फटे हुए कोने को छुपा सकूँ। मेरे कन्धे पर बैग लटका है। एक हाथ में सूटकेस दूसरे हाथ में बिस्तरबन्द! मैं जब चलता हूँ तो मनुष्य नहीं लगता—किसी खच्चर-जैसा लगता हूँ। सामान से लदा खच्चर!

मैंने कॉटेज का नम्बर मन-ही-मन दोहराया है। मैं ईंटों के खरंजे पर चल रहा हूँ। चाय पीते लोग शायद मुझे देख रहे हैं। मैं उन-जैसा नज़र नहीं आता। शायद वो

इसलिए देख रहे हैं। या शायद वो इसलिए देख रहे हैं कि उन्हें चाय पीते हुए कहीं-न-कहीं देखना होता है।

मैं सिर झुकाए चल रहा हूँ। सोच रहा हूँ कि अपना परिचय देना कितना मुश्किल होगा। सोच यह भी रहा हूँ परिचय देते वक़्त बिस्तरबन्द को ज़मीन पर रखना ज़रूरी होगा, क्योंकि बाऊजी की चिट्ठी भी तो उन्हें देनी होगी।

गोल मेज़ थी। गोल मेज़ के इर्द-गिर्द चार-पाँच कुर्सियाँ बिछी थीं। वो बैठे थे। दो लड़के—लम्बे, गोरे, खाते-पीते, भरे हुए गाल और चेहरे पर तृप्ति और अहंकार के भाव। उनके साथ एक लड़की—लम्बी, छरहरी, ख़ूबसूरत उसके बाल खुले हुए थे। बालों में उसने रिबन बाँध रखा था। हवा में उसके बालों की लटें उड़ने लगतीं। वो और ज़्यादा ख़ूबसूरत नज़र आती। उन तीनों के साथ एक स्त्री—शायद उनकी माँ हो...मैंने अन्दाज़ा लगाया। उसकी आँखों पर गोल्डन फ्रेम का चश्मा था जो उसे ख़ूब फ़ब रहा था। वो स्त्री रौबदार महिला नज़र आती थी। उनमें से कोई भी दुखी नज़र नहीं आता था। सब सुखी थे। सुख किसी आसान भजन की तरह था, जिसे वो मिलकर गा रहे थे। वो चाय पी रहे थे। वो चाय ऐसे पी रहे थे जैसे चाय के साथ-साथ, शाम को भी थोड़ा-थोड़ा पी रहे हों। शाम उनके चाय के कपों में गिरती। वो घूँट भरते। वो चाय पीते हुए अच्छे लगते थे। वो कुछ भी करते हुए अच्छे लग सकते थे। जून महीने की गर्मी में भी वो इत्मीनान से बैठे बातें कर रहे थे। ऐसा लगता था वो गोल्फ़ खेलकर आये हैं। ऐसा लगता था, मैं कुश्ती लड़कर आया हूँ—वक़्त के साथ कुश्ती!...कुश्ती लड़कर और ख़ुद हारकर! ख़ुद हारकर और वक़्त को हराकर!...वैसे वक़्त कभी हारता नहीं। यह शायद मेरी ख़ुशफ़हमी है कि मैं वक़्त को हराकर आया हूँ। फ़िलहाल तो मैं हारा हुआ नज़र आ रहा हूँ। उनके सामने खड़ा मैं। अनजबी!...अजनबी और पराया। पराया और शरणागत। शरणागत और द्वन्द्व से घिरा।

क़रीब एक मिनट तक या फिर डेढ़ मिनट तक मैं उनके सामने खड़ा रहा। उन्होंने मुझे देखकर भी न देखा हो जैसे। एक ही मिनट में मेरे अन्दर का सारा साहस रेत की दीवार-जैसा भुरभुराता चला गया। एक ही मिनट में मैं भूल-सा गया कि मैं क्यों खड़ा हूँ। एक ही मिनट में याद करने लगा कि मैं हूँ कौन?

मैंने सोचा था वो मुझसे पूछेंगे—आप कौन? मैं कहूँगा—चेतन! वो उठ खड़े होंगे। सबके सब नहीं। उनमें से कोई एक। ख़ाली कुर्सी सरकाकर मुझे बिठाएगा। फिर पूछेगा कि मैं कहाँ से आया हूँ? मैं बताऊँगा कि प्रतापगढ़ से। उनकी माँ तुरन्त समझ जाएगी कि मैं कौन हूँ। वो कहेगी—अच्छा...प्रियव्रतजी के लड़के हैं। मैं मुस्कराने की कोशिश करते हुए हाँ में सिर हिलाऊँगा।

क़रीब एक मिनट या डेढ़ मिनट का समय कभी-कभी एक सदी होकर

गुज़रता है। फ़िलहाल, मुझे ऐसा ही लग रहा था।

मैंने इस बीच बिस्तरबन्द को ईंटों के खरंजे पर रखा था। इस बीच उन्होंने उचटती नज़र से मुझे एक बार फिर देखा था। मैंने नमस्ते की थी। यह मेरी दूसरी नमस्ते थी। इससे पहले भी मैं नमस्ते कर चुका था। उन्होंने मेरी नमस्ते का कोई जवाब नही दिया था। शायद उन्होंने सुनी न हो। हो सकता है मैंने नमस्ते की न हो। दूसरी नमस्ते पर एक हल्की-सी हलचल हुई थी। उनमें से किसी ने पूछा था, "जी कहिए?"

उनकी चाय के बीच मेरा होना किसी तल्ख़ी की तरह था। हस्तक्षेप तो था ही। मैं इस उधेड़बुन में था कि बात कहाँसे शुरू करूँ? दुविधा यह थी कि मेरी बातों के शुरुआती सिरे कहीं अचानक खो गये थे।

मैंने एक बार उन सबको देखा। मेज़ को देखा। चाय के सुन्दर, पतले कप और मेज़ पर रखी खाने-पीने की कई सारी चीज़ों को देखा। उन पतली, शानदार चाइनाक्ले की प्लेटों को देखा जिनमें नमकीन, बिस्कुट, बर्फी, ड्राईफ्रूट और केक स्लाइस रखे थे। फिर अपने आपको देखा।

उन्होंने चाय के कप मेज़ पर रख दिये थे। ऐसा लगता था, मैं किसी मक्खी की तरह हूँ और उनके चाय के कपों में जा गिरा हूँ।

"जी मैं प्रतापगढ़ से आया हूँ।" मैंने कहा।

"वेलकम।" गोरे-चिट्टे लड़के ने कहा। उसकी आवाज़ में शैतानी थी। वो मुझे देख रहा था और मैं उन सबको देखकर अपने आपको देखने लगा था।

मैं चाहता था वो मुझे बैठने के लिए कहें। कन्धे पर बैग लटकाये-लटकाये मैं थक गया था।

"जी मैं प्रियव्रतजी का लड़का हूँ।" मैंने अपने परिचय में इज़ाफ़ा किया।

"कौन प्रियव्रत?" छोटे लड़के ने पूछा।

"अच्छा...आप प्रियव्रतजी के बेटे हैं?" स्त्री ने मुझे ऊपर से नीचे तक देखा। फिर ख़ाली पड़ी कुर्सी को खींचते हुए बोली, "आप बैठिए।"

मैं बैठ गया। बैग को मैंने कन्धे से हटाया। ईंटों के खरंजे पर रख दिया। मुझे प्यास लगी थी। काश, कोई उठकर मुझे पानी का गिलास ला देता। फिर सवाल करता।

अचानक एम क्षण ऐसा आया कि मैंने लड़की को देखा और लड़की ने मुझे।

"ओह, आई एक सॉरी।" लड़की ने कहा। वो तत्काल उठी। पानी का गिलास भीतर से ले आयी। गिलास को उसने प्लेट में रखा था और बड़े सलीके से पानी का गिलास मुझे देते हुए बोली, "प्लीज़...पानी पीजिए।"

मैंने पानी का गिलास उठाया। कृतज्ञ नज़रों से उसे देखा। पानी पीते हुए मैं

सोचने लगा—मेरा प्यासा होना क्या मेरे चेहरे पर लिखा था या फिर मेरी आँखों में?

पानी पीकर मैंने बड़ी आहिस्ता से गिलास को मेज़ पर रखा। काँच का गिलास अगर रखते वक़्त टूट जाता तो किरचें गिलास की कम, मेरे वजूद की ज़्यादा टूटतीं।

वो फिर मुझे देखने लगे थे। वो मुझसे सशंकित थे, मैं उनसे। वो चाहते थे मैं साफ़-साफ़ बता दूँ कि मैं उनके पास किसलिए आया हूँ।

बड़े लड़के ने तो शिष्टाचार निभाते हुए कह भी दिया था, ''प्लीज़, टेल अस फ्रेंकली...एंड।'' उसने वाक्य को अधूरा छोड़ा तो उसके छोटे भाई ने उस वाक्य को लपकते हुए पूरा किया, ''हम सबको अभी कहीं जाना है। आप अपने आने का परपज़ बताइए...थोड़ा जल्दी...प्लीज़ डोंट माइंड!''

पता नहीं मैं कैसे बैठा था...जबकि उन्होंने मेरी पूरी-की-पूरी ज़मीन खींच ली थी।

मैंने जेब में रखा टंडन साहब के नाम लिखा ख़त निकाला। उनकी माँ को देते हुए बोला, ''मेरे पिताजी ने यह चिट्ठी टंडन साहब के लिए भेजी है।''

माँ ने चिट्ठी खोली, ''ओह...यह तो उर्दू में है।''

चिट्ठी को बड़े बेटे ने माँ के हाथ से खींचते हुए देखा। कहा, ''वी आर सॉरी! यह तो उर्दू में है।''

इसके बाद छोटे भाई ने भी यही वाक्य दोहराया। उनकी बहन चुप बैठी रही।

ख़त मेज़ पर रखा था। सामान ईंटों के खरंजे पर और मैं कुर्सी पर रखा था।

मैं मन-ही-मन सोच रहा था—काश, धरती फटती और मैं उसमें समा जाता। लेकिन धरती सिर्फ़ एक बार फटी थी—सीता माता के लिए।

उन्होंने मेरे बैग, सूटकेस और बिस्तरबन्द को देखकर शायद अन्दाज़ा लगा लिया था कि मैं उनके पास किसी मेहमान की तरह आया हूँ।

''टंडन साहब तो आउट ऑफ़ स्टेशन हैं।'' एक भाई बोला।

''और हम आपको जानते नहीं।'' दूसरे भाई ने कहा।

''यह ख़त...।'' मैं कहते-कहते रुक गया। मुझे लगा मैं किसी अपराधी की तरह उनके बीच बैठा हूँ। अपने आपको बेगुनाह साबित करने की कोशिश में।...

''यह ख़त तो उर्दू में है।'' फिर कोई बोला।

''मेरा पिताजी ने भेजा है। वो हिन्दी नहीं जानते।''

''वही आर सॉरी। हम उर्दू नहीं जानते।'' बड़ा भाई बनावटी संवेदना व्यक्त करते हुए बोला।

''उर्दू के अलावा हम आपको भी नहीं जानते।'' छोटे भाई ने कहा। उनकी बहन चुप रही। उनकी माँ दुविधा में।

''कोई बात नहीं। मैंने आपको तक़लीफ़ दी। आपको डिस्टर्ब भी किया। आपकी बात बिल्कुल ठीक है। जब आप मुझे जानते ही नहीं तो अपने घर में मुझे कैसे रखेंगे?'' मैंने कहा। मेरी आवाज़ में थकान थी। थका हुआ मैं भी था। सात घंटे के सफ़र से नहीं। सात मिनट के वक़्त से। वक़्त जो मैंने इन लोगों के बीच गुज़ारा। किसी प्रार्थी की तरह... किसी याचक की तरह।

मैंने बैग को कन्धे पर लटकाया। उठने लगा। मैं अब यहाँ एक मिनट भी नहीं बैठना चाहता था। मैं यहाँ न कोई स्पष्टीकरण देना चाहता था, न किसी सवाल का जवाब। मैं यहाँ से चले जाना चाहता था—तुरन्त। कहीं भी। किसी भी ठौर।

अभी मैं ईंटों के खरंजे पर रखे सूटकेस को उठा ही रहा था कि लड़की ने मेरी मनोदशा भाँपते हुए कहा, ''रियली सॉरी।...आपने हर्ट महसूस किया।...प्लीज़ बैठिए।'' इस वाक्य को बोलते-बोलते वो उठी। उसने सूटकेस को मेरे हाथ से लेते हुए फिर वहीं ईंटों के खरंजे पर रख दिया।

मैं फिर बैठ गया था। मैं किसी बॉल की तरह था जिसे हर बन्दा अपनी तरह से टप्पे खिलाता था।

''डोंट वरी। कोई सैल्युशन निकालते हैं।'' बड़े लड़के ने मुझे दिलासा देने की कोशिश की। लेकिन मुझे लगा वो मेरा मज़ाक उड़ा रहा है। सैल्युशन? जैसे मैं प्रॉब्लम था। उन्होंने सैल्युशन ढूँढ़ निकालना था।

अब मैं उनके बीच किसी समस्या की तरह मौजूद था। मैं चुप था। वो भी चुप थे। चुप अजीब तरह की थी। आक्रामक थी। जैसे चुप ने अपने हाथ में तेज़ धारवाला चाकू ले रखा हो। मैं चिरता हुआ महसूस कर रहा था।

इस बीच नौकर आया था—कप-प्लेट उठाने। उसने उचटती नज़र से मुझे भी देखा था। जैसे उसने झूठे कप-प्लेट देखे थे, उसी तरह उसने मुझे देखा था। फिर मेरे सामान को देखा था। शायद मेरा चेहरा भी देखा हो—ग़र्दआलूद! किसी डूब चुके सूरज-जैसा।

उन चारों में लड़की ज़्यादा संवेदनशील थी। वो लड़की न होती तो मैं अब तक सड़क पर होता।

''आप यहाँ किस सिलसिले में आये हैं।...प्लीज़ डोंट माइंड। मैं आपको कुरेद नहीं रही। पर्सनल भी नहीं होना चाहती।''

''नहीं, कोई बात नहीं। यह तो सहज-सा प्रश्न है। इसमें बुरा मानने-जैसा कुछ भी नहीं।'' मैंने पहले तो उस लड़की को आश्वस्त किया। फिर उसके सवाल का जवाब दिया, ''मैं यहाँ नौकरी के सिलसिले में आया हूँ। प्रामिनेंट इंश्योरेंस कम्पनी में...।''

''ओह कंग्रेचुलेशन्स! प्रामिनेंट तो बड़ी कम्पनी है। रियली गुड न्यूज़।

हमारी बेस्ट विशेज़।'' लड़की ने कहा। वह थोड़ा हँसी। उसके दाँत ख़ूबसूरत थे। चमकते हुए। हँसते हुए वो और भी ज़्यादा ख़ूबसूरत लगने लगी थी।

वातावरण थोड़ा हल्का हो गया था। मुझे लगा अब मुझे अपने मन की बात कह देनी चाहिए।

''दरअसल, मेरे लिए यह शहर नया है।'' मैंने कहा। मैं लड़की की तरफ़ देखते हुए बोले जा रहा था, ''मुझे यहाँ कोई जानता भी नहीं। मेरे बाऊजी ने टंडन साहब के नाम चिट्ठी लिखकर दी थी कि वो कहीं मेरे रहने का अरेंजमेंट करवा दें।'' मैं रुक-रुककर, शब्दों को बड़े एहतियात के साथ बोल रहा था। मैंने गहरी साँस ली। फिर कहा, ''अगर आपके लिए मुश्किल हो तो मैं यहाँ से चला जाता हूँ।''

''नहीं, नहीं। अब आप आ गये हैं तो आपका वेलकम है। आप चिन्ता मत कीजिए। आप सफ़र से आये हैं। थक गये होंगे। चाय पीजिए। रिलैक्स फ़ील कीजिए। मैं कुछ अरेंजमेंट करती हूँ।'' लड़की ने बड़े जज़्बाती लहज़े में कहा। उसकी आवाज़ न सिर्फ़ आकर्षक थी बल्कि उसमें करुणा भी थी। वो मेरे दुख को और द्वन्द्व को महसूस कर रही थी।

दोनों लड़के और उनकी माँ उठकर भीतर चले गये। लड़की मेरे सामने बैठी थी। लड़की और मैं। केवल दो। मैं किसी शरणार्थी जैसा। वो किसी शरणदाता जैसी।

कुछ देर बैठे रहने के बाद वो भी उठकर चली गयी।

शायद उन्होंने भीतर किसी कमरे में बैठकर समस्या का समाधान ढूँढ़ा हो।

मैं कुछ देर अकेला बैठा रहा। पेरिज़ होटल। नीम का उम्र दराज़ दरख़्त। ईंटों का खरंजा। पानी का छिड़काव। जून का महीना। गरमी। शाम का वक़्त। कुछ शान्त-सा माहौल।

ख़ाली मेज़ पर फड़फड़ाती मेरे बाऊजी की चिट्ठी। उन्होंने कई दिन लगाये थे चिट्ठी लिखने में। उन्होंने कई सारी यादों को तहरीर किया था और कई सारे अश्आर भी लिखे थे। वही चिट्ठी किसी फ़ालतू कागज़ की तरह। दो चीज़ें फ़ालतू लग रही थीं, चिट्ठी और मैं।

लड़की बाहर आयी। मेरे सामनेवाली कुर्सी पर बैठते हुए बोली, ''वैसे तो आप हमारे साथ भी रह सकते हैं। लेकिन दो नम्बरवाला कॉटेज ख़ाली है। कुछ दिन बाद आकूपाई होगा। आप चाहें तो वहाँ रह सकते हैं। आपको कोई परेशानी नहीं होगी। हम सब यहाँ पर हैं। आप यहाँ भी आते रहेंगे। वहाँ आपके लिए इंडीपेंडेंस भी रहेगी।''

''थैंक्यू!...थैंक्यू मैडम।'' मेरे मन से कोई बोझ उतर गया हो जैसे। उनके

साथ मैं भी नहीं रहना चाहता था।

लड़की इस घर की संवेदना थी। वो सोचती थी। निर्णय लेती थी। सबसे बड़ी बात यह थी कि वो दूसरे व्यक्ति को छोटा नहीं होने देती थी। चाय के लिए उसने ही कहा था। जब सर्वेंट चाय ले आया तो उसने बड़ी शाइस्तगी से कहा, "रामू भैया, ये हमारे गेस्ट हैं। चाय यहाँ पीना ठीक नहीं होगा। अन्दर ले चलो ट्रे।"

रामू के साथ-साथ लड़की भी कमरे में चली गयी। वो शायद टेबल पर चाय रखवाने गयी हो।

मैं कुर्सी से उठा। सामान को मैंने वहीं रहने दिया। मैं कमरे की तरफ़ रवाना हुआ। ईंटों का खरंजा फिर बरामदा। बरामदे को पार करते हुए मैं ज्योंही कमरे में दाख़िल हुआ तो पायदान पर ठिठककर खड़ा हो गया। कमरे की नीमरोशनी ने मुझे डरा दिया था। कमरे की सज्जा से भी मैं अपने आपको कमतर महसूस करने लगा था। फ़र्श पर कालीन बिछा था। मैं इस उधेड़बुन में खड़ा रहा कि जूते उतारूँ या जूते समेत कालीन पर चल पड़ूँ? अगर जूते उतारूँ तो कहाँ? और उन्हें रखूँ तो कहाँ? पैरों में से बदबू आने लगी तो? तब मैं अपने पैरों का क्या करूँगा? उन्हें तो नहीं रखा जा सकता। अगर जूते पहनकर कालीन पर चलने लगूँ तो सम्भव है उनको बुरा लगे। सम्भव नहीं, पक्के तौर से उनको बुरा लगेगा।

कितना अच्छा होता सर्वेंट मुझे एक कप चाय बाहर ही पकड़ा देता।

लड़की ने बिजली का कोई बटन दबाया। कमरा रोशन हो उठा। मैं भौंचक-सा कमरे को देखता रहा—आलीशान कमरा। बहुत बड़ा और ऊँची छतवाला कमरा—सुसज्जित, ड्राइंग कम डाइनिंग। डाइनिंग टेबल...सात कुर्सियाँ। बड़े-बड़े सोफ़े। कोने में पाम का पौधा। मेज़ पर गुलदान। ऐशट्रे। शीशे की नक्काशीदार ऐशट्रे। दीवारों पर काँगड़ा शैली के फ्रेम जड़े चित्र। दीवारों में रोशनदान। उन्हें खोलने, बन्द करने के लिए लटकती सफेद रंग की रस्सी। कमरे के एक कोने में तिपाई। तिपाई पर रखा सितार। शायद इस सितार को यह लड़की बजाती हो—या सिर्फ़ शो-पीस हो यह सितार। दीवार के दूसरे कोने में शेल्फ़। शेल्फ़ में किताबें। शेल्फ़ के ऊपर बुद्ध की प्रतिमा।

मैं दहलीज़ के पास खड़ा कमरे को देख रहा था। मुझे अपनी बैठक याद आ रही थी। दीवारों से उखड़ती हुई पपड़ियाँ। खूँटियों पर मुर्दों की तरह लटके कपड़े। लोहे के ज़ंग खाये ट्रंक। शेल्फ़ के ख़ानों में बेतरतबी पड़ीं किताबें। दो कुर्सियाँ। एक कुर्सी की टाँग में लचक। दूसरी कुर्सी की हत्थी हिलती हुई। मेज़ पुरानी। ट्रांज़िस्टर बीमार। दो-तीन कलेंडर। एक कलेंडर बाईस की बीड़ी के विज्ञापनवाला तो दूसरा सनलाइट साबुन का।

दूसरे कमरे से लड़की निकलकर ड्राइंग-रूम में आयी। मुझे देखकर चौंक गयी। उसे ग़लती का अहसास हुआ हो जैसे। मुझे देखकर तुरन्त बोली, "अरे आप...आप अभी तक खड़े हैं...आई एम सो सॉरी।...प्लीज़, आप अन्दर आइए। जूतों को मत उतारिए।" उसने मुझे जूते उतारते देखा तो मुझे आश्वस्त करते हुए बोली कि जूते उतारने की कोई ज़रूरत नहीं।

इस बीच उसने रामू को बुलाया। दो कुर्सियाँ दरवाज़े के पास रखवायीं। जहाँ छोटी-सी मेज़ भी रखी थी। एक कुर्सी पर उसने मुझे बैठने के लिए कहा। दूसरी कुर्सी पर वो ख़ुद बैठ गयी। उसका बैठना बेहद औपचारिक था। काश, वो न बैठती। मैं इत्मीनान से चाय पीता। अब स्थिति विकट थी। एक अपरिचित, ख़ूबसूरत लड़की के सामने चाय पीना तो दूर, मुझसे चाय का कप भी नहीं उठाया जा रहा था। इस लड़की की जगह दोनों भाई होते तो ज़्यादा अच्छा होता। भाइयों की भूमिका भी यह लड़की निभा रही थी।

"आप चाय लीजिए।" उसने एक बार कहा। ख़ुद चाय का कप उठाया। मैंने झिझकते हुए चाय का कप उठाया। चाय पीते हुए सुड़कने की आवाज़ निकली। उसने मुझे देखा। मैं समझ गया कि मैं ग़लत तरीक़े से चाय पी रहा हूँ।

अचानक मेरी नज़र उसके हाथों पर गयी। उसके हाथ लम्बे, पतले, गोरे और सुन्दर थे। उसने बड़े आत्मविश्वास के साथ चाय के कप को पकड़ रखा था। एक हाथ की एक लम्बी पतली उँगली चाय की डंडी के बीच कप को थामे हुए थी।

"कुछ लीजिए।" उसने कहा। उसकी आवाज़ भी उसकी तरह ख़ूबसूरत थी।

मुझे भूख लगी थी। मन भी ललचा रहा था। लेकिन मैंने अपने मन को काबू में रखा। चाय पीता रहा। लड़की ने भी दोबारा आग्रह नहीं किया था। करती तो शायद मैं कुछ खाने के लिए उठा लेता।

उसने चाय पीते हुए कोई बात नहीं की थी। वो महज़ 'कम्पनी' देने के लिए बैठी थी। चाय पीना भी उसके लिए कोई ज़रूरी नहीं था। यह क्या कम था कि वो एक गैर, अजनबी और ग़रीब-से नज़र आते लड़के के साथ, चाय के लिए आ बैठी थी।

अब फिर माहौल बदल गया था। ड्राइंग-रूम में दोनों लड़के और उनकी माँ आ बैठी थीं।

मैं केन्द्र में था—टारगेट की तरह। मैं वहाँ से उठकर चले जाना चाहता था। लेकिन कहाँ? इस वक़्त मैं उनकी मर्सी पर था। इस वक़्त वो मुझे ऐसे देख रहे थे जैसे नाप लेने के वक़्त दर्जी एक बार क़द-काठी का जायज़ा लेता है। लेकिन उनके हाथ में जो इंच टेप था, उससे वो मेरी क़द-काठी को नहीं, मेरी दरिद्रता की पैमाइश

कर रहे थे।

मैं सोचने लगा था अगर टंडन साहब होते तब मेरे साथ कैसा व्यवहार होता?

"हम आपको यहाँ रख तो लेते लेकिन हम आपको बिल्कुल भी नहीं जानते।" बड़े लड़के ने कहा। बड़ा लड़का स्मार्ट बनने की कोशिश कर रहा था।

"ज़माना बहुत ख़राब है।...यू नो। किसी पर फेथ नहीं किया जा सकता।" छोटा भाई बोला।

मेरा मन हुआ कि कहूँ—आप दोनों की जुगलबन्दी बहुत अच्छी है। लेकिन मैंने कहा कुछ भी नहीं था। मेरी कोई भी हल्की बात काम बिगाड़ सकती थी। मैं सड़क पर होता और आसमान मुझ पर किसी फटे हुए, पुराने कम्बल की तरह।

मैं जानता था। वो सफ़ाई नहीं दे रहे थे। मुझे मेरी औक़ात बता रहे थे। मैं फिर भी चुप था। समझदारी इसी में थी। सब्र बहुत बड़े सुरक्षाकवच की तरह था मेरे पास।

वो दोनों बोल रहे थे—मुझे खींचनेवाले लहज़े में। मैं चुप था। और तो और वो लड़की...उनकी बहन भी चुप थी।

सर्वेंट अक्सर बातूनी होते हैं। लेकिन वो कम बोलता था। वो पहाड़ से आया था। उसकी पहचान के लिए 'पहाड़ी' शब्द किसी विशेषण की तरह जुड़ा हुआ था। मैं जब टंडन फैमिली के साथ ड्राइंग-रूम में बैठा हुआ था तो छोटे लड़के ने वहाँ बैठे-बैठे आवाज़ दी थी, "रामू पहाड़ी।" रामू ने कोई जवाब नहीं दिया था। छोटे लड़के के पास आकर खड़ा हो गया था।

वो इतना कम बोलता था कि शक होने लगता था, कहीं वो गूँगा तो नहीं। कई बार ऐसा भी लगता था जैसे उसकी आवाज़ कहीं गुम हो गयी है। या फिर वो अपनी आवाज़ को कहीं पहाड़ पर रख आया है, किसी पत्थर के नीचे छुपाकर।

मैं उसे देखता तो वो मुझे मेरे-जैसा लगता। वो उम्र में मुझसे छोटा था। उसका रंग खिला हुआ था। कपड़े हम दोनों के कमोबेश एक-जैसे थे। वो यहाँ सर्वेंट था और मैं बिन बुलाया मेहमान!

कॉटेज नम्बर दो की तरफ़ चलते वक़्त एक बार उसने मुझे देखा। उसके देखने में बोलना छुपा हो जैसे। मैं अपना सामान उठाने लगा तो उसने मेरे हाथ से सूटकेस और बिस्तरबन्द ले लिया...बल्कि खींच-सा लिया।

हम दोनों चल पड़े। ईंटों के खरंजे से उतरकर कच्ची सड़क से होते हुए, कॉटेज नम्बर दो की तरफ़। मैंने राहत की साँस ली। शायद टंडन फ़ेमिली ने भी मेरे जाने के बाद अच्छा-सा महसूस किया हो।

मैं सोच रहा था बाहर आकर सर्वेंट कोई बात करेगा। लेकिन वो चुपचाप चलता रहा। मेरा मन हुआ उससे कोई बात करूँ। मैं ख़ुश था। मेरी रहने की व्यवस्था हो गयी थी। कुछ इसलिए भी मेरा मन बातचीत के लिए कर रहा था। लेकिन हम दोनों चुप थे।

पेरिज़ होटल की शाम, ख़ामोश शाम थी। नीम का दरख़्त ख़ामोश था। कॉटेज ख़ामोश थे। सामने पी.एम.जी. ऑफ़िस था और उसके साथ की सड़क...जिसका नाम मुझे अभी मालूम नहीं हुआ था—वो भी ख़ामोश थी। मिल्टरी के ट्रक या जीपें गुज़रतीं तो आवाज़ पैदा होती।

"पेरिज़ होटल के साथवाली सड़क को स्टाफ़ रोड कहते हैं साहब।" बहुत देर बाद सर्वेंट की आवाज़ सुनायी दी। मैंने उसकी तरफ़ देखा। वो कहीं और देख रहा था। शायद अपने गाँव की तरफ़ देख रहा हो।

"बिल्कुल इसी तरह का एक और होटल भी है उसका नाम सिसिल होटल है।" उसने कहा। मेरे भौगोलिक ज्ञान में इज़ाफ़ा हुआ। लेकिन उसने टंडन फ़ेमिली के बारे में कुछ भी नहीं कहा था। कुछ मामलों में सर्वेंट मूर्ख होते हैं। वो समझदार था। न उसने अपने बारे में कुछ बताया न मेरे बारे में कुछ पूछा।

सर्वेंट ने कॉटेज नम्बर दो का ताला खोला। दीवार के साथ बिजली के बोर्ड तक उसका हाथ अपने आप चला गया। उसने स्विच दबाया। कमरा जगमगाया।

सर्वेंट एक पल के लिए रुका रहा। एक बार उसने मुझे देखा। वो पता नहीं क्या कहना चाहता था या क्या पूछना चाहता था। उसने मेरा सामान कमरे के फ़र्श पर रखा। बिना कुछ कहे चला गया।

बहुत ऊँची छत। मोटी दीवारें। पुराने ज़माने का फ़र्श। बहुत बड़ा कमरा...एक के बाद दूसरा। फिर एक छोटा कमरा। किचन। बाथ। टायलेट। सब सुविधाएँ। मुझे और क्या चाहिए था?

दूसरे कमरे में एक फोल्डिंग बेड था। एक कुर्सी, एक मेज़ थी। एक आईना भी था—आदमक़द आईना। आईना बेशक साफ़ नहीं था। धुँधला गया था। आईने में देखते वक़्त अपना चेहरा तो दिखाई देता था—थोड़ा धुँधलाया-सा। लेकिन गुज़िश्ता वक़्त का चेहरा साफ़-साफ़ नज़र आता था।

मैंने कमरों को ग़ौर से देखा। इतने बड़े कमरों में एक अकेला मैं। इतनी ज़्यादा जगह भी डराने लगती है। मैं डरा हुआ नहीं था। सहमा हुआ ज़रूर था। बड़े और खुले और ऊँचे कमरों में मैं यहाँ-वहाँ चलता तो लगता जैसे कोई भटका हुआ राहगीर हो। ग़लत रास्ते पर चल पड़ा हो। मैं फोल्डिंग पलंग पर बैठता। उठ खड़ा होता। फिर ख़ाली पड़ी कुर्सी पर बैठता। फिर खड़ा हो जाता। काश, मैं अपने मन की कैफ़ियत समझ पाता।

आज मुझे पहली बार लगा था कि बहुत बड़े मकान में अकेला आदमी, वनवास भोगता हुआ, उम्र गुज़ारता है।

दो ख़ाली कमरे। एक अकेला मैं। मैं कई बार एक कमरे से दूसरे कमरे में आया-गया। किसी खो गयी चीज़ को ढूँढ़ता हुआ। कई बार मुझे लगा जैसे मैं अपने आपको ढूँढ़ रहा हूँ। कई बार मुझे ऐसा भी लगा जैसे मैं छुपम-छुपाई का खेल खेल रहा हूँ। लेकिन वह खेल ज़्यादा देर तक नहीं चल पाया था। दरसअल, छुपने की कोई जगह ही नहीं थी। मैं जहाँ भी छुपता। अपने आपको ढूँढ़ लेता।

दोनों कमरे चुपज़दा कमरे थे। कोई भी आवाज़ नहीं थी। मैं जिस घर से आया था, वहाँ कई सारी चीज़ों का अभाव था, लेकिन आवाज़ों का नहीं। हम कई सारे भाई-बहन थे। बोलते रहना हमारी आदत थी। बोलते हुए लोगों में, दीवारें भी बोलती हुई नज़र आतीं। बूढ़ी, थकी हुई, सीलन की मारी दीवारें, हमें कई बार बोलती हुई प्रतीत होतीं।

चुपज़दा कमरों की दीवारें...बहुत ऊँची दीवारें, कितनी चुप थीं! हर शय चुप थी। इतनी ज़्यादा चुप डराती थी। इतनी ज़्यादा चुपवाला मकान मैंने पहली बार देखा था। काश, मेरे पास कोई आवाज़ होती। किसी दूसरे की आवाज़।

अचानक दरवाज़े पर दस्तक हुई। सर्वेंट आया था। खाना लेकर। वो मुझे देखता रहा, मैं उसे।

टंडन फेमिली ने खाना भिजवाना उचित समझा था। वो दूरी बनाए रखना चाहते थे। उनके लिए यह ठीक था। मुझे ज़रा-सा महसूस हुआ। फिर मैंने अपने आपको समझाने की कोशिश की—आत्मसम्मान की बात कुछ दिन के लिए स्थगित रखिए चेतन साहब!

मुझे भूख लगी थी और भूख यूँ भी कई सारे सवालों का जवाब ख़ुद ढूँढ़ लेती है।

पेरिज़ होटल के लकड़ीवाले फाटक के पास कुछ पल रुका रहा मैं। मैंने कमीज़ की जेब पर हाथ रखकर देखा है। अपायंटमेंट लैटर मेरी जेब में है। उम्मीद का जुगनू मेरी मुट्ठी में हो जैसे।

वही उम्रदराज़ नीम का दरख़्त। ज़मीन पर नीम की सूखी हुई पत्तियाँ। निबोरियाँ। धूप और छाँव। जैसे किसी ने धूप ओर छाँव का छिड़काव कर दिया हो।

मैं नौ बजे निकल पड़ा हूँ। अभी से धूप में तपिश है। स्टाफ़ रोड की पटरी पर चलते-चलते मैंने एक चौराहा पार किया है...सिसल होटल। बिल्कुल पेरिज़ होटल की तरह, छोटी-सी चारदीवारी। वही बादामी रंगत। वही कॉटेज। मिल्टरी के ट्रक।

मिल्टरी की जीपें। आसमान में जहाज़। एक अजीब-सा शोर। लड़ाकू जहाज़ कलाबाज़ियाँ खाते। गुम हो जाते। फिर अचानक नमूदार होते। फिर आवाज़। गर्जन-तर्जन। हवाई जहाज़ों की इतनी तेज़ और इतनी ज़्यादा आवाज़ें, मैंने पहली बार सुनी हैं। यहाँ के बाशिन्दे इन आवाज़ों के आदी हो चुके हैं। मेरे लिए ये आवाज़ें नयी हैं।

सामने जीसज़ एंड मेरी कान्वेंट स्कूल है। स्कूल के सामने गैराज और ऑटो वर्कशॉप है। उस तरफ़ जो सड़क जा रही है, वो राय मार्केट है।

गोल चक्कर की पटरी पर मैं एक पल के लिए रुक गया हूँ। बायीं तरफ़ की सड़क सरहिन्द क्लब को जाती है और दायीं तरफ़ की सड़क महेशनगर। यही स्टाफ़ रोड ऑफ़ीसर्ज़ क्लब तक जाती है। यहाँ से कुछ दूरी पर जी.एम.एन. कॉलेज फ़ार गर्ल्ज़ है और जहाँ मैं खड़ा हूँ, मेरे सामने कैपिटल सिनेमा।

मैंने नीम के पेड़ के नीचे बैठे एक मोची से छियासठ मॉल के बारे में पूछा है। उसने इशारे से बताया है कि सीधे जाकर दायें मुड़ जाऊँ। फिर उसने अपने बाज़ू फैलाते हुए कहा है, "धुर, तोपख़ाना बाज़ार से रेलवे फ़ाटक तक मॉल रोड ही है।"

मैं थोड़ा अस्थिर हूँ। नामालूम जगह। सब कुछ अपरिचित। जो परिचित है,वो जेब में पड़ा अपायंटमेंट लैटर ही है।

मैं कौतुकभरी नज़रों से इधर-उधर देख रहा हूँ। इतनी साफ़, इतनी ख़ूबसूरत सड़क मैंने पहली बार देखी है। दोनों तरफ़ हरियाली है। दोनों तरफ़ पटरी।...इस अम्बाला छावनी में मैंने बहुत कुछ पहली बार देखा है। ख़ुद को अजनबी बनता हुआ भी मैंने पहली बार देखा है।

छियासठ दि मॉल की इमारत मेरे सामने है। बगनबेलिया, नीम, इमली, अमलतास के पेड़ और उनके बीच में एकतल्ला इमारत—छियासठ दि मॉल। गेट के पास प्रामिनेंट फ़ायर एंड जनरल इंश्योरेंस कम्पनी प्रा.लि. का बोर्ड लगा है। बोर्ड को कहीं-कहीं से ज़ंग लग गया है। लेकिन जो इमारत की दीवार पर बोर्ड टँगा है, वो नया है।

मैं दफ़्तर के बाहर ठिठक गया हूँ। मन में अजीब तरह का भाव है—उत्साह, उम्मीद, आशंका और संशय...संशय पता नहीं क्यों, जबकि मेरी जेब में नौकरी का नियुक्ति-पत्र है।

अभी साढ़े नौ बजे हैं...बल्कि नौ पच्चीस। दफ़्तर के आसपास एकदम ख़ामोशी है। जैसे छुट्टी हो। लेकिन दफ़्तर का मुख्य द्वार खुला है। मैं थोड़ा झिझक के साथ दफ़्तर में प्रविष्ट हुआ हूँ। कोई भी नहीं। सब कुर्सियाँ ख़ाली। इतना बड़ा हॉल देखकर मैं चकित हूँ। चकित मैं इस बात से भी हूँ कि हॉल के बिल्कुल आख़िरी सिरे पर एक अधेड़ उम्र का आदमी बैठा है। वो सिगरेट पी रहा है। अगर वो सिगरेट न पी रहा होता तो ऐसा लगता जैसे कुर्सी पर कोई बुत रख दिया गया है।

मैं कुछ पल हॉल के बीचोंबीच खड़ा रहा। अधेड़ उम्र के आदमी ने मुझे देख लिया था। उसने अपने पास खड़े चारासी को भेजा। चपरासी ने आकर कहा, "छोटे साहब बुलाते हैं।"

मैं सोचने लगा था कि दफ़्तर में छोटे साहब किसे कहते होंगे?

मैं सामने बैठे अधेड़ उम्र के आदमी तक पहुँचा। नमस्ते की।

"स्कूटर इंश्योरेंस या कार इंश्योरेंस?" उसने पूछा। सिगरेट का कश लिया। चुटकी-सी बजाई। ऐशट्रे में सिगरेट की राख को झाड़ा। मुझे देखा।

हर काम उसने बहुत धीरे-धीरे किया। जैसे उसकी समय के साथ कोई संगति न हो।

मैंने अपायंटमेंट लैटर निकाला। उसके सामने मेज़ पर रख दिया। उसने रुक-रुककर, सिगरेट का कश लेते हुए लैटर के मज़मून को पढ़ा। वो पहले से कहीं ज़्यादा संजीदा हो गया।

"दिल्ली से आये हो?" उसने पूछा, उसके लहज़े से मुझे लगा कि वो हिमाचली है।

"जी।" मैंने कहा।

उसने पुरानी सिगरेट के दो-तीन कश लिये। सिगरेट फेंकने से पहले उसने पुरानी सिगरेट से नयी सिगरेट सुलगाई। कश लिया। मुझे देखा। उसके देखने में अजीब तरह का सहमापन था।

"बैठिए।" उसने कहा। बैठने के लिए उसने बहुत देर बाद कहा। मुझे अटपटा लगा। जैस कुर्सी पर मुझे बिठाते हुए भी वो डर रहा हो।

मैं बैठा नहीं, खड़ा रहा। उसने भी मुझे दोबारा बैठने के लिए नहीं कहा।

अपायंटमेंट लैटर को तहाकर के वापिस करते हुए वो बोला, "यहाँ हर चीज़ आसान है।" इतना कहकर वो मेरी तरफ़ देखने लगा। सिगरेट के कश के लिए उसने अपने दायें हाथ को थोड़ा ऊपर उठाया। फिर वापिस मेज़ पर हाथ रखकर बोला, "यहाँ नौकरी करना इतना मुश्किल नहीं, जितना सरवाइव करना मुश्किल है।"

"मैं कुछ समझा नहीं।" मैंने चौंककर पूछा।

"सब समझ जाओगे अगर...।" उसने बात अधूरी छोड़ दी। रहस्य गहरा हो गया।

"अगर...?" मैंने उसकी बात के आख़िरी लफ़्ज़ को पकड़कर कहा।

"अगर यहाँ टिके रहे।" उसने बात पूरी की। एक तरह से उसने मुझे डरा दिया।

"लिसन!" उसने डूबती-सी आवाज़ में कहा। अभी जाओ यहाँ से। सवा

दस, साढ़े दस के बीच आना। पर्सनल डिपार्टमेंट के नरेश कुमार से मिलना।...नाऊ यू प्लीज़ गो। अभी जाओ यहाँ से।'' वो डरते हुए बोला।

मैं कुछ दूर निकल गया। मिल्टरी के ट्रक, मिल्टरी के दफ़्तर। अफ़सरों के कॉटेज। मॉल रोड। सुबह का वक़्त, जून की धूप। मैं...अकेला मैं और भटकाव और अजनबीयत और चिन्ता।

पन्द्रह-बीस मिनट का वक़्त गुज़रते नहीं गुज़र रहा था। मैं लौट आया। फिर वही छियासठ दि मॉल। फिर वही फाटक। फिर वही प्रामिनेंट फायर एंड जनरल इंश्यारेंस कम्पनी!

दफ़्तर में मैं पुनः प्रविष्ट हुआ हूँ। हॉल में कई सारे लोग आ चुके हैं। मेरे होने का किसी ने नोटिस नहीं लिया। सब एक-दूसरे से मिल रहे हैं। जैसे मुद्दतों बाद मिले हों।

मैं हॉल में एक तरफ़ खड़ा हूँ—भौंचक-सा। ख़ामोश-सा। परेशान-सा। मैंने महसूस किया है, कोई बनावटीपन-सा हो जैसे।...जैसे लोग न हों, आकृतियाँ हों।

मैं इतने सारे लोगों के बीच, कहीं ज़्यादा अकेला हो गया हूँ। आज मुझे महसूस हो रहा है जैसे अपना जिस्म भी बोझ हो और ऐसे माहौल में उसे ढोते हुए थकान का अनुभव करता हूँ। अपने जिस्म के बोझ को मैं उठा भी लूँ, लेकिन उपेक्षा के बोझ को उठाना मुश्किल लग रहा है।

हॉल के दूसरे सिरे पर वही अधेड़ उम्र का आदमी। अत्यधिक मसरूफ़। नज़रें गड़ाये। नज़रें झुकी हुई। सिर झका हुआ। वो ख़ुद भी झुका हुआ-सा। मुद्दतों तक ज़मीन के ज़र्रों को देखनेवाला आदमी, आसमान को देखना भूल जाता है। मेरे साथ बात करते वक़्त भी उस शख़्स की नज़रें झुकी रही थीं। वो अपनी सिगरेट को देखता रहा था, जैसे ज़िन्दगी के बुझे आतिशदान में राख़ को टटोल रहा हो।

हो सकता है मेरा अन्दाज़ा ग़लत हो। वो भी इसी रंगमंच का कोई किरदार हो... अपना पार्ट प्ले करता।

मैं खड़े-खड़े थक गया था। ऊब तो गया ही था। मैंने सोचा था कोई बुलाएगा। बुलाना तो दूर किसी ने देखा तक नहीं।

मेज़ के पास एक कुर्सी पड़ी है। बहुत सारी कुर्सियाँ पड़ी हैं। मैंने एक कुर्सी को थोड़ा-सा खींच लिया है मेज़ से थोड़ा परे। बैठ गया हूँ। थोड़ी राहत-सी मिली है। अभी मैं बैठा ही हूँ। पीठ के पीछे किसी ने हाथ रखा हो जैसे। मैं पलटकर देखता हूँ। चौंक गया हूँ मैं। मेरे पीछे खड़ा आदमी कह रहा है, ''कोई दूसरी कुर्सी ले लीजिए। यह कुर्सी मेरी है।''

मैंने एक बार उस आदमी को देखा है। जैसे मैंने कोई चोरी की हो। इसी अपराधभाव को लेकर मैं उसकी कुर्सी से उठ खड़ा हुआ हूँ। मैंने मन-ही-मन अपने आपको अपमानित-सा महसूस किया है।

कुछ देर तक मैं खड़ा रहता हूँ। हिम्मत नहीं होती किसी दूसरी कुर्सी पर बैठने की। कुर्सियाँ बहुत सारी ख़ाली पड़ी हैं। लेकिन किसी कुर्सी को खींचने की हिम्मत नहीं होती। लोगों की नौटंकी जारी है। कुछ बैठ गये हैं तो कुछेक उठ-उठकर मिल रहे हैं। बातें। मज़ाक। हँसना। हाथ मिलाना। चाय पीना। फोन करना। या कुछ न करते हुए यह अहसास कराना कि बहुत कुछ कर रहे हैं।

मैं थक-सा गया हूँ। इतनी सारी कुर्सियों में मैं पुरानी-सी कुर्सी को खींचता हूँ। बैठता हूँ। और इस इन्तज़ार में हूँ कि अभी कोई शख़्स मुझे इस कुर्सी से भी उठा देगा।

मेरा संशय सचमुच सच में बदल गया है। "अरे भैय्ये, इस कुर्सी को तो मैं बहुत देर से ढूँढ़ रहा था।" एक आदमी ने मेरे पास आकर कहा है।

मैं उठ खड़ा हुआ हूँ। और सरककर हॉल के एक बन्द दरवाज़े के पास जाकर खड़ा हो गया हूँ। मन में ग्लानि का भाव है और गुस्से का भी।

मुझे समझ नहीं आ रहा मैं किससे बात करूँ? सब लोग बैठ चुके हैं। मैं लोगों के चेहरों को देख रहा हूँ। जो चेहरा ज़्यादा संवेदनशील होगा उससे बात करूँगा। मैंने जाँच-परखकर एक आदमी को अपनी अपायंटमेंट की बात की है। उसने हाथ हिलाते हुए कहा है, "मुझे नहीं पता।"

मैं विचलित हूँ। किस तरह का दफ़्तर है ये। किस तरह के लोग हैं। कुर्सी पर बैठो तो कुर्सी छीन लेते हैं। किसी से कुछ पूछो तो बेरुखी से भरा जवाब मिलता है। कहाँ वो दिल्ली के केसरदास खत्री...के.डी.के. साहब, उनकी ज़रा-सी मदद की तो उन्होंने नौकरी का पत्र थमा दिया। और कहाँ ये दफ़्तर!

मुझे समझ नहीं आ रहा किससे बात करूँ? किसे अपना नियुक्ति-पत्र दिखाऊँ? लोगों की निस्संगता ने मेरा बहुत कुछ छीन लिया है। मेरा उत्साह। मेरी उम्मीद। मेरा धैर्य! मेरे पैरों में हताशा के साँप लिपट गये हों जैसे। मैं डगमगाने लगा हूँ। सोचने लगा हूँ—बाहर की दुनिया क्या सचमुच इतनी क्रूर होती है? नहीं, दुनिया इतनी क्रूर नहीं हो सकती। यह मेरी निराशा है...मेरा विचलन!

हिम्मत बटोरकर मैं इधर-उधर देखता हूँ। बैठने का सोचता हूँ। नहीं, कुर्सी पर नहीं बैठूँगा। कुर्सी पर बैठने के अनुभव ख़राब रहे। एक स्टूल पड़ा है। मैं उस स्टूल पर बैठ गया हूँ। इतनी देर से खड़ा था, उसकी थकान एक तरफ़। उपेक्षा और तिरस्कार ने मुझे कहीं ज़्यादा थका दिया है।

लोगों की बातचीत के टुकड़े मेरे कानों में पड़ रहे हैं। अभी रिजनल मैनेजर,

सहायक रिजनल मैनेजर आफ़िस सेकेटरी और नरेश कुमार नहीं आये।

स्टूल पर बैठा हुआ मैं बेशक अपने आपको कमतर महसूस कर रहा हूँ। लेकिन मुझे इस बात की तसल्ली है कि यहाँ से मुझे कोई नहीं उठाएगा। लेकिन मेरा यह ग़ुमान था। एक रूखी-सी आवाज़ ने मुझे चौंका दिया है...बल्कि डरा दिया है, "अरे ओ साहब, कहाँ जम के बैठा है? यहाँ कन्ने तो मेरे को फ़ेसिट मशीन रखनी थी।...ये स्टूल खाली कर। कोई दूसरा जुगाड़ देख ले।"

मैं स्टूल से उठ खड़ा हुआ हूँ—तुरन्त। कुछ इतनी तेज़ी के साथ जैसे हम पार्क में पड़े बैंच से उठते हैं, जब ये पता चले कि इस पर जो रोगन हुआ है, वो अभी गीला है।

मैं स्टूल से उठकर मुख्य दरवाज़े के पास जाकर खड़ा हो गया हूँ। मेरी आँखें भीग गयी हैं। मन करता है खूब सारा रोऊँ। लेकिन मैं रोता नहीं। अपनी भीग चुकी आँखों को अपनी पलकों के झपकने से साफ़ करने की कोशिश करता हूँ। मन करता है बाहर किसी नीम के पेड़ के नीचे जाकर बैठ जाऊँ। यह विचार मुझे ठीक-सा जान पड़ता है। मैं शिकस्ताहाल मुख्य द्वार से बाहर की तरफ़ जाने लगता हूँ कि हॉल में एक ऊँची-सी, गुस्सैल और सख़्त आवाज़ सुनायी देती है, "दीनानाथ, तेरी फ़ेसिट मशीन आदमी से ज़्यादा इम्पोटेंट है? यह तमाशा मैं पिछले आठ-दस मिनट से देख रहा हूँ। किसी अननोन जेंटिलमैन के साथ ऐसा सलूक करते हैं?...नाऊ, स्टाप दिस टाइप ऑफ़ रैगिंग!...वरना एक-एक का...।" नौजवान की बुलन्द और सख़्त आवाज़ ने माहौल को विचित्र-सी ख़ामोशी में ला पटका है। उसने अपना आख़िरी वाक्य अधूरा छोड़ दिया है। जानबूझकर। इसके बावजूद, उसकी आवाज़ में ललकार है।

"दिस इज़ नन ऑफ़ युअर बिज़नेस।" कोई मरियल-सी आवाज़ उभरी है।

"सोशल इंजीनियरिंग इज़ माई बिज़नेस, मिस्टर गुप्ता। कीप शट एंड माइंड योर ओन बिज़नेस।...दिस इज़ गुड फ़ार युअर हेल्थ।" फिर वही सख़्त और बुलन्द आवाज़, उसी नौजवान की।

गुप्ता चुप हो गया।

"क्या तुम इस दफ़्तर के कस्टोडियन हो?" फिर कोई आवाज़ उभरी।

"अफकोर्स!...पूरा दफ़्तर एक यंगमैन की फीलिंग हर्ट करता रहे और सब तमाशा देखते रहें। आई हेट दिस टाइप ऑफ जगलरी।...आपको शायद पसन्द हो, क्योंकि ह्यूमैनिटी का ख़ाना आपके अन्दर ख़ाली है।" यंगमैन बोल रहा था।

यह कोई धींगड़ा था। नौजवान ने उसको इस तरह चुप कराया जैसे ज़ुबान पर ताला लगाकर चाबी कहीं दूर फेंक दी हो।

हॉल के दूसरे सिरे पर बैठे अधेड़ आदमी ने सिर उठाकर देखा है। मुझे लगा

वो भी नौजवान की आवाज़ सुनकर अपने होने को महसूस करने लगा है।

मैं नौजवान को देख रहा हूँ। मन करता है देखता रहूँ। कितना दिलेर है। कितनी जुर्रत है उसमें। उसकी अकेली आवाज़ कितनी ताक़तवर है—किसी तलवार की तरह लहराती चली गयी हो जैसे। सब चुप हैं। जैसे चलती-फिरती आकृतियाँ कहीं पसर गयी हों। जैसे झूठी आवाज़ों का रेगिस्तान, अपनी रेत के नीचे दब गया हो, कहीं।

मैं उस नौजवान को देख रहा हूँ—लम्बा और तराशी हुई देहवाला नौजवान। मैं उसकी आवाज़ में छुपी शक्ति को नहीं, उस संवेदना को महसूस कर रहा हूँ। उसकी आवाज़, संवेदना की आवाज़ है जो मनुष्यता की पक्षधर है।

मैं हैरान हूँ बीस-बाइस लोगों पर एक अकेला आदमी कैसे भारी पड़ गया? क्या सचमुच संवेदना में इतनी ताक़त होती है?

इससे पहले कि मैं उसके पास जाता। वो लम्बे क़दम भरता हुआ मेरे पास आया है। उसकी बाज़ू भी लम्बी है।

मेरी तरफ़ बाँह फैलाते हुए उसने कहा है, "मेरा नाम रजत है।"

मैं उससे हाथ मिलाता हूँ। अपना नाम बताने की कोशिश करता हूँ। आवाज़ अटक गयी हो जैसे। आँखें फिर नम होने लगी हैं।

"आपको अपना नाम याद न हो तो कोई बात नहीं...आप अपना नाम कल बता देना।" उसकी इस बेतकल्लुफ़ बात पर मैं मुस्कराया हूँ। वो भी हँसने लगा है। शायद मैं चौबीस या छत्तीस घंटे बाद मुस्कराया हूँ।

"मेरा नाम चेतन है।" मैंने कहा है। मेरा हाथ अब भी उसके हाथ में है। उसने हाथों को ज़ोर से हिलाते हुए...हँसते हुए कहा है, "अच्छा नाम है। वैसे दोनों नाम मिलाकर देखें तो ऐसे लगता है जैसे हम फ़िल्मी संगीतकार हों...रजत-चेतन।...हुस्नलाल-भगतराम।" फिर वही हँसी। बेतकल्लुफ़। मेरे भीतर के सारे तनाव को बाहर फेंकती हुई।

"आप यहाँ अपायंटमेंट के लिए आये हैं?" उसने पूछा है।

"हाँ, लेकिन आपको कैसे पता चला?" मैं हैरान हूँ।

"छठी सेंस...सिक्स्थ सेंस।" वो हँसा है।

"रियली...सिक्स्थ सेंस?" मैं अब भी हैरान हूँ।

"अफकोर्स!...वैसे कल मुझ तक एक ख़बर पहुँची थी कि कोई...रिक्रूटमेंट केस...।" वो बता रहा है।

मैं उसकी बात काटते हुए पूछता हूँ, "केस?" मैं इस शब्द पर हैरान भी हूँ।

"हाँ केस!...आप देख नहीं रहे थे लोग आपकी केस हिस्ट्री तैयार कर रहे थे।" उसने इतनी गम्भीर बात को हँसकर कहा है।

मैं परेशान हो गया हूँ। पहले से कहीं ज़्यादा। ''क्यों कर रहे हैं ये लोग ऐसा व्यवहार?'' मैंने उससे पूछा है।

''ट्रीटमेंट।'' उसने कहा है।

''ट्रीटमेंट?'' मैं इस शब्द पर चकित हूँ।

''शॉक ट्रीटमेंट।'' सही शब्द बोलूँ तो।

''लेकिन क्यों?''

''क्योंकि ऊपर की लॉबी किसी आउटसाइडर को नहीं आने देना चाहती।'' उसने मुझे देखते हुए कहा है।

मैं घबरा गया हूँ। मेरी आवाज़ में भी वही घबराहट है, ''लेकिन होगा क्या?''

''लड़ाई।'' उसने इत्मीनान से इस शब्द को बोला है जैसे क़बीले.के सरदार लड़ाई को मनोरंजन समझते थे। उसी अन्दाज़ से रजत ने कहा है।

''ख़ैर छोड़ो...ये बाद की बातें हैं। दूसरे हॉल में नरेश कुमार आएँगे। वो पर्सनल के इंचार्ज हैं। आपको अपनी ज्वाइनिंग वहाँ देनी है।'' रजत बात समाप्त करना चाहता है।

वो जाने लगता है। मुझे वहाँ पर रुका हुआ देखकर उसने कहा है,'' अभी से चिन्ता में पड़ गये।...मेरे साथ आइए।...दो शब्द याद कर लीजिए—ब्रेव एंड बोल्ड!''

नरेश कुमार मेरा अपायंटमेंट लैटर देखकर परेशान हो गया है। मैं उसके चेहरे को देख रहा हूँ। वो मेज़ पर पड़े लैटर को देख रहा है। बीच में परेशानी है जो हम दोनों को देख रही है।

उसके चेहरे को देखकर ऐसा भी लगता है जैसे वो बहुत पुराना अजीर्ण का रोगी हो।

''दिस इज़ दि प्रॉब्लम।'' उसने अपनी परेशानी को वक्तव्य के रूप में बह जाने दिया है, ''यहाँ स्टाफ़ पहले से सरप्लस है। हमारी रिक्वायरमेंट पूछी नहीं। भेज दिया आपको। क्या करें इस अपायंटमेंट लैटर का?...क्या करें आपका?...कहाँ अडजस्ट करें?''

मैं चुप बैठा हूँ। जैसे कटघरे में अपराधी होता है—बेचैन। कुछ-कुछ वैसे। यहाँ अपायंटमेंट के लिए आना ही मेरा सबसे बड़ा अपराध है।

नरेश कुमार ऑफ़िस सुपरिंटेंडेंट हैं। दो और ऑफ़िस सुपरिंटेंडेंट हैं—महेश कुमार और सुदेश कुमार। तीनों कुमार इस दफ़्तर के 'थिंक टैंक' हैं। पहले वो तीनों

मिलकर मामूली बात की 'प्रॉब्लम' बनाते हैं। फिर बड़ी गम्भीरतापूर्वक उस पर विचार करते हैं।

जैसे कि अब मेरे अपायंटमेंट पर!

नरेश कुमार ने इंटरकॉम से दोनों कुमारों को बुलाया है।

कई बार न थियेटर होता है न रंगमंच। न कास्ट्यूम न सूत्रधार। लेकिन नाटक चलता रहता है। हमें बहुत बाद में मालूम होता है कि हम नाटक देख रहे थे। हमें बहुत बाद में मालूम होता है कि जिसे हम जीवन का सबसे बड़ा सच समझ रहे थे, वो सबसे बड़ा प्रपंच था।

मैं कुछ-कुछ समझने लगा था कि ज़िन्दगी एक द्यूत क्रीड़ा है। युधिष्ठिर दाँव में द्रोपदी हार गया था और मैं नौकरी।

उन तीनों ने मुझे देखा था जैसे कि वो न देखना चाहते हों और मुझे देख रहे हों।

नरेश कुमार के साथ उन दोनों के सिर इतने पास-पास थे कि ऐसा ग़ुमान होता था जैसे तीन सिरवाला कोई आदमी बैठा है। तीन सिरवाले आदमी की छः आँखें, छः कान, तीन नाक और तीन दिमाग़ हैं। तीन सिरवाला आदमी जो सोचता है वो ऑफ़िस ऑर्डर बन जाता है।

तीनों समवेत स्वर में बोले, "आपका अपायंटमेंट लैटर हमने देख लिया है। इस मीटिंग के बाद हम इस नतीजे पर पहुँचे है कि सरपलस स्टॉफ होने के बावजूद, हम आपको यहाँ जैसे-तैसे अडजस्ट कर लेंगे।...लेकिन एक कंडीशन होगी।"

"क्या?" मैंने संशयग्रस्त होकर पूछा।

"हम आपका इंटरव्यू लेंगे।"

"लेकिन मेरा इंटरव्यू तो हो चुका है।"

"कहाँ?"

"दिल्ली में।"

"जॉब कहाँ करनी है आपको?"

"अम्बाला में।"

"तो अम्बाला ऑफ़िस के क़ायदे-कानून आपको मानने पड़ेंगे।"

"लेकिन...?" मैं कहते-कहते अटक गया।

"सी जेंटलमैन!" सुदेश कुमार बनावटी विनम्रता और बौद्धिकता के साथ बोला, " 'लेकिन' जैसा वर्ड आपके इस्तेमाल के लिए नहीं है। 'लेकिन' में डिबेट की बिगनिंग है। इसके लिए हम आपको परमीशन नहीं देते।"

सुदेश कुमार की विनम्रता में किसी तानाशाह का आचरण छुपा था।

"इंटरव्यू इज़ मस्ट।" महेश कुमार ने कहा।

मैं चुप रहा। अपने आपको पराजित महसूस करता हुआ मैं।

''दिस ऑर दैट।...अब आपको फ़ैसला करना है।'' नरेश कुमार ने कहा।

मैं चुप रहा। मुझे लगा सिस्टम किसी अन्धी दीवार की तरह है—जो देखती नहीं...जो सुनती भी नहीं। उससे सिर्फ़ टकराया जा सकता है। उससे मैं टकरा रहा हूँ और लहूलुहान हो रहा हूँ।

मैं उन्हें देख रहा हूँ। तीनों कुमारों को। तीनों प्रपंचियों को देख रहा हूँ। तीनों बहुत कमज़ोर, लेकिन बहुत शातिर हैं। वो तीन हैं। मँजे हुए खिलाड़ी। पुराने। घाघ। सड़े हुए सिस्टम के नुमाइन्दे। गिरे हुए मूल्यों के प्रतिनिधि!

वो चाहते हैं मैं इंटरव्यू के लिए मना कर दूँ। वो यही चाहते हैं। उनका काम बहुत आसान हो जाएगा। वो बिना किसी झंझट के मुझे कम्पनी से बाहर कर देंगे। कि मैंने कम्पनी की कंडीशन मानने से इनकार कर दिया। कि मैंने कम्पनी के डेकोरम को भंग किया। कि मैं इस जॉब के लिए केपेबल नहीं हूँ।

''सर, मैं इंटरव्यू के लिए तैयार हूँ।'' मैंने कहा है। मेरी आवाज़ में दृढ़ता है।

तीनों ने मुझे चौंककर देखा है। जैसे कि मैंने उनकी तरफ़ कोई पत्थर उछाल दिया हो।

मैं उनके खेल में शामिल हो गया हूँ। खेल ख़तरनाक है। शायद इसलिए रोमांचक है।

''इंटरव्यू में अगर आप सक्सेसफुल न रहे तो आपका यह अपायंटमेंट लैटर यूज़लेस हो जाएगा।'' नरेश कुमार ने बड़ी संजीदगी से कहा है। उसने मुझे चेतावनी दी है या कि डराया है—मैं तय नहीं कर पा रहा।

''डोंट वरी!'' सुदेश कुमार की आवाज़ में वही कुटिलता है, जो विनम्रता का भ्रम पैदा करती है। वो थोड़ा रुककर बोल रहा है, ''ब्रिलिएंट नेवर अफ़रेड।...इंटरव्यू... इंटरव्यू तो हर क़दम पर है।''

मैं चुप हूँ। जानता हूँ। बहेलियों के बीच कोई मासूम परिन्दा आ जाए तो मुक्ति के रास्ते भी किसी नये पाखंड की भूमिका जैसे होते हैं।

''कल आप इंटरव्यू के लिए ग्यारह बजे आ जाइए।'' नरेश कुमार ने कहा है। सब पहले से तय था जैसे।

मैं प्रामिनेंट इंश्योरेंस कम्पनी के हॉल से बाहर आ गया हूँ। नीम के दरख़्त के नीचे एक पल के लिए रुका हूँ। हॉल के दमघोटू वातावरण से यहाँ खड़े होना मुझे ज़्यादा अच्छा लग रहा है।

रजत आया है। मुझे देखते हुए उसने पूछा है, ''क्या रहा?''

''कल ग्यारह बजे इंटरव्यू के लिए बुलाया है।'' मैंने कहा है। स्वर में हताशा है।

"देखते हैं।" उसने कहा है। बहुत संक्षिप्त-सा वाक्य। मुझे उम्मीद थी वो मेरे साथ दो-चार मिनट खड़ा रहेगा। लेकिन वो रुका नहीं। यह क्या कम बात है कि वो आया तो सही। पैंसठ-सत्तर लोगों के बीच कम-अज़-कम एक यंगमैन तो ऐसा है जिसे मेरे बारे में चिन्ता है।

गरमी का मौसम न होता तो मैं अम्बाला कैंट की सारी सड़कें छान मारता। लेकिन धूप तीखी थी। मैं उद्विग्न था। अजीब किस्म की मन:स्थिति थी। मैं न खुश था न उदास। विरक्ति का भाव था शायद। सब कुछ आनेवाले कल पर निर्भर था। मेरा भविष्य और मेरे जीवन का आरम्भ, आनेवाले कल पर टिका था।

मेरा कोई लक्ष्य नहीं था। लक्ष्य एक था—दिन गुज़ारना। मेरा मन, मेरा दिमाग़ और मैं तीनों अलग-अलग हो गये हों जैसे। कभी मैं किसी सड़क पर चल पड़ता तो कभी चलते-चलते अचानक रुकता। किसी शीशम या अमलतास के वृक्ष के नीचे। मन कहता सामनेवाली सड़क पर चल। मैं चल पड़ता।

अम्बाला कैंट की सड़कें साफ-सुथरी थीं। नाक की सीध में जाती सारी सड़कें— कहाँ समाप्त होती थीं, इसका मुझे अहसास नहीं था। नेपीयर-सी रोड, स्टाफ रोड, मॉल रोड, पेरियर रोड, कॉलेज रोड, चर्च रोड, मेजर थापा रोड...

मैंने कई सारी सड़कें बदलीं। चेहरे पर उग आयी पसीनें की बूँदों को रूमाल से साफ़ किया। पानीवाली रेहड़ी से पानी पीया। एक चाय के स्टॉल पर चाय पी। घूमता रहा। कुछ देर के लिए मैं भूल-सा गया। मुझे ऐसे लगता रहा जैसे नौकरी के लिए नहीं, अम्बाला कैंट की सड़कें, बैरकें और चर्च देखने आया हूँ।

मैं दिन भर भटकता रहा। कभी मैं हवा से, जुगनू से, सूखे पत्तों से, पूछा करता था—कहाँ भटकते फिरते हो? मैं मख़ौल उड़ानेवाले लहज़े में पूछता था। आज मैं ख़ुद भटकता रहा। वही सवाल मेरा भी पीछा करता रहा—क्यों भटकता फिर रहा हूँ? मुझे जैसे अपने अन्दर जवाब भी मिल गया हो—भटकना ही तो खोज है।

मैं सोचता रहा—अगर मुझे नौकरी मिल जाए तो कितना अच्छा होगा! मैं अपने पिता के कन्धे पर पड़ा ग़रीबी का बोझ थोड़ा-सा उतार लूँगा। मैं इस शहर को जी भरकर देखूँगा। एक-एक सड़क पर चलूँगा...दूर तक...बहुत दूर तक। सड़क के दोनों तरफ़ उगी घास को भी जी भरकर देखूँगा। आसमान में उड़ते जहाज़ों की आवाज़ों को ख़ूब सुनूँगा। आज मैंने कैपिटल सिनेमा को दो-तीन बार देखा है—आते-जाते। कभी इसमें बैठकर फ़िल्म भी देखूँगा।

चर्च के बाहर खड़े होकर मैंने सूरज को देखा डूबते हुए। वो मेरी उम्र का एक दिन उठाकर ले जा रहा था—पूरे का पूरा दिन। मैं चर्च के बाहर खड़ा था—शान्त!

फिर वही पेरिज़ होटल! वही कॉटिज नम्बर दो। वही कमरे—ख़ाली-ख़ाली।

ऊँचे। विशाल। मोटी दीवारों और बड़े-बड़े रोशनदानोंवाले कमरे।

कमरे में आतिशदान! मैं आतिशदान के सामने खड़ा हूँ। अतीत की जल चुकी लकड़ियों की राख को देखता। आतिशदान को देखना, जैसे इस कॉटिज की किसी बहुत पुरानी एलबम को देखना हो। इतिहास की ख़ाक़ और वक़्त की राख़, आतिशदानों में बची रहती है। अहंकार का तिलिस्म इसी तरह टूटता है।

मुझे लगता है, इन कमरों का एकान्त मेरी प्रतीक्षा में था। मेरे आने के बाद, इन कमरों के एकान्त को आँखें मिल गयी हों जैसे। वो मुझे देखता है। मेरे उठने-बैठने को महसूस करता है। मेरे पैरों की चॉप को सुनता है। अभी मैंने कुछ देर पहले नल चलाया था। कई सारी आवाज़ें कमरों में तैरने लगी थीं। पानी के छींटे बाथरूम में पड़ रहे थे—आवाज़ों के छींटे कमरों में। एकान्त, जैसे मुस्कराया हो। बन्द कमरों के एकान्त में मैं चला आया था। उसे लगा जैसे मैं उससे दोस्ती करने आया हूँ।
मैं थक गया हूँ। बाहर सड़कों पर और यहाँ कॉटिज के दो कमरों में अकेले भटकना। मैं इस कॉटिज में भी थक जाता हूँ। इस बात का शिद्दत से अहसास होता है कि मैं बेघर हूँ। बेघर आदमी हमेशा थका-थका-सा रहता है।

मैं फोल्डिंग पलंग पर पसर गया हूँ। दोपहर को सिर्फ़ चाय पी थी। कुछ नहीं खाया था। भूख लगी है। अचानक मुझे मठरियाँ, बिस्कुट और भुने हुए चनों का ध्यान आता है। माँ ने तीन छोटे-छोटे डिब्बों में सब चीज़ें डाल दी थीं। मैंने मना किया था। माँ ज़िद पर अड़ी रही। बोली, "आड़े वक़्त में ये चीज़ें काम आएँगी।"

मैंने बैग में दो स्टील की प्लेट निकाली। मठरी, दो-चार बिस्कुट और थोड़े-से चने स्टील की प्लेट में रखे। अभी मैंने एक बिस्कुट ही खाया था। दरवाज़े पर दस्तक हुई। दरवाज़ा बन्द नहीं था। मैं घबरा-सा गया। कौन होगा? शायद सर्वेंट हो। सर्वेंट का ध्यान आते ही मैं बैठा रहा। सर्वेंट की उपस्थिति से मैं परेशान नहीं होता था।

कुछेक आवाज़ों के साथ दरवाज़ा खुलता चला गया। मैंने दरवाज़े की तरफ़ देखा। सामने टंडन परिवार की वही लड़की खड़ी थी। मैं उसे देखकर हड़बड़ा गया। उठ खड़ा हुआ। समझ नहीं आ रहा था कि क्या कहूँ? बिल्कुल अपरिचित लड़की। मेरे इस कॉटिज में। जहाँ मैं अकेला था। बिल्कुल अकेला।

"आप?" मैं इतना कह पाया। कभी उसे तो कभी पलंग पर रखी स्टील की प्लेट को देखने लगता जिसमें बिस्कुट, मठरियाँ, और चने रखे थे।

लड़की कमरे में चली आयी है। मुस्कराती हुई। मैं नर्वस हूँ। वो मेरे सामने आकर खड़ी हो गयी है।

"मेरा नाम है...विद्या टंडन!...कल तो नाम-शाम की ज़रूरत ही नहीं पड़ी थी।" वो कहती चली गयी है। उसने पूरे कमरे का जायज़ा लिया है। मैंने अभी

सामान ज़रूरत भर निकाला है।

वो पलंग पर बिखरे सामान को देखते-देखते ख़ाली पड़ी कुर्सी पर बैठ गयी है। उसकी नज़रें स्टील की प्लेट पर जम गयी हैं।

मैं चोर नज़रों से उसे देख रहा हूँ। वो बहुत सुन्दर लग रही है। अकेले कमरे में दो। एक लड़की, एक लड़का। इस बात का सोचकर मेरी धड़कन तेज़ हो गयी है। पूरे शरीर में कोई सनसनी-सी दौड़ती चली गयी हो जैसे।

वो सहज है। मैं उसकी सहजता पर चकित हूँ। उसे देख रहा हूँ। इस कमरे में एक वो है जो भिन्न लग रही है सौम्य, आकर्षक और अभिजात!

उसका क़द लम्बा है। वो ख़ूबसूरत है। उसके बात करने का अन्दाज़ दिलकश है। उसमें ताज़गी है। वो कमरे में आयी है, जैसे बासी माहौल में ताज़गी फैल गयी हो।

मेरा फटा हुआ बैग। बिखरे हुए कपड़े। पुरानी चप्पल। और स्टील की प्लेट में बिस्कुट, मठरियाँ और चने।

"आप डिनर बहुत हल्का लेते हैं।" उसने इन चीज़ों को देखते हुए...होठों पर मुस्कान बिखेरते हुए कहा है।

मुझे लगा वो मेरा मख़ोल उड़ा रही है। लेकिन मेरा सोचना ग़लत है। उसने एक बिस्कुट उठाया है। खाने लगी है। खाते-खाते मुझे देखा है उसने। मुस्कराई है। उसकी आवाज़ में भी जैसे मुस्कराहट शामिल हो गयी हो। वो कह रही है, "बिस्कुट बहुत अच्छे हैं।...मैदेवाले बिस्कुट मुझे अच्छे नहीं लगते। ये आटे के बने हैं न?...यूँ भी घर से लायी गयी चीज़ें अकेलेपन में अच्छा साथ निभाती हैं।"

उसने मुझे देखा है। कितनी सहज लग रही है वो। कहीं कोई द्वेष नहीं। कोई फ़र्क नहीं। कोई विकार नहीं। वो जानती है कि अकेले कमरे में किसी लड़के के साथ बैठी है...उस लड़के के साथ, जिसे वो बिल्कुल भी नहीं जानती। इसके बावजूद इतनी निश्चिन्त!

"बिस्कुट खाने के लिए निकाले थे न।" वो पूछ रही है।

"हाँ।" मैं कहीं ख़्यालों की दुनिया से लौट आया हूँ।

"तो फिर खाते क्यूँ नहीं?" उसकी आवाज़ में आदेश है। जैसे कोई पुराना मित्र आदेश देता है, वैसे।

मैं झेंप गया हूँ। इतनी अपरिचित और इतनी सुन्दर लड़की ने कमरे में आकर मुझे अस्त-व्यस्त कर दिया है। वो न आती तो कितना अच्छा होता। मैं बिस्कुट खाता। एक-एक दाना चने का मुँह में डालता। पानी पीता। बिल्कुल अपनी तरह से वक़्त गुज़ारता।

मैं विद्या टंडन नाम की इस लड़की को देखता हूँ तो मन में कुछ होने लगता

है। कोई विद्युत तरंग-सी लहराती जाती है। मैं उसे नहीं देखता तो बेचैन होने लगता हूँ। नज़रें उसकी तरफ़ दौड़ती चली जाती हैं।

उसने स्टील की प्लेट उठाकर मेरी तरफ़ बढ़ायी है। जैसे मैं उसका अतिथि हूँ। जैसे वो मेरा आतिथ्य कर रही हो।

मैंने एक बिस्कुट उठाया है उसने मठरी को आधा तोड़कर उठा लिया है।

''बढ़िया है।...आपकी माँ ने बनायी होंगी?'' वो प्रशंसाभरे शब्द बोल रही है। मैं उसे जवाब देना भूल गया हूँ। सिर्फ़ उसे देख रहा हूँ। अचानक वो सँभलती है, ''ऐसे क्या देख रहे हैं?''

''आपकी सादगी।'' मैंने गम्भीरता से कहा है।

''वो तो मैंने यहाँ से चुराई है।'' हँस रही है वो।

मैं उसकी हाज़िरजवाबी समझूँ या कुछ छुपा लेने की कला।

''आप बहुत अच्छी हैं।'' मैं उसकी तारीफ़ करता हूँ। इतनी जल्दी की गयी तारीफ़ से वो ज़्यादा ख़ुश नज़र नहीं आती। बात को समाप्त करते हुए उसने नया विषय ढूँढ़ लिया है।

''आपकी ज्वाइनिंग थी आज...कैसा रहा एक्सपीरिएंस?''

''बहुत ख़राब।''

''अरे...क्या कह रहे हैं आप?...बड़ी प्रतिष्ठित कम्पनी है।...वहाँ पर आपके साथ...।'' वो कहते-कहते रुक गयी है।

मैं सँभल गया हूँ। अपनी समस्याओं का पिटारा खोलकर दिखाना, हमदर्दी की भीख माँगने जैसा है।

''क्या हुआ?'' उसके स्वर में उत्सुकता है...शायद कोई दुख का कोना भी छुपा हो।

''ऐसा कुछ नहीं हुआ कि परेशान हुआ जाए। बस, कल मेरा इंटरव्यू है।''

''तो?''

''इंटरव्यू एक तरक़ीब है।''

''किस बात की?''

''मुझे बाहर करने की।''

''शायद ऐसा न हो।'' वो कह रही है।

''शायद।'' मैं कहता हूँ।

''आपका नाम क्या है?'' अचानक वो मेरा नाम पूछती है। अचानक मेरा नाम पूछना! वो इसी तरह शिफ़्ट करती है बातों को।

''चेतन।'' मैं अपना नाम बताता हूँ।

''जड़ता का विलोम...यानी चेतन।'' वो मेरे नाम की तफ़सील करती है। मैं

चकित हूँ। मैंने अपने नाम को कभी इस तरह से नहीं जाना था।

मैं समझता था नाम सिर्फ़ सम्बोधन के लिए होता है।'' मैं कहता हूँ।

''बेशक! लेकिन सम्बोधनों के पीछे कुछ और भी गूँज रहा होता है।'' बिस्कुट का टुकड़ा उसके हाथ में है। वो मुझे देख रही है। और मैं सम्बोधनों की गूँज के अर्थ तलाश कर रहा हूँ।

''मेरी बात आप शायद समझे नहीं।'' विद्या के हाथ में अब भी बिस्कुट का टुकड़ा है। जिसे वो खा नहीं रही।

''मैं नहीं समझा।'' झिझकते हुए मैंने कहा है।

''मैं जब आपको बुलाने के लिए चेतन कहूँगी तो उस सम्बोधन में अपनेपन का भाव होगा।'' उसने कहा है। बिस्कुट का टुकड़ा खाने लगी है।

मैं हतप्रभ हूँ। वो केवल सुन्दर नहीं, बौद्धिक भी है।

''एक बात कहूँ चेतन?'' विद्या टंडन मुझे देखते हुए प्रश्न करती है। मेरा नाम लेकर मुझे बुलाती है। यह रोमांचक क्षण हैं।

मैं उसकी तरफ देखता हूँ।

''मरने से पहले जो लोग मरने की तैयारी में जुट जाते हैं, वो लोग मुझे अच्छे नहीं लगते।'' विद्या टंडन की आवाज़ में सख़्ती है।

यह उसका बदला हुआ लहज़ा है—एक दृढ़ युवती का लहज़ा।

मैं चुप हूँ। कुछ समझ नहीं आ रहा उसे क्या जवाब दूँ?

''आप कैसे यंगमैन हैं...लड़ने से पहले आपने हार को स्वीकार लिया।'' वो जैसे मुझे आईना दिखा रही हो। जिसमें मैं हूँ पराजित-सा नौजवान!

''आपको दफ़्तर की पालिटिक्स का पता नहीं।'' मैं उसे समझाने की कोशिश करता हूँ।

''आपको पता है?'' आवाज़ में वही सख़्ती।

''मुझे भी पता नहीं।''

''महज़ अनुमान!'' वो कहती है।

''दफ़्तर का वातावरण अच्छा नहीं।'' मैं उसको देखता हूँ।

''हम काला चश्मा लगाकर धूप को देखें तो उसका रंग भी साँवला नज़र आएगा।'' वो कहती है। मुझे देखती है। किसी अनजान लड़की का इस तरह मेरे चेहरे पर नज़रें गड़ाकर देखना, मेरे मन में उथल-पुथल मचा देता है।

मैंने सोचा था वो मेरी बातें सुनकर हमदर्दी जताएगी। लेकिन उसने मेरी कमज़ोरियों को पकड़ लिया हो जैसे।

''इंटरव्यू में पता नहीं क्या-क्या पूछ लें?'' मैं अपने भय को स्पष्ट करता हूँ।

''हो सकता है आपका नाम, आपके घर का पता पूछें।'' उसने चने के कुछ

दाने उठाये हैं।

मेरे संशय को उसने गेंद की तरह हवा में उछाल दिया है।

"एक बात पूछूँ?...अगर इंटरव्यू में आप फेल हो गये और यह नौकरी आपको नहीं मिली...तो क्या आप आत्महत्या कर लेंगे?"

"जी?" मैं चौंक गया हूँ। शब्द ढूँढ़ते हुए मैं बोल रहा हूँ, "नहीं...आत्महत्या,...ऐसा तो नहीं सोचा मैंने...बिल्कुल भी नहीं।"

"तो ठीक है। अपनी प्रॉब्लम को लार्जर देन लाइफ़ मत बनाइए।" वही दृढ़ता। वही स्पष्ट-सा स्वर।

अब मैं उसे देख रहा हूँ—एकटक। अचानक वो मुझे देखकर हैरान हो गयी है। मैं ऐसे क्यों देख रहा हूँ। इस तरह देखना न सिर्फ़ अमर्यादित है बल्कि फूहड़ता से भरा भी है।

"चलो यहाँ से चलते हैं। अपना कमरा बन्द करो और उठो।" वो कह रही है। उसकी आवाज़ में आग्रह है और इतनी बेतकल्लुफ़ी कि मैं चकित हो गया हूँ। पिछली रात की ज़रा-सी हाय-हैलो और चाय के बाद...यह शाम और विद्या टंडन की यह बेबाक़ी!

"कहाँ?" मैं चकित होकर पूछता हूँ। मन-ही-मन मैं रीझ-सा गया हूँ। उसकी बातों पर रीझ गया हूँ और उसके निमन्त्रण पर।

"घर चलते हैं।" उसने बात साफ़ की है।

"घर?" मैं जानबूझकर अनजान बनने लगा हूँ।

"घर!...जो यहाँ से बीस गज़ दूर है।" वो मुस्करा रही है। वो मुस्कराते हुए अच्छी लगती है।

विद्या टंडन के घर में आज मैं प्रविष्ट होते हुए कल की तरह भयभीत नहीं हुआ। मैंने चप्पल पहन रखी थी। उसे मैंने दरवाज़े केपास उतारा और कुर्सी पर बैठ गया।

विद्या टंडन सोफ़े पर बैठते-बैठते रुकी। मेरे सामने कुर्सी पर बैठ गयी है। बैठते हुए उसने कहा है, "अभी चाय बना लाती हूँ।"

"आप बनाएँगी?" मैं थोड़ा हैरान हूँ।

"मैं चाय अच्छी बनाती हूँ।"

घर में चुपचाप है। मुझसे रहा नहीं गया। पूछ ही बैठा हूँ," घर में कोई नहीं है क्या?"

"है क्यों नहीं?" वो हँसती है, "मैं हूँ...आप हैं।"

"लेकिन मैं तो अपरिचित हूँ।"

"हम सब अपरिचित ही तो होते हैं।

"मतलब?"

"मतलब...अभी चाय पीते-पीते हम परिचित हो जाएँगे।" आवाज़ में वही सम्मोहन। वही दृढ़ता। वही अनुशासन।

मैं हैरान हूँ। एक दिन पहले इतना रूखा व्यवहार और आज अकेले घर में, अपने सामने बिठा दिया है विद्या टंडन ने।

आज चाय पीते हुए मैं कल जैसा नर्वस नहीं हूँ। शायद आज मैं अपने-आपको सम्मानित मेहमान समझ रहा हूँ।

चाय पीते-पीते एक बात बार-बार मेरे होठों तक आती है। रहा नहीं जाता। मैं पूछ ही बैठता हूँ, "आज आप मेरे कमरे में आयीं, तब भी मैं अकेला था और यहाँ... इस अकेले घर में आप मुझे अपने साथ ले आयी हैं।"

"मैंने विश्वास करना सीखा है।...जब आप विश्वास करना सीख जाते हैं तो भयमुक्त हो जाते हैं।"

मैं भौंचक-सा उसे देखता हूँ।

"आप बताएँगे...मैं आपसे किसलिए डरूँ?" उसने अजीब-सा सवाल पूछा है। इस सवाल का मेरे पास कोई जवाब नहीं।

वो मुस्करा रही है।

कॉल बेल बजी है। पैक्ड डिनर। विद्या टंडन ने एक बार फोन किया था। अब समझा हूँ। उसने किसी रेस्तराँ से खाना मँगवाया था।

उसकी चतुराई। उसकी कुशलता। उसकी दृढ़ता। उसका विश्वास। उसकी सुन्दरता। उसका देखना। उसका अजनबीपन को तोड़ने का हुनर।

खाना हमने साथ-साथ खाया है—अकेले घर में दो अपरिचित युवक-युवती। डाइनिंग टेबल। खाना।

वो कॉफी बना लायी है।

एक ही दिन में कितना कुछ बदल गया है। कल मेरे कमरे में सर्वेंट थाली रख गया था—तीन चपातियाँ दाल और सब्जी।

आज विद्या टंडन मेज़बान है...नहीं, आज इस घर की संवेदना मेज़बान है।

मैं उठकर आने लगा हूँ उसने हाथ बढ़ाकर मुझसे हाथ मिलाया है। मुस्कराते हुए इंटरव्यू के लिए शुभकामना दी है। मुझे लगता है, मैं कोई सपना देख रहा हूँ।

कमरे में गुर्राती हुई चुप है। सनमाइका की बड़ी-सी मेज़। मेज़ के उस तरफ़ चार जन। सुदेश कुमार, नरेश कुमार, महेश कुमार और प्रेमसिंह!...प्रेमसिंह को मैंने पहली बार देखा है। उसका डीलडौल, उसका व्यक्तित्व, उसकी दृष्टि का तीखापन,

उसका रौबदार चेहरा, भरे हुए गाल, लाल सुर्ख और गोरा चेहरा।

यह हॉल नम्बर एक के साथ सटा हुआ कमरा है। कमरा बन्द कर दिया गया है। कमरे में कुल पाँच लोग हैं। चार वो और एक मैं!

सबके चेहरे सपाट हैं—भावशून्य! सनमाइका की टेबल-जैसे। सनमाइका की टेबल किसी विभाजन रेखा की तरह है। किसी नो-मैन्स लैंड की तरह...किसी फ़ासले की तरह।

वो तनावमुक्त हैं। मैं सशंकित! वो चुप हैं। मैं भी चुप हूँ। ऐसा लगता है, वो शब्दों से ज़्यादा, अपनी इस चुप से मुझे मार देना चाहते हैं।

मैं चाहता हूँ संवाद हो। वो चाहते हैं यही चुप बनी रहे। चुप मुझे विचलित कर रही है। वो यही चाहते हैं। उम्मीदवार अगर विचलित हो जाए तो उसकी उम्मीदों की ज़मीन सरकने लगती है।

प्रेमसिंह का क्या रुतबा है मैं नहीं जानता। लेकिन इतना तय है, वो इन तीनों से बड़ा अधिकारी है। उसने और कुछ नहीं किया। सिगरेट सुलगा ली है। तीन-चार कश लिये हैं। मुँह को छत की तरफ़ उठाकर धुआँ उगल दिया है। धुआँ फैलता चला गया है। हम सबके हिस्से में कुछ-कुछ धुआँ आया है। प्रेमसिंह ने सिगरेट की राख़ को ऐशट्रे में झाड़ दिया है। ख़ामोशी की राख़ पूरे कमरे में भर चुकी है।

प्रेमसिंह स्मार्ट, ख़ूबसूरत है। सिगरेट पीते हुए वो बेफ़िक्र भी नज़र आता है। वो कश लेता है। तीनों कुमारों को असुविधा होती है। मुझे अच्छा लगता है।

कमरे की चुप सवाल की तरह है। वो जवाब माँगती है। लेकिन चुप का जवाब क्या हो सकता है—शायद आवाज़ चुप का जवाब हो।

तीन कुमारों ने फ़ाइलें खोल ली हैं। वो पढ़ रहे हैं। बहुत मसरूफ़ हैं वो। एक ने मेरे सामने पेपरवेट रख दिया है। मैं जानता हूँ, पेपरवेट जानबूझकर रखा गया है। ताकि मैं उसे घुमाने लगूँ। बेचैन आदमी मेज़ पर पड़े पेपरवेट से खेलने लगता है। कई बार वो इतना बेचैन होता है कि ख़ुद किसी पेपरवेट की तरह लुढ़क पड़ता है।

मैंने पेपरवेट को देखा है। कमरे के अन्दर तनाव है किसी भारी-भरकम पेपरवेट की तरह।

प्रेमसिंह ने दूसरी सिगरेट सुलगा ली है। उसका लाइटर ख़ूबसूरत है—उसकी तरह। उसकी सिगरेट किंग साइज़ है—उसकी तरह!

यह अजीब तरह का इंटरव्यू है। न सवाल न जवाब। सिर्फ़ ख़ामोशी।

अचानक कुछ अनोखा घटित हुआ है। प्रेमसिंह की सिगरेट की राख़, ऐशट्रे के बजाय मेज़ पर गिर गयी है। पंखे की हवा में राख़ फैलती चली गयी है। तीनों चिढ़ गये हैं। नरेश कुमार अपनी खुन्दक को छुपा नहीं सका, ''सर...।''

''सॉरी।'' प्रेमसिंह ने कहा है। जेब से रूमाल निकालकर राख साफ़ करते

हुए वो कह रहा है, "राख़ भी कमबख़्त कहाँ-कहाँ तक फैल जाती है।"

एक ख़ुशबू-सी फैल गयी है। प्रेमसिंह का रूमाल इत्र सना है शायद!

तीनों के चेहरे फ़ाइलों जैसे हैं—फ़ाइल पढ़ते हुए फ़ाइलों जैसे चेहरे।

ऐसा लगता है यह नाटक है जो जारी रहेगा। यह ऐसा नाटक है, जिसका पर्दा कभी नहीं गिरेगा। इस नाटक को देखनेवाला एक अकेला मैं। मैं कितना भी ऊबने लगूँ, यह नाटक मुझे देखना होगा...देखते रहना होगा यह नाटक!

अचानक यवनिकापात हुआ है।

प्रेमसिंह ने सिगरेट का कश लेते हुए, मुझे देखते हुए सवाल पूछा है, "वेल जेंटिलमैन...टेल मी।...शर्ट के कितने बटन होते हैं?"

सवाल सुनकर मैं चौंक गया हूँ। वो तीनों बौखला-से गये हैं।

"सर, कमीज़ के बटन सात होते हैं।" मैंने जवाब दिया है।

"आठ क्यों नहीं?" प्रेमसिंह ने सवाल को और आगे बढ़ाया है।

"सर, समन्दर सात होते हैं। इन्द्रधनुष के रंग भी सात।" मैंने बेतुका-सा जवाब दिया है।

"बट, मेरी शर्ट के नौ बटन हैं।" प्रेमसिंह जिरह करने के मूड में है।

"सर, बाज़ू के दो बटन जोड़ लें तो कुल नौ बटन होते हैं शर्ट के।" मैंने बटनों का गणित पेश किया है।

"वैरी गुड।" प्रेमसिंह ने सिगरेट का लम्बा-सा कश खींचते हुए कहा है। फिर सिगरेट को देखते हुए सवाल किया है, "सिगरेट के बारे में कोई कमेंट?"

"इंजीरियस टू हेल्थ।" मैंने तुरन्त कहा है। मैंने एक बार ज़रा-सा तीनों की तरफ़ देखा है। वो फ़ाइलें खोलकर बैठे हैं—तिलमिलाए हुए।

"ओल्ड कमेंट।" प्रेमसिंह पहली बार ज़रा-सा मुस्कराया है।

"सर डोंट माइंड!...एक सिरे से सिगरेट जलती है दूसरे सिरे से सिगरेट पीनेवाला।" मैंने कहा।

"गुड!...कोई और कमेंट।" प्रेमसिंह ने सिगरेट को ऐशट्रे पर रखा है। वो मुझे देख रहा है। मुझे लग रहा है वो इंटरव्यू नहीं ले रहा...मज़े ले रहा है। मैं अब तनावमुक्त हो रहा हूँ।

"सर, सिगरेट और ज़िन्दगी दोनों का अन्त एक-जैसा होता है। सिगरेट जलकर राख़ हो जाती है और ज़िन्दगी भी जब ख़त्म होती है तो यादों की राख़ के सिवा कुछ नहीं बचता।"

"वैरी गुड।...गुड सिमली।" प्रेमसिंह ने प्रशंसा की है।

"स्टाप इट।...लिसन।...लाइफ़ पर कोई कमेंट नहीं।...कोई...डिगस्टिंग बात नहीं।" सुदेश कुमार अपने माथे का पसीना पोंछ रहा है।

"सॉरी सर।" मैं सहम गया हूँ। कहीं बात बिगड़ न जाए। मैं इसलिए सहम गया हूँ।

सुदेश कुमार की धड़कन अभी भी सामान्य नहीं हुई। मृत्युबोध उसे डराता है। वो ज़िन्दगी जीना चाहता है। सिगरेट की तरह ख़त्म नहीं होना चाहता।

"रिलैक्स सुदेश कुमार!...कुछ भी नहीं हुआ। आज अपना बी.पी. और ई.सी.जी. चैक कराना।" प्रेमसिंह ने ऐशट्रे पर रखी सिगरेट को उठाकर कश लेते हुए कहा है।

सुदेश कुमार की घबराहट कुछ कम हुई है। वो फ़ाइल में एक कागज़ निकालकर कुछ लिखने लगा है। प्रेमसिंह की नज़र उसी कागज़ पर है। प्रेमसिंह ने अचानक सुदेश कुमार से कागज़ छीन लिया है, "माई डीयर फ्रेंड, इट इज़ नॉट रिटन टेस्ट। सिम्पली एन इंटरव्यू।" इतना कहकर उसने कागज़ को डस्टबिन में डाल दिया है।

"आपकी योग्यता?" महेश कुमार ने पूछा है।

"बी.ए. ।...मार्कशीट फ़ाइल में रखी है सर।" मैंने कहा है। मेरी बात से महेश कुमार चिढ़ गया है। जब एक चिढ़ता है तो बाक़ी दोनों भी चिढ़ जाते हैं।

"जितना पूछा जाए उतना जवाब दीजिए।" नरेश कुमार की आवाज़ तल्ख़ है।

"साल्वेज किसे कहते हैं?" महेश कुमार क्लेम सेक्शन का हेड है। कल रजत ने तीनों के विषय में बताया था। एक जगह रखे कारों-स्कूटरों के कबाड़ को देखकर मैंने पूछा था—"ये क्या है?"

उसने बताय था, "एक्सीडेंटल पार्ट्स जो रिप्लेस किये जाते हैं...पुराने पार्ट्स जमा कराने होते हैं। ये वही पार्ट्स हैं...इसे साल्वेज कहते हैं।"

मैंने वही जवाब दिया है। प्रेमसिंह सन्तुष्ट नज़र आता है।

नरेश कुमार को बेचैनी हो रही है। मेरा सही जवाब देना उसके लिए बेचैनी का बायस है।

"नाऊ लिसन!" नरेश कुमार का लहज़ा सर्द है," मैं जो पूछूँगा, इसी पर निर्भर करता है कि आप कितनी शार्पली जवाब देते हैं।"

मैं नरेश कुमार की तरफ़ देख रहा हूँ। मैंने अपने अन्दर ऊर्जा, विश्वास, एकाग्रता—सारे तत्त्व इकट्ठा कर लिये हैं।

नरेश कुमार ने अपनी दोनों कोहनियाँ मेज़ पर टिका दी हैं। "यू आर रेडी?" उसने पूछा है। मैंने हाँ में सिर हिलाते हुए "येस सर" कहा है। उसने कागज़ में लिखे सवाल पूछने शुरू किये हैं।

"ज़िम्मेदारी क्या बोझ है?"

"बोझ निकम्मापन है।"

"ज़िन्दगीभर हम क्या करते हैं?"

"संघर्ष!"

"ज़िन्दगी क्या है?"

"यात्रा।"

"दिस वर्ल्ड इज़ जस्ट लाइक...?"

"रेलवे स्टेशन।"

"डिफाइन?"

"ट्रेन आती है। रुकती है। लोग उतरते चढ़ते हैं। शहर बसता है। शहर उजड़ जाता है।...संसार भी रेलवे स्टेशन की तरह है सर।"

"गुड सिमली।" प्रेमसिंह ने कहा है। वो मुस्कराया है। उसने तीसरी सिगरेट को लाइटर से जलाया है। नरेश कुमार ने तल्ख़ी से देखा है। प्रेमसिंह ने कश लेते हुए कहा है, "सवाल पूछते रहो मिस्टर नरेश।"

"अकेलापन क्या है?" नरेश कुमार प्रश्न पूछने लगा है।

"मन की अवस्था।"

"दुख क्या है?"

"एक अनुभूति।"

"और सुख?"

"सिर्फ़ छल!"

"फ़ैशन क्या है?"

"ऊबे हुए लोगों का शगल।"

"युद्ध ने क्या दिया है?"

"विस्थापन।"

"आज का सबसे बड़ा संकट?"

"असुरक्षा का।"

नरेश कुमार एकटक मुझे देख रहा है। लगता है जैसे सवालों का ज़ख़ीरा ख़त्म हो गया हो। उसका चुप हो जाना, पूरे वातावरण का चुप हो जाना है। वो विचलित है। मैं आश्वस्त हूँ। प्रेमसिंह मन्द-मन्द मुस्करा रहा है। सिगरेट का धुआँ वो छत की तरफ़ छोड़ता है। मुस्कराता है। पूछता है, "अगर आपको इस ऑफ़िस में रख लिया जाए तो सबसे पहले आप क्या करेंगे?"

"अटेंडेंस रजिस्टर में अटेंडेंस मार्क करूँगा।" मैंने पूरे आत्मविश्वास के साथ कहा है। तीनों कुमार मेरा जवाब सुनकर भौंचक हैं। प्रेमसिंह हँस रहा है। इस इंटरव्यू की हवा तो प्रेमसिंह ने निकाल दी थी। उसका हँसना अर्थपूर्ण है।

नरेश कुमार के सवाल विचित्र थे। जैसे कोई दार्शनिक प्रश्न पूछ रहा हो। मैंने मन-ही-मन अपने पिताजी का धन्यवाद किया है। वो गाहे-ब-गाहे ऐसे सवाल-जवाब किस्से-कहानियों के ज़रिए बताया करते थे।

इंटरकॉम का रिसीवर उठाकर प्रेमसिंह ने चाय के लिए कहा है। यानी इंटरव्यू समाप्त हो गया है। इंटरव्यू या नाटक? शायद नाटक! यहाँ भूमिकाएँ तय थीं। लेकिन संवाद भूल गये थे किरदार।

चाय पीने के बाद प्रेमसिंह ने मुझे मुबारकबाद देते हुए हाथ मिलाया है, "यू आर ब्रिलिएंट, मिस्टर चेतन!...आपका इंटरव्यू बहुत अच्छा रहा। आप सिलैक्ट किये गये हैं। कल आपको ज्वाइन करना है।"

वो तीनों अब भी बैठे हैं कमरे में। जैसे अचानक पत्थर के बुत्त बन गये हों। मेज़ पर पड़ी फ़ाइलें अब भी खुली हुई हैं। लेकिन उनके दिमाग़ बन्द हो चुके हैं।

मैं चाहता था एक बार रजत को अपनी नियुक्ति का बता दूँ। लेकिन रजत दूसरे हॉल में था और वहाँ जाना मुझे मुश्किल पड़ रहा था। कल मैंने ज्वाइन करना था। रजत से कल ही मिल लूँगा—यह सोचकर मैं माल रोड पर आ गया था। मैं बहुत ख़ुश था। तनावरहित और बेफ़िक्र! कल जैसी दुविधा या निराशा आज मेरे मन में नहीं थी।

धूप तेज़ थी। लेकिन यह तीख़ी धूप भी मुझे आज अच्छी लग रही थी। आज मैं माल रोड के दोनों तरफ़ खड़े नीम, अमलतास, शिरीष, गुड़हल, इमली और गुलमुहर के दरख़्तों को बड़े आत्मीय भाव से देख रहा था। आज मुझे सब कुछ अच्छा लग रहा था। या यूँ कहूँ—आज मैं अपने आपको अच्छा लग रहा था।

मिल्टरी अस्पताल के पास, पेड़ के नीचे रजत खड़ा था। मुझे देखते ही बोला, "तुम्हारा ही इन्तज़ार कर रहा था...क्या रहा?"

"कल ज्वाइन करना है।" मैंने कहा। उससे हाथ मिलाने लगा तो वो गले लग गया। बहुत ख़ुश नज़र आया। फिर उसने हाथ मिलाया। ख़ूब हँसा। ऊँचे सुर में बोला, "हम जीत गये...जीत सत्य की...जीत हमारी।"

मैं भौंचक-सा उसे देख रहा था। जीत की बात मैं नहीं समझ पाया।

"सुनो चेतन! इंटरव्यू तुम्हें बाहर कर देने का सरल-सा रास्ता था। यह साज़िश थी। हमने इस साज़िश को तोड़ने का ख़ूब सारा सोचा। अचानक एक सूत्र हाथ लगा प्रेमसिंह। प्रेमसिंह की एंट्री हमारे यूनियन सचिव ने करवायी। मैंने जब उसे तुम्हारे बारे में बताया। वो हरकत में आ गया।"

मैंने आभार व्यक्त करनेवाली नज़रों से रजत को देखा। मुस्कराया। मैंने कहा,

''रजत, अगर तुम न होते तो मैं सामान बाँध रहा होता।''

''छोड़ यार!...ये बताओ प्रेमसिंह की एंट्रेस कैसी रही?''

''ग़ज़ब की। मुझे लग रहा था इंटरव्यू में कोई मेरा अपना बैठा है।'' मैंने कहा। थोड़ा हँसा।

''ठीक है, कल मिलते हैं। कल बहुत सारी बातें करेंगे।'' रजत ने हाथ मिलाया। चला गया।

कॉटिज नम्बर दो के विशाल कमरे और मैं! एकान्त और मैं! बिखरा हुआ सामान और मैं!...आज मुझे सब कुछ आत्मीय लग रहा है। कल मैं आवाज़ों के लिए बेचैन था। आज मुझे एकान्त के भीतर प्रार्थनाओं के स्वर सुनाई दे रहे हैं। बिखरे हुए सामान में यादों की गन्ध है—जैसे मेरे घर का थोड़ा-सा अंश इस सामान के साथ चला आया हो।

मैं विशाल, ऊँचे कमरों में अकेला हूँ। लेकिन अकेलापन मुझे अखर नहीं रहा। मेरे साथ घुलमिल गया हो जैसे। मैं अकेला हूँ—और शायद इसलिए बहुत ज़्यादा अपने साथ हूँ। अकेला होना किसी आसमान की तरह हो जाने जैसा है। मेरे अन्दर कोई कहकशाँ-सी पैदा हो रही है।

मैं कुर्सी पर बैठा हूँ। दोपहर को मैंने एक ढाबा ढूँढ़ लिया था—रेजिमेंट बाज़ार के पास। बिल्कुल साधारण खाना। जैसा मैं। वैसा खाना। मेरी तरह कितने युवा थे—टेलीफोन, पी.एम.जी. और कोएक्सल विभाग के—सबने किसी-न-किसी दिन इस ढाबे को ढूँढ़ा होगा।

मैंने दोपहर को खाना खा लिया था। कीमती हलवाई की दूकान से चाय भी पी ली थी। इसलिए मुझे भूख नहीं लगी। आज मैं इत्मीनान में हूँ। मन में कल जैसी न बेचैनी है न हाहाकार! इन विशाल कमरों में कल मैं भटक रहा था। आज टहल रहा हूँ।...आनेवाले कल की प्रतीक्षा करता हुआ। सपने बुनता हुआ मैं!

अचानक दरवाज़े पर दस्तक हुई है। महीन-सी दस्तक। संगीत-सा रचती दस्तक! यह दस्तक शायद विद्या टंडन की हो। दस्तकों का चेहरा नहीं होता। लेकिन फिर भी वो पहचानी जाती हैं। ऐसा लगता है जैसे दरवाज़े पर दस्तक देनेवाला, अपना नाम भी दस्तकों के भीतर रख देता है।

विद्या टंडन ही तो है। मैं उसे देखकर पुलकित हो उठा हूँ। वो आयी है जैसे कई सारे नये मौसम उसके साथ चले आये हों।

वो मुझे देखकर मुस्करायी है। भव्य मुस्कान! यह विरल और अद्‌भुत मुस्कान है। मन करता है वो दरवाज़े के पास खड़ी मुस्कराती रहे...मैं उसे देखता

रहूँ—अपलक!

मैं दरवाज़े के एक तरफ़ खड़ा हो गया हूँ। उसने ज़रा-सा मुझे देखा है। भीतर चली आयी है—अधिकार सहित, पूरे आत्मविश्वास के साथ।

"जेंटिलमैन, बिस्कुट खाये जा रहे हैं?" उसने कहा है। हल्का-सा मज़ाक। अच्छा लगता हुआ। माहौल को ख़ुशगवार बनाता।

वो हँसी है...उसकी हँसी में मेरी हँसी भी शामिल है। वो हँसते हुए सुन्दर लगती है। मैं हँसते हुए बेवकूफ़ लग रहा हूँ।

उसने पिंक सूट पहन रखा है। कल नीले रंग का सूट था और परसों...जिस दिन मैं आया था शायद ऑफ़ वाइट कलर का सूट।...ताज्जुब है, मुझे उसके सूटों के रंग याद हैं। उसने मेरे दिलो-दिमाग को इस तरह असरज़दा किया है कि मैं उसकी बात को याद कर लेता हूँ। वो आती है तो मैं अस्थिर हो उठता हूँ। धड़कन बढ़ जाती है। मेरे भीतर उत्तेजना की आग भड़क उठती है। मैं ख़ुद को सँभालता हूँ। अपने भीतर के द्वन्द्व को प्रकट नहीं होने देता। मुझे इस विद्या टंडन पर भी गुस्सा आता है। वो जानती है,इस कॉटेज में मेरे सिवा ओर कोई नहीं...वो फिर भी चली आती है। क्या वो मेरा इम्तेहान लेने आती है? या जानबूझकर मेरी सोई हुई इच्छाओं को जगाने।

"इंटरव्यू कैसा रहा?" विद्या टंडन शायद मेरे इंटरव्यू का पता करने आयी है।

"अच्छा रहा। कल ज्वाइन करना है।" मैं कहता हूँ।

"मैं जानती थी...मेरा विश्वास था कि आपको सिलेक्ट कर लिया जाएगा।...कंग्रेचुलेशन्स!" वो मुझे देख रही है। जैसे मेरा नहीं, उसका सिलेक्शन हुआ हो। वो इतनी प्रसन्न दिखाई दे रही है।

"थैंक्यू...थैंक्यू वैरी मच।" मैं मुस्कराते हुए कहता हूँ।

"एक थैंक्यू भी बहुत था।" वो खिलखिलाते हुए कह रही है। हँसी, जैसे कलकल बहता झरना।

"चलो चलें।" उसने कहा। जैसे कहीं जाने का पहले से निश्चित हो।

"कहाँ?" मैंने हैरान होकर पूछा।

"घर और कहाँ?...आपकी अपायंटमेंट को सेलीब्रेट करेंगे...चाय पीते हुए।...वैसे आज शाम मेरे कुछ फेंड्स भी आनेवाले हैं।"

"आपके फ्रेंड्स के बीच मैं?" मैं अकबका गया।

"मेरे फेंड्स भी इसी लोक के प्राणी हैं।" वह मुस्करायी।

"लेकिन मेरे कपड़े?" मैं झेंपता चला गया।

"मनुष्य की पहचान अगर कपड़ों से होती तो हमें बादशाह याद रहते। हम

कबीर और गाँधी को भूल जाते।'' वो संजीदगी से बोली।

मैं विद्या टंडन को देखता रहा। नहीं, किसी अन्य भाव से नहीं। मेरे मन में कोई विकार नहीं था। इसके बावजूद मन करता था उसे चूम लूँ।

मैं विद्या टंडन के साथ उसके घर चला आया हूँ। उसे घर में प्रविष्ठ होते हुए आज मैं तनाव में नहीं आया। आत्मविश्वास के साथ उस सोफे पर जाकर बैठ गया हूँ, जिस पर बैठने से मैं हिचकिचाता था।

''विद्याजी।'' मैंने पहली बार उसका नाम लेकर बुलाया है। जानबूझकर। मैं इस सम्बोधन की प्रतिक्रिया जानना चाहता हूँ।

उसने मुझे देखा है। हैरान होकर। उसके चेहरे पर विचित्र-सा भाव उभर आया है।

''कुछ कहना है?'' वो पूछ रही है।

''नहीं, कुछ भी नहीं कहना।'' मैं उसे देख रहा हूँ।

''फिर?'' वो हैरान है।

''बस आपका नाम लेना चाहता था।''

वो थोड़ा-सा मुस्करायी है। मेरे मन के द्वन्द्व को जैसे समझने की कोशिश कर रही हो।

उसकी किसी फ्रेंड का फोन है। उसका स्वर, भाषा, उसका एक्सेंट सब बदल गया है। वो खिलंदड़ी लड़की नज़र आने लगी है। मैं चकित हूँ। उसकी फ़र्राटेदार अँग्रेज़ी। उसकी हँसी। उसका बात करने का ढंग। कभी वो बहुत संजीदा लड़की तो कभी इतनी बेबाक, बेतकल्लुफ़ और खिलखिलाकर हँसती हुई लड़की!

फोन रखकर उसने सॉरी कहा है। वो कॉफ़ी के दो कप मेज़ पर रखते हुए मुझे देख रही है। यह देखना बिल्कुल नया है।

''कहाँ-कहाँ घूमे?'' यह प्रश्न बहुत घिसा हुआ है। विद्या टंडन ने जानबूझकर ऐसा प्रश्न किया है कि मैं यात्रा वृतान्त में व्यस्त हो जाऊँगा।

''एक चर्च में चला गया था। वो बन्द था। लेकिन वहाँ पर बिखरे हज़ारों पत्ते। वहाँ का सन्नाटा...मैं तो उसके वातावरण में डूबता चला गया।'' मैं कॉफ़ी के कप को देख रहा हूँ।

''अच्छा वो लकड़ी के फाटकवाला चर्च?'' विद्या को उस चर्च के विषय में पता है।

''हाँ वही।''...ऐसा लगता था जैसे प्रार्थना के लिए वहाँ का एकान्त हाथ जोड़कर खड़ा हो।''

''बिल्कुल...बिल्कुल ठीक!...मुझे भी ऐसे महसूस हुआ था जब मैं पहली बार वहाँ गयी थी। मुझे बहुत कारुणिक लगा। सम्मोहित-सी होती चली गयी

मैं।''

''मैं भी।'' मैंने विद्या टंडन को देखा। अचानक हम दोनों एकदम चुप हो गये। शायद सम्मोहन शब्द पर। या शायद किसी अन्य बात पर।

कितने सारे अचानक एक साथ हुए। अचानक बिजली चली गयी। एक पल के लिए में सिहर उठा। शायद विद्या टंडन भी। अँधेरे में मैं था। अँधेरे में वो थी। अपरिचित ख़ूबसूरत लड़की। वह इतनी आकर्षक थी कि सम्मोहित करती थी। वही...अकेले अँधेरे कमरे में...मुझसे कुछ दूर...। इतनी कम दूर कि मैं एक क़दम बढ़ाऊँ तो उस तक पहुँच सकता हूँ। उसे अपनी बाँहों में समा सकता हूँ और उसे चूम सकता हूँ।

मैं कुछ ही देर में जाने क्या-क्या सोचता चला गया। मुझे लगा मेरे अन्दर कोई बेहद कमज़ोर इनसान मेरी चेतना पर हावी हो रहा है। मैं उठ खड़ा हुआ। बाहर जाने के लिए।

''आप उठ खड़े हुए हैं?'' विद्या टंडन ने अनुमान लगाया। शायद मेरे खड़े होने से कोई आवाज़ पैदा हुई हो।

''हाँ।'' मैंने कहा। फिर मैं अँधेरे में शब्द टटोलते हुए बोला, ''मैं बाहर जा रहा हूँ।''

मैं शायद नैतिकतावादी होने का ढोंग रचना चाहता था।

''बाहर किसलिए?'' उसने पूछा। उसकी आवाज़ में स्थिरत थी—न विचलन न भय।

''इसलिए कि बिजली चली गयी है।'' मैंने कहा।

''तो?'' उसने पूछा।

''अँधेरा है कमरे में।'' मैंने कहा। मेरे शब्द अँधेरे में गिरकर टूट-फूट गये।

''क्या अँधेरे में विचार बदल जाते हैं?'' वो पूछ रही है।

''पता नहीं।'' मैं घबराकर जवाब देता हूँ। मैं उससे डर रहा हूँ...अपने आपसे डर रहा हूँ या फिर उसके सवालों से।

''पता नहीं क्यों?...अँधेरा जितना बाहर है उससे ज़्यादा हमारे अन्दर है...कभी झाँककर देखा है अपने भीतर?'' उसकी आवाज़ में सयानापन है।

मैं उसे कैसे समझाऊँ कि मैं अपने अन्दर के अँधेरे से डरा हुआ हूँ। बाहर का और मेरे भीतर का अँधेरा, दोनों मिलकर मुझे बेचैन कर रहे हैं।

''आप बैठ जाइए।'' विद्या टंडन कह रही है।

मैं जैसे खड़ा हुआ था, वैसे बैठ गया। जैसे कक्षा में टीचर बच्चे को खड़ा करती है और बिठाती है।

''एक बात पूछूँ?'' विद्या टंडन फिर प्रश्न कर रही है। मैं समझ रहा हूँ, वो

अँधेरे में बोलते रहना चाहती है। अँधेरे में संवाद रोशनी की तरह होता है।

''क्या पूछना चाहती हैं आप?'' मैंने कहा है।

''कैसी लग रही हूँ मैं?'' उसने अजीब-सा प्रश्न पूछा है। अँधेरे में...अकेले कमरे के अँधेरे में ऐसा प्रश्न, मेरी भावनाओं से खेलने लगा है।

''आप...आप मुझे नज़र नहीं आ रहीं...फिर भी आप मुझे बहुत अच्छी लग रही हैं।'' मैं शब्दों को ऐसे बोल रहा हूँ जैसे शब्द मेरे अपने न हों।

''आप भी बहुत अच्छे लग रहे हैं।'' विद्या टंडन ने कहा है। मैं चौंक-सा गया हूँ।

वो बड़ी संजीदा आवाज़ में कह रही है, ''चेतन, अँधेरे की यही तो विशेषता है, वो सारे फ़र्क ख़त्म कर देता है। हम सब एक जैसे हो जाते हैं।'' विद्या टंडन का यह दार्शनिक रूप मुझे चकित कर रहा है। मैं उसके आगे अक्सर छोटा साबित होता हूँ। उसमें एक सम्पूर्ण युवती विद्यमान है। और मैं अधूरा-सा...मामूली और दयनीय!

बिजली आ गयी है। हम दोनों ने एक-दूसरे को देखा है। मुझे विद्या टंडन पहले से ज़्यादा सुन्दर, सौम्य और आकर्षक लग रही है।

अँधेरे में रोशनी तक के सफ़र में वो सामान्य रही है। मैं अस्थिर। व्याकुल। और नर्वस!...मेरे जैसे लोग न अँधेरे को आत्मसात कर पाते हैं न रोशनी को।

विद्या टंडन से मुझे बहुत कुछ सीखना है।

अचानक शोर-सा हुआ है। विद्या टंडन के बहुत सारे मित्र धड़धड़ाते हुए कमरे में चले आये हैं। वो कारों-जीपों से आये हैं। सम्पन्न परिवारों से हैं। उनके कपड़ों से... बातचीत से, इस बात का अहसास हो रहा है। वो सब विद्या टंडन को 'विद' नाम से बुला रहे हैं।

उन्होंने उचटती हुई नज़र से मुझे देखा है। मेरा होना किसी को अच्छा नहीं लगा। मैं हस्तक्षेप की तरह हूँ। आउटसाइडर हूँ। एक आवाज़ की सुनाई दी है मुझे—'आउटसाइडर!'

मैं अकेला हो गया हूँ। विद्या टंडन उनमें खो गयी है कहीं।

मैं चुपचाप उठकर बाहर चला आया हूँ। मैंने गहरी साँस ली है। अपने आपको देखते हुए मैं मुस्कराया हूँ। मैंने अपने आपसे कहा है—'आउटसाइडर!'

प्रामिनेंट फ़ायर एंड जनरल इंश्योरेंस कम्पनी—जिसे 'पी.एफ.जी.आई.' भी कहा जाता है। लेकिन प्रामिनेंट इंश्योरेंस कम्पनी ऐसा लोकप्रिय नाम है जो सबकी ज़ुबान पर चढ़ चुका है। प्रामिनेंट इंश्योरेंस कम्पनी की प्रतिष्ठा है और साख भी। दूसरी बहुत सारी इंश्योरेंस कम्पनियाँ हैं—सब प्राइवेट हैं। लेकिन बाज़ार में प्रतिष्ठा कुछेक

कम्पनियों की है। प्रामिनेंट का अच्छा बिज़नेस है। बिज़नेस उसकी 'साख' की बदौलत बढ़ता चला गया है। साख शब्द भ्रामक है। शब्दों के बाज़ीगर, इंश्योरेंस में साख पैदा करते हैं। ग्राहक को सन्तुष्ट करना एक बात है...सम्मोहित करना अन्य बात। यहाँ सम्मोहन पैदा किया जाता है। बाज़ार में बने रहने के लिए ज़्यादा कमीशन दिया जाता है। उस इंश्योरेंस को भी 'कवर' कर लिया जाता है, जिसमें क्लेम की आशंका सबसे अधिक होती है।

कमीशन और क्लेम ये दो शब्द जितने सीधे और सरल हैं उतने अधिक रहस्यभरे।

अम्बाला छावनी के छियासठ माल में प्रामिनेंट का रिजनल ऑफ़िस है। इसकी तेरह शाखाएँ हैं और चार डिविजनल ऑफ़िस। शाखाओं के शाखा प्रबन्धक, अपने-अपने क्षेत्र के सम्राट हैं। रिजनल मैनेजर चक्रवर्ती सम्राट है। ऊपरी सतह पर लोकतन्त्र दिखाई देता है। लोकतन्त्र महज़ छल है। प्रपंच है। वास्तविकता यह है कि रवैया तानाशाह है। अधिकारी से आँख मिलाकर देखना भी संगीन जुर्म है। कोई एम्पलाई बहुत मस्ती में रहता है तो मैनेजमेंट को गवारा नहीं होता। एम्पलाई के पीछे मैनेजमेंट के जासूस लग जाते हैं। जेब और दराज़ की तलाशी के अतिरिक्त, आँखों की भी तलाशी ली जाती है—ताकि सपने देखती आँखों में भय पैदा किया जा सके।

लोग फिर भी सपने देखते हैं। लोग फिर भी मैनेजमेंट का विरोध करते हैं। लोग फिर भी सत्य के पक्ष में खड़े हो जाते हैं—मेरे चयन के पीछे, कई सारे दयानतदारों का हाथ है।

अम्बाला छावनी का रिजनल ऑफ़िस पुरानी इमारत में स्थापित है। इस इमारत के आसपास आउटहाउस सर्वेंट क्वार्टर और बैरकें हैं।

छावनी के पुराने बाशिन्दे यानी धोबी, नाई, बटलर, ख़ानसामा, अर्दली, वर्तमान की बात करते-करते पुराने ज़माने की यादों में खो जाते हैं। वो बताते हैं कि अँग्रेज़ों के ज़माने में इंडियन के लिए माल रोड पर चलना वर्जित था। उन्हें तोपख़ाना या लालकुर्ती बाज़ार जाना होता तो माल रोड के समानान्तर जानेवाली सड़क—स्टाफ़ रोड को 'ठंडी सड़क' कहते थे, उस सड़क से जाते थे। शायद इसलिए कि इस सड़क के दोनों तरफ़ पुराने, उम्रदराज़ नीम के घने दरख़्त थे।

रिजनल मैनेजर का कमरा बहुत साफ़-सुथरा हवादार था। वो हॉल की तरफ़ खुलता था ओर बाहर की तरफ़ से भी। अन्य अधिकारी थे—सहायक रिजनल मैनेजर, कम्पनी सचिव तथा तीन कुमार—नरेश कुमार, महेश कुमार ओर सुदेश कुमार ये सब कम्पनी की मैनेजमेंट का हिस्सा थे। इनमें उठा-पटक के खेल चलते रहते थे। चार डिवेलेपमेंट ऑफ़िसर भी थे। वो दफ़्तर से बाहर रहते।

दो बड़े हॉल थे। दूसरे हॉल के बाहर बड़ा-सा बरामदा था। बरामदे के कोने

में छोटा-सा कमरा था। वो कैंटीन थी।

इस क़दीमी इमारत का इतिहास शायद किसी गज़ट में न मिले। चूँकि यह कोई ऐतिहासिक इमारत नहीं है। इसके बावजूद, इस इमारत का अपना इतिहास है। इतिहास क़िस्सों की शक़्ल में...किंवदन्तियों की शक़्ल में...दन्तकथाओं की शक़्ल में। ताज्जुब इस बात का भी है कि माल रोड पर जितनी पुरानी इमारतें हैं, उनके बेशुमार किस्से हैं। वो किस्से धोबी, हज्जाम, बावर्ची, बटलर, लांड्रीमैन, अर्दली साईस या इस तरह के अन्य लोगों के पास मौजूद हैं। हो सकता है, इन किस्सों में सच के अतिरिक्त, झूठ का प्रतिशत भी शामिल हो।

प्रामिनेंट इंश्योरेंस की इमारत का किस्सा तो कैंटीन का ठेकेदार सुनाता है। बड़े दिलचस्प अन्दाज़ में। वो पैंसठ-सत्तर का है। क़द-काठी अब भी दुरुस्त है। एक हाथ थोड़ा काँपने लगा है। बाक़ी सब कुशल है।

अँग्रेज़ी हुकूमत की वो हमेशा तरीफ़ करता है। बेशक तब वो 'छोकरा' था जो पानी की मश्क से छिड़काव करता था। क्रॉकरी साफ़ करता था। मेमों के सेंडिल और साहब लोगों के जूते चमकाता था।

उसके आसपास लोग जमा हो जाते हैं। वो ख़ुद एक पुरानी कुर्सी पर बैठ जाता है। पुरानी कुर्सी ओर वो—दोनों एक-जैसे लगते हैं।

वो अतीत में गुम हो जाता है—"हुजूर! यहाँ बॉलरूम डांस होता था...यहाँ...उस, पहलेवाले हॉल में।...उस हॉल की दीवारें देखी हैं—ख़स्ताहाल! और फ़र्श...कितना चिकना है...देखा है न!"

वो फिर बताने लगता है, "फिरंगी शाम को यहाँ आते। सजधजकर आते। पार्टी की पोशाक उनकी अलग तरह की होती। वही पहनकर आते। मेमें स्कर्ट पहनकर आतीं। बैंड बजता रहता। शराब के जाम छलकते रहते। बाहर, काली स्याह रात। हॉल के भीतर रंगीनी। लैम्पों की रोशनियाँ।...मैं...मैं तब 14-15 साल का था। जहाँ साल्वेज रखी है। उस कमरे में क्रॉकरी चमका रहा होता।...पीना मैंने तभी से शुरू किया। पार्टी के बाद कई गिलासों में शराब बची रह जाती। मैं पी जाता। कई बार तो बोतलें आधी ख़ाली होतीं, आधी भरी। मैं बड़ी सफ़ाई से क़ीमती शराब की बोतल बाहर झाड़ियों में छुपा देता...बाद में घर ले जाता।"

वो बीड़ी पीता है। बाक़ी लोग उसके किस्से को सुनने के लिए बेताब नज़र आते हैं। बीड़ी के दो-तीन सुट्टे मारकर थोड़ा-सा खाँसता है। खाँसते हुए बताता है, "एक रात पता है क्या हुआ?" वो याद करता है। उसके चेहरे पर पुराने वक़्तों की यादें उभर आती हैं, "यहाँ गोली चल गयी थी।...गोली!...आवाज़ इतनी ज़ोर से गूँजी कि बैंड बजना बन्द हो गया। सन्नाटा खिंच गया साहब। भय फैल गया। सबके सब दहल गये। हमारी तो साँस अटक गयी।"

"हुआ क्या था...गोली क्यों चली?" कोई पूछता है।

"हुआ यूँ...।" बूढ़ा कैंटीन का ठेकेदार याद करता है, "एक फिरंगी को ख़ूब चढ़ गयी। वो किसी दूसरे फिरंगी की औरत के साथ नाच रहा था। उससे उसका इश्क-विश्क का चक्कर चल रहा था। पता नहीं क्या हुआ कि उसने डांस करते-करते फिरंगन को उठा लिया। चूमा-चाटा। इससे भी उसका जी नहीं भरा साहब। उसने क्या किया। फिरंगन की स्कर्ट को एक झटके में उतार फेंका।"

"वो नंगी हो गयी?" किसी ने पूछा।

"नंगी...नंगी तो नहीं। अंडरवीयर तो डाल रखा था उसने। पर स्कर्ट के साथ-साथ इज्जत तो उतर ही गयी।...हंगामा हो गया साहब! औरत की तो पूछो मत! और उसका शौहर! फिरंगी। किसी ऊँचे ओहदे पर था। आग-बबूला हो गया।...सरासर तौहीन। जैसे भरी सभा में द्रोपदी का चीर हरण हो गया हो। द्रोपदी को तो कृष्णजी ने बचा लिया था। यहाँ आलम दूसरा था। फिरंगी ने अपनी बीवी की हालत देखी। बौखला गया। बेल्ट के साथ बँधा रिवाल्वर निकाला। दो फ़ायर किये। धायं! धायं! पछाड़ खा के गिरा फिरंगी। उतर गयी सारी उत्तेजना। वासना का अन्त ऐसे ही होता है। एक तरफ़ स्कर्ट पड़ी थी फ़र्श पर...दूर कहीं फिरंगी की लाश!"

"ओह!" किसी के कंठ से आवाज़ निकलती है।

फ़िरंगन ने अपनी नंगई ओवरकोट से ढक ली थी। ऐसी पार्टियों का लम्पटपन, किसी-न-किसी ओवरकोट से ढक दिया जाता था साहब!...गोलियाँ तो नहीं चलती थीं...पर बहुत कुछ हो गुज़रता था।"

कैंटीन का क़दीमी...बूढ़ा आदमी जब फ़ुरसत में होता है, कोई-न-कोई किस्सा सुनाने लगता है। वो ख़ुद भी चलता-फिरता, गुज़रे ज़माने का अफ़साना नज़र आता है।

वही किस्से...कुछ बदले हुए-से इस कम्पनी के भी हैं। बहुत रेपुटिड नाम है कम्पनी का। लेकिन इसके भीतर कोई खोखलापन भी है। शायद हर भव्यता के नीचे, कोई गलाज़त छुपी रहती है...जहाज़ की हक़ीकत यात्री नहीं जानते। जहाज़ में काम करनेवाले जानते हैं—जो तलघर में होते हैं।

प्रामिनेंट इंश्योरेंस कम्पनी का स्लोगन आकर्षक है और अर्थवान भी—वी आर प्रामिनेंट! इस स्लोगन में अतिविश्वास है और बाज़ार से छनकर आया अहंकार भी। इस स्लोगन में आक्रामकता का भाव भी है।

इस कम्पनी को अँग्रेज़ों ने खड़ा किया और सँवारा। वो बोरिया-बिस्तर बाँधकर चले गये। लेकिन कुछ सूत्र वाक्य दे गये कि हमेशा कॉन्फीडेंस में रहो। हमेशा विशिष्ट रहो। हमेशा सतर्क। हमेशा विजिलेंट। और डिसिप्लिंड!...अफ़सोस इस बात का है कि अँग्रेज़ों के चले जाने के बाद सबसे ज़्यादा भद्द इस डिसिपलिन

शब्द की पिटी।

प्रामिनेंट इंश्योरेंस कम्पनी साल में एक बार गेट-टू-गैदर करती है। गेट-टू-गैदर भी एक तरह से 'बड़े कलाइंट्स' को अपने पक्ष में किये रखने का प्रपंच होता है। इस गला काट प्रतियोगिता के ज़माने में, बिजनेस टारगेट अचीव करने के लिए क्या कुछ नहीं करना पड़ता? गेट-टू-गेदर तो उसका एक छोटा-सा शो-केस होता है।

गेट-टू-गैदर में शहर के मोअज़िज़ लोग बुलाए जाते हैं। मसलन, पुराने राईस, मिलटरी के बड़े अधिकारी, कार एजेंसियों के मालिक, बैंकों के सीनियर मैनेजर, सरहिन्द क्लब के कई प्रतिष्ठित सदस्य, मिल्टरी अस्पताल के डॉक्टर, इंश्योरेंस कम्पनी के ए क्लास सरवेयर, उद्योग जगत के जाने-माने लोग...।

गेट-टू-गैदर, दरअसल अँग्रेज़ों के ज़माने की पुरानी परम्परा है, जिसे आज तक निभाया जा रहा है। बस, गेट-टू-गैदर के मिज़ाज में तब्दीली आ गयी है। अँग्रेज़ पार्टियों के शौकीन थे। वो सलीका पसन्द लोग थे। अब सलीका बदल गया है। ऐसा लगता है जैसे पार्टी का आयोजन सम्बन्धों को गहरा करने के लिए नहीं, किसी 'डील' के लिए किया गया है।

इस गेट-टू-गैदर पार्टी के महत्त्व को इस बात से भी समझा जाता है कि इसके चर्चे कुछ दिन पहले शुरू हो जाते हैं और गेट-टू-गैदर के कई दिन बाद तक जारी रहते हैं।

गेट-टू-गैदर की शाम रोमांचक होती है। मंज़र दिलकश ही नहीं, दिलफ़रेब भी होता है। सब लोगों में मस्ती का आलम होता है। आँखों में शरारत, हाथों में गिलास! तबीयत रंगीन। समाँ मदहोश। माहौल ख़ुशगवार। मंज़र आशिकाना!

बहुत बड़ा पंडाल। पंडाल को ख़ूबसूरत 'लुक' देने के तमाम इन्तज़ाम किए जाते हैं। कालीन। सोफ़े। कुर्सियाँ। मेज़ें। मेजों पर साफ़, सफ़ेद कपड़े। फुल ड्रेस में वेटर। ट्रे में शराब के गिलास लिये। बा-अदब पेश करते।...पंडाल में बड़े-बड़े ऊँचे घरानों के लोग। उनके साथ उनकी लाडली साहबज़ादियाँ...शोख़। हसीन...ख़ूबसूरत...महँगे इत्र की ख़ुशबू बिखेरती। अहंकारी मुस्कान के साथ 'हाय' कहतीं...।

ऐसी उच्चस्तरीय, लेकिन संवेदनशील पार्टी में ऑफ़िस के ख़ुराफ़ातियों को दूर रखने की कोशिश की जाती थी। लेकिन उनका क्या किया जाता जो बे-ग़ैरत, मुँहफट, अक्खड़ और दारूबाज़ थे। वो बिन-बुलाए मेहमानों की तरह आते। वो ग्रुप में आते और 'गैंग' की तरह फैल जाते। उनकी आमद के बाद माहौल बदलने लगता। यूँ कहें कि तकल्लुफ़ के पुर्ज़े उड़ते नज़र आते। शालीनता कालीन के नीचे दब जाती और उच्च संस्कारों की चिन्दी-चिन्दी हो जाती।

ख़ुराफ़ातियों के आने के बाद पार्टी की रंगत बदल जाती। वो रंगीन होने लगती। ख़ुराफ़ातियों का 'गैंग' सबसे हाथ मिलाता। इस हौसले के साथ वो सबसे मिलते कि हम आ पहुँचे हैं...हिम्मत है तो इस गेट-टू-गैदर से बाहर करके दिखाओ। प्रामिनेंट इंश्योरेंस के ये ख़ुराफ़ाती, दरहकीक़त ज़िन्दादिल इनसान थे। मुँहफट लहज़ा और गालियों का शब्दकोश दोनों मिलकर उनको बिन्दास बना देते। वो आते। पार्टी में जान पड़ जाती। वो आते। शराब की बोतलें खुलतीं और ख़त्म होने लगतीं। वो अच्छा नाचते। वो बुरा गाते। वो गाते-गाते पीते। पीते-पीते चुटकुलों पर उतर आते।

हर साल गेट-टू-गैदर की शुरुआत शानदार होती और अन्त ख़राब!...तू-तू, मैं-मैं, लड़ाई-झगड़े, आरोप-प्रत्यारोप, मारपीट...ये गेट-टू-गैदर के अन्तिम दृश्य होते।

एक बार गेट-टू-गैदर को क्लासिक टच देने की कोशिश की गयी। उस साल एक रक्कासा को नृत्य के लिए बुलाया गया। अम्बाला छावनी के मिल्टरी बैंड और रैम्बल आर्केस्ट्रा की अपनी धाक और धज थी। आर्केस्ट्रा पर लोग थिरकते। बैंड की धुन पर नाचते।

इस बार नृत्यांगना थी। वो भरतनाट्यम और कत्थक ही नहीं, बिल्कुल नये ज़माने के रम्बा-सम्बा और चा-चा-चा जैसे नृत्य भी जानती थी। नृत्यांगना की मुद्राएँ आकर्षक थीं। वो ख़ुद भी ख़ूबसूरत थी। उसका जिस्म तराशा हुआ...चेहरा तिलिस्मी! अदाएँ मादक!

नृत्यांगना के दो नृत्य शानदार रहे। ख़ूब तालियाँ बजीं। रिजनल मैनेजर ने भी तालियाँ बजायीं। बेशक उनके देखने में कामुकता का भाव भी छुपा हुआ था।

नृत्यांगना ने झुककर सबका आभार व्यक्त किया। सबको अभिवादन किया। इस कला में भी वो निपुण प्रतीत होती थी। वो बाज़ार के सारे करतब जानती थी और उन्हें किसी हुनरमन्द की तरह पेश करती थी।

नृत्यांगना ने तीसरी बार नृत्य प्रस्तुत किया। लेकिन इस बार कुछ घट गया। कुछ ऐसा, जो नहीं घटना चाहिए था। कुछ ऐसा, जो अब तक नहीं घटा था। वो इस बार घट गया। थम गया संगीत। रुक-सी गयी सबकी साँस!

गोपाल राय नृत्य करती रक्कासा के पास जा पहुँचा। प्रामिनेंट इंश्योरेंस कम्पनी में गोपाल राय, अक्खड़ और फ़क्कड़ किस्म का एम्पलाई था। भारी-भरकम देह और दिल का दिलेर! गोपाल राय धाकड़ था और हमेशा कुछ कर गुज़रने की जुगत में रहता। वो हेकड़ीबाज़ था...लेकिन दिल का साफ़!

उसे प्रामिनेंट की किसी भी पार्टी में नहीं बुलाया जाता था। गेट-टू-गैदर में तो बिल्कुल भी नहीं। लेकन वो आ धमकता। और प्रोग्राम पर हावी हो जाता। जिन

से लेकर थ्री एक्स रम तक अपने गले के नीचे उतारता और शायरी से लेकर चुटकुलों तक को उगलता रहता।

गोपाल राय ने उस शाम...जो रात में बदल गयी थी...चार पैग तो टहलते-टहलते चढ़ा लिये थे। जैसे थ्री एक्स रम न हो, नींबू-पानी हो। पाँचवें या छठे पैग के बाद, थ्री एक्स रम ने अपना असर दिखाया। गोपाल राय उड़ने लगा। उसे लगा वो वीरपुत्र है। उसे लगा वो विशिष्ट है। उसे लगा वो महानायक है। उसे लगा नृत्यांगना के सारे हाव-भाव उसके लिए हैं।...यही सोचकर या कुछ और सोचकर या फिर कुछ भी न सोचते हुए, वो नृत्यांगना के पास पहुँचा। उसने आव देख न ताव, नृत्यांगना को अपने बाहुपाश में जकड़ लिया। फिर उठा लिया उसे अपनी गोद में और बौछार लगा दी चुम्बनों की उसके गालों पर...होठों पर...उसकी पेशानी पर।

सामने का दृश्य हतप्रभ करनेवला था। कुछ देर यूँ ही गुज़र गयी। कोई कुछ भी न समझ सका कि ये क्या हो रहा है? यह दुस्साहस था...कमीनगी थी या छिछोरापन था! पता नहीं, गोपाल राय का किरदार कितना ख़तरनाक था...कितना अश्लील?

नृत्यांगना गोपाल राय की आगोश में थी—कसमसाती हुई। गोपाल राय था कि उसे अपनी बाँहों से मुक्त ही नहीं कर रहा था।

सब चुप थे। इस इन्तज़ार में थे कि अगला दृश्य कैसा होगा? पार्टी में उपस्थित लोगों में एक वर्ग अफ़सोस ज़ाहिर कर रहा था तो दूसरा वर्ग ऐसा भी था जो तालियाँ बजाना चाहता था।

लेकिन रिजनल मैनेजर को गोपाल राय की 'हरकत' ने विचलित कर दिया था। वो शर्मसार थे। वो दफ़्तर के सर्वोच्च पद पर थे। एक तरह से यह उनकी तौहीन थी। दफ़्तर का एक मामूली-सा एम्प्लाई उन्हीं के सामने, उस डांसर को गोद में उठाकर चूम रहा था, जिसके साथ वो हमबिस्तर होने का ख़्वाब पाल रहे थे।

एक इतिहास तब बना था जब इस हॉल में एक फिरंगी ने, एक फिरंगन की स्कर्ट उतारकर फेंक दी थी। एक इतिहास गोपाल राय ने रच दिया था।

बाहर से बुलाये गये विशिष्ट अतिथियों पर इस घटना का क्या असर पड़ा, यह तो मालूम नहीं, लेकिन रिजनल मैनेजर मिस्टर आनन्द ने अपना लाइसेंसशुदा रिवाल्वर निकाला और गोपाल राय की तरफ़ दो फ़ायर कर दिये।

शुक्र था, आनन्द साहब का निशाना बहुत ख़राब था। वरना, गोपाल राय की लाश गिरती या फिर नृत्यांगना की।

गोपाल राय को जैसे होश आया हो। उसने नृत्यांगना को मुक्त किया। रिजनल मैनेजर मिस्टर आनन्द के चेहरे पर विजय का भाव था। जैसे उनकी इज़्ज़त, वापिस लौट आयी हो। उन्होंने मैडम से सॉरी फ़ील की और उपस्थित विशिष्ट मेहमानों के

सामने अफ़सोस प्रकट किया।

गोपाल राय को मिस्टर आनन्द डिसमिस करना चाहते थे। लेकिन 'ग्राउंड' नहीं था। जो 'ग्राउंड' था उसमें वो ख़ुद भी घिर सकते थे। इसलिए उन्होंने चालाकी से काम लिया। तीनों कुमारों ने मिलकर मिस्टर आनन्द के इस 'आयोजन' में सहायता की। गोपाल राय का ट्रांसफर कलकत्ता कर दिया गया।

गोपाल राय सन्न रह गया। लकवाग्रस्त बाप, गठिया की मरीज़ माँ, दो छोटे बच्चे, पत्नी और वो ख़ुद...कहाँ रहेगा कलकत्ता में? काश, उसने ज़्यादा न पी होती। काश, वो वीरपुत्र न बना होता। काश, उसने नृत्यांगना को अपनी गोद में न उठाया होता।

गोपाल राय ने एक बार रिजनल मैनेजर के ऑफ़िस में जाकर, हाथ जोड़कर, ट्रांसफ़र रोकने के लिए निवेदन ज़रूर किया। लेकन रिजनल मैनेजर टस्स से मस्स नहीं हुए।

गोपाल राय के कलकत्ता चले जाने के बाद, प्रतिवाद का स्वर क्षीण पड़ गया। गोपाल राय के होने का कोई अर्थ था। वो ग़लत को ग़लत कह सकता था। वो तीनों कुमारों के नाक में दम किये रहता था। ख़ुद ईमानदार था। बेईमान लोग उससे डरते थे। कतराते थे। ख़ार खाते थे। उससे छुटकारा चाहते थे। छुटकारा कितनी आसानी से मिल गया था!

गोपाल राय होता तो तीनों कुमारों की क्या मजाल थी कि वो मेरी नियुक्ति में अड़ंगा डालते।

बहरहाल, यूनियन सचिव लाल ने मेरे लिए रास्ता आसान बना दिया था। वो ख़ुद मुझसे मिले। सिर्फ़ एक वाक्य बोले, "हमेशा सतर्क रहना।"

रिजनल मैनेजर मिस्टर आनन्द, सहायक रिजनल मैनेजर देवधर, कम्पनी सेक्रेटरी प्रेमसिंह के अतिरिक्त वो तीन थे—नरेश कुमार, सुदेश कुमार और महेश कुमार।

दि थ्री!...डर्टी थ्री!...स्टाफ़ के बहुत सारे लोग, दबी ज़ुबान में उन तीनों को इसी नाम से याद करते थे। बेशक, वो तीनों प्रामिनेंट के लिए बहुत ज़रूरी थे। जितनी कि जीने के लिए साँस,चलने के लिए पाँव, देखने के लिए आँखें, लिखने के लिए हाथ और बोलने के लिए आवाज़ ज़रूरी होती है...वो उतने ज़रूरी थे। तीनों के पास महत्त्वपूर्ण भूमिकाएँ थीं।

गोपाल राय कहा करता था चालाक लोग अपनी भूमिका ख़ुद क्रिएट कर लेते हैं। भूमिका निभाता मनुष्य ज़रूरी नज़र आता है। तीनों, ज़रूरी मनुष्य नज़र आते थे। तीनों के तीनों एक जैसे थे—शातिर दिमाग़। भीतर से डरपोक लेकिन बाहर से

सभ्य! वो तीनों, बड़े-बड़े मसलों से लेकर, छोटी-छोटी लड़ाइयों तक में अपनी कुटिल भूमिका निभाते थे। कहीं प्रत्यक्ष तो कहीं अप्रत्यक्ष!

बेचारा रामलाल गुलाटी!

रामलाल गुलाटी प्रामिनेंट में स्टेनो था। वो तीनों कुमारों से डिक्टेशन लेता था।

दोपहर को खाना खाने के बाद, कुछ लोग बरामदे में जाकर खड़े हो जाते। कई बार अख़बारी ख़बरों पर चर्चा होती तो कई बार दफ़्तर में किसी बोगस क्लेम, या किसी ग़लत इंश्योरेंस पर भी कमेंट्स दिये जाते। लेकिन वो सब बहुत आहिस्ता से...संकेतों में होता।

इसी दोपहर की 'बरामदा-गोष्ठी' में रामलाल गुलाटी ने एक दिन बड़े हल्के-फुल्के अन्दाज़ में कह दिया कि तीनों कुमार, अपने सब्जेक्ट के बेशक मास्टर हों लेकिन तीनों की अँग्रेज़ी ख़राब है। उनकी डिक्टेशन के बाद वो फ़िकरे ख़ुद ठीक करता है।

उस बरामदे में रामलाल गुलाटी की बात को तीनों के जासूस भी सुन रहे थे। जासूस हर जगह मौजूद रहते थे। वो ज़रा-सी बात को पहाड़ जितना बड़ा करके बताते। इसका उन्हें लाभ मिलता। नुकसान दफ़्तर के माहौल का होता।

तीनों को बात बहुत बुरी लगी। एक मामूली-सा स्टेनो उनकी अँग्रेज़ी पर फ़ब्ती कस रहा था। रामलाल गुलाटी अगर उनकी हिन्दी के ख़राब होने का कह देता तो तीनों को इतना बुरा न लगता। बात अँग्रेज़ी की थी। अँग्रेज़ी का ख़राब होना, मतलब कि योग्यता का ख़राब होना। मतलब कि कुलीन अफ़सरों की बिरादरी से ख़ारिज होना...

पाँच दिन बाद। एक सुबह। सोमवार की सुबह। कुछ घट-सा गया। शनिवार को दो बजे, रामलाल गुलाटी, जिस 'हालडा' टाइपराइटर को मेज़ पर रखकर गया था, वो सोमवार को मेज़ पर नहीं थी।

रामलाल गुलाटी इतना चिन्तित नहीं हुआ था। उसे लगा कि टाइपराइटर यहीं-कहीं होगा। लेकिन तलाश करने के बावजूद टाइपराइटर नहीं मिला।

इधर एक अफ़वाह बहुत तेज़ी से फैलती चली गयी कि रामलाल गुलाटी ने टाइपराइटर ख़ुद चुराया है। पहले जो अफ़वाह थी। धीरे-धीरे सच में बदलने लगी। बाद में वो अफ़वाह पूरी तरह सच का वेश धारण कर चुकी थी। अफ़वाह को सच में बदलनेवाले, तीनों कुमारों के 'अपने बन्दे' थे।

रामलाल गुलाटी सफाइयाँ देता रहा। वो बोलता तो उसकी आवाज़ छीन ली

जाती। वो कुछ कहता तो उसके कहने को झूठ समझ लिया जाता। सच वो था जो अफ़वाह की कोख से पैदा हुआ था। जो ज़्यादा विश्वसनीय हो चुका था। क्योंकि उसे कई सारे लोग, समवेत स्वर में बोल रहे थे। रामलाल गुलाटी अकेला था।

फिर पुलिस। फिर एफ.आई.आर.। फिर रामलाल गुलाटी थाने में।

प्रेमसिंह ने ज़रूर कहा कि मामला दफ़्तर का है, दफ़्तर में सुलझना चाहिए। इससे बात फैलेगी और कम्पनी की रेपुटेशन ख़राब होगी।...रामलाल गुलाटी जैसा कमज़ोर आदमी टाइपराइटर चुराये...इतनी जुर्रत उसमें नहीं है।

यूनियन सचिव मिस्टर लाल ने भी कहा था—एक टाइपराइटर गुम हुआ है तो पुलिस केस।...इस दफ़्तर का तो बहुत कुछ गुम हो चुका है।''

लेकिन तीनों कुमार, रामलाल गुलाटी को सबक सिखाना चाहते थे। वो बेचारा दो दिन पुलिस लॉकअप में सड़ता रहा। यूनियन सचिव लाल और प्रेमसिंह ने उसे छुड़ाया।

रामलाल गुलाटी जब लॉकअप से बाहर निकला तो ऐसा नहीं लगता था कि वो आदमी है। वो किसी खंडहर जैसा लगता था।...उसके पास न मुकम्मल आवाज़ बची थी न रीढ़ की हड्डी।

रीढ़ की हड्डी तो बहुत सारे एम्पलाई गिरवी रख चुके थे। मैनेजमेंट का रवैया निरंकुश था। अधिकारी तानाशाह थे और स्टाफ आत्मसम्मान रहित!

दूसरों की अँग्रेज़ी पर कमेंट्स देनेवाला रामलाल गुलाटी हिन्दी भी अटक-अटककर बोलता था। चलता तो झुककर। देखता तो देखने से पहले उसकी नज़रें झुक जातीं।

सामन्ती व्यवस्था में मनुष्य जीवित शवों में बदल दिये जाते हैं...यह खेल सदियों पुराना है।

दि थ्री।...दि ट्रैंगल!...डर्टी थ्री। तीनों रिवेंजफुल थे। बदला लेते और फिर सन्तुष्ट हो जाते। रामलाल गुलाटी को उन्होंने ज़मीन पर रेंगता 'कीड़ा' बनाकर रख दिया था।

डर्टी थ्री। तीनों ने इस बात को अच्छी तरह समझ लिया था कि लोगों के मन में भय पैदा करो और फिर उन पर अपनी सत्ता कायम करो।

तीनों कुमारों के पास महत्त्वपूर्ण विभाग थे—पर्सनल, अकाउंट्स और क्लेम। तीनों अपने विषय के मास्टर थे। तीनों को मैनुअल याद था और रेट टैरिफ़ भी।

बाहर सब शान्त था...भीतर हाहाकार! आक्रोश। घुटन। तिलमिलाहट। बेचैनी। तनाव। अपमान और तिरस्कार!...इसे बावजूद, कहीं-न-कहीं जीवन संगीत भी था। एक ख़ेमा ऐसा भी था जो ज़िन्दादिल लोगों का था। वो मिलते। सुख-दुख बाँटते। ठहाके लगाते।

ज़िन्दादिल लोग जब मिलते तो राज भसीन को भी याद कर बैठते।

राज भसीन...पत्नी स्मार्ट और ख़ुद धीमी गति के समाचारों-जैसा। सीधा-सरल। कभी जूते पुराने तो कभी पौशाक़! न अपनी फ़िक्र न कपड़ों की। वो सवाल के जवाब में कहता, "सभ्य समाज में पौशाक़ ज़रूरी है। लेकिन वो नये काट की हो...ऐसा कतई ज़रूरी नहीं।"

राज भसीन की पत्नी को खाने-पहनने और घूमने का शौक़ तो राज भसीन को पढ़ने का। दोनों के स्वभाव में ज़मीन-आसमान का फ़र्क। फिर भी, दोनों में न कभी तक़रार न अनबन। एक तरह से राज भसीन की पत्नी अपने पति का मन से आदर करती थी।

झगड़े की नींव पति-पत्नी में तब पड़ी जब महेश कुमार, राज भसीन के घर गया। ज़रूरी नहीं कि हर शख़्स मेहमान की तरह, दूसरे लोगों के घर जाए। कुछ लोग आसेब की तरह भी जाते हैं और पूरा घर आसेबज़दा हो जाता है।

पता नहीं क्या था? राज भसीन की पत्नी के मन का ख़ालीपन या फिर महेश कुमार की बातों का असर! सम्मोहित जाल बिछाया और वो फँसती चली गयी। महेश कुमार ने किसी दार्शनिक की तरह जीवन की व्याख्या की, "जो है...केवल देह है। देह सत्य है। देह का सुख आत्मा का सुख है।...जो है वो देह का रहस्य है। भोग उस रहस्य को खोलता है। नये सच की खोज होती है।...समय गतिमान है। उड़ता हुआ-सा है हर पल। पल का गुज़र जाना...जीवन के व्यर्थ हो जाने-जैसा है।...इसी उड़ते समय को पकड़ना है।...समय कहता है मुझे भोगो।...देह कहती है मुझे भोगो...मैं अतृप्त हूँ। तृप्ति देह का चरमसुख है।...काम, देह की प्रार्थना है।"

सरिता अवाक-सी सुनती रही महेश कुमार के प्रवचन। कोई रजनीश, सम्भोग के ज़रिए समाधि का रास्ता बता रहा हो जैसे।

महेश कुमार सरिता के थोड़ा और पास चला गया था। उसकी आवाज़ में रहस्य था। आवाज़ में उतार-चढ़ाव। सरिता की देह के उतार-चढ़ाव जैसा था। ऐसा लगता था महेश कुमार सरिता को देह के गूढ़ रहस्यों से अवगत करा रहा है।

महेश कुमार, राज भसीन की अनुपस्थिति में आता। शुरू-शुरू में सरिता को थोड़ी असुविधा हुई थी। बाद में वो भी चाहती थी कि महेश कुमार उसे एकान्त में मिले। महेश कुमार जब-जब सेक्स, देह, काम, उत्तेजना, क्षणवाद, भोग, तृप्ति जैसे शब्दों का प्रयोग करता तो सरिता सिहर उठती। रोमांच-सा उसके मन में हलचल पैदा करता। उसकी देह-भाषा में परिवर्तन आ जाता।

एक दिन महेश कुमार ने सरिता की आँखों में आँखें डालते हुए कहा,"स्त्री-

पुरुष के बीच काम किसी संगीत की तरह होता है। दो जिस्म केवल सम्भोगरत नहीं होते, वो संवाद भी करते हैं...वो संवाद, जिसकी भाषा स्पर्शों की भाषा होती है।''

फिर रुककर वो बोला, ''आपकी देह...आपकी अपनी है। इसे पराया मत बनाओ। इसे मित्र बनाओ। इससे प्रेम करो। इसकी माँग को सुनो।...सुनो, आपकी देह क्या चाहती है?...इसकी जिज्ञासा...इसकी इच्छा...इसका रहस्य आप जानने की कोशिश करो।''

महेश कुमार चला जाता। जाने से पूर्व वो सरिता को देखता। उसके माथे को चूमता। उसके बालों में उँगलियाँ घुमाता। उसके हाथ-पर-हाथ रखकर बैठा रहता।

वो जानता था जल्दबाज़ी में सारा खेल बिगड़ जाएगा। इसलिए वो देहराग पैदा करता और चला जाता। सरिता के मन में हाहाकार मचा जाता। वो बेचैन हो जाती। अपने आपको देखती। सुडौल देह। आकर्षक। सुन्दर। लम्बी।...आईने के सामने खड़ी होती तो लगता कोई मॉडल आ खड़ी हुई है। वो हैरान होती। उसने अपने आपको कभी इस तरह नहीं देखा था। अपने आपको कभी प्रेम भी नहीं किया था। अपने आपको देखना भी एक कला है। सचमुच एक कला है। मुझे यह दृष्टि महेश कुमार ने दी है—वह सोचती। कृतज्ञ-सी नज़र आती। उसे लगता। आईने में अकेली वो नहीं खड़ी, महेश कुमार भी आकर खड़ा हो गया है। उसकी धड़कन बढ़ जाती। उसका मन करता इस समय महेश कुमार हो और व्यर्थ जाते क्षणों को पकड़ ले और देह के उस संगीत को सुने जो स्पर्शों से पैदा होता है।

महेश कुमार जानता था स्त्री की प्रशंसा, स्त्री को कमज़ोर बनाती है। और कमज़ोर स्त्री को अपने वश में करना आसान होता है। महेश कुमार प्रशंसा करता। सरिता मुग्धभाव से सुनती। ऐसी प्रशंसा कभी राज भसीन ने नहीं की थी। वो सरिता से प्रेम करता था। लेकिन उसका प्रेम भावनाओं तक सीमित था। वो अदृश्य था। लेकिन महेश कुमार प्रपंच रचना जानता था। वो यह भी जानता था कि मन के अन्दर कोई नहीं झाँकता। इसलिए शब्दों की अपनी शक्ति है ओर सम्मोहन भी। वो सरिता की आवाज़, करुणा, भावुकता और सौम्यता की प्रशंसा करता। वो सरिता की देह की प्रशंसा करता। सरिता रीझने लगती। आत्ममुग्ध होने लगती। दिन में कई-कई बार कपड़े बदलती। मेकअप करती। उसे राज भसीन का नहीं, महेश के आने का इन्तज़ार रहता।

और फिर महेश कुमार सरिता के जिस्म की उस मंज़िल तक भी पहुँच गया, जिसकी यात्रा में उसने क़रीब एक वर्ष का समय लगाया था। एक क्षीण-सा प्रतिवाद किया सरिता ने और फिर किसी डाल-सी टूटकर गिर पड़ी महेश कुमार के कन्धों पर।

बाद में महेश कुमार किसी विजयी सेनापति जैसा नज़र आया। जैसे सरिता

की देह कोई दुर्ग हो और उसे फ़तह करना सबसे बड़ा लक्ष्य।

चलते वक़्त महेश कुमार ने सरिता को इस बात का भी अहसास कराया कि जीवन का यही विराट सच है।...कुंठाओं के मारे लोग इसे पाप की संज्ञा देते हैं। लेकिन आधुनिक और क्रान्तिकारी लोग ऐसे पाप को जीवन का सबसे बड़ा सच समझाते हैं।

कुछ साल तक ठीक-ठाक चलता रहा। लेकिन बाद में राज भसीन का घर 'साल्वेज' में बदल गया। सरिता भसीन पछतावे की आग में झुलसने लगी। हमेशा द्वन्द्वग्रस्त। एक दिन उसने शीशे को तोड़ डाला तो एक दिन उसने अपने कई सूट कैंची से काट दिये।

राज भसीन पढ़ाकू और जीनियस...सरल और सीधा राज भसीन इतना चुप रहने लगा कि उसकी आवाज़ ही खो गयी।

महेश कुमार अब भी जेंटलमैन था...अब भी चरित्रवान! अब भी मोतबर। अब भी शालीन।...अन्य दो कुमार भी इस प्रजाति के थे—कामुक, कायर और कमीने!

मिस्टर आनन्द प्रामिनेंट इंश्योरेंस कम्पनी के रिजनल मैनेजर हैं। अभी-अभी आये हैं—कोई एक साल आठ महीने पहले। दफ़्तर के बाह्य रंग-रूप को देखकर उन्हें तसल्ली हुई तो दफ़्तर के अन्दरूनी घमासान को देखकर घबरा गये। समझ गये कि नरेश कुमार, महेश कुमार और सुदेश कुमार को अपने पक्ष में करना बेहद ज़रूरी है।

पूर्व रिजनल मैनेजर जगतप्रकाश ने इन तीनों की औक़ात बता दी। ये और बात कि तीनों ने मिलकर वो खेल खेला कि जगतप्रकाश के पीछे सी.बी.आई. हाथ धोकर पड़ गयी। फ़ायर क्लेम की डुप्लीकेट फ़ाइलों को सी.बी.आई. तक इन तीनों—डर्टी-थ्री ने ही पहुँचाया था।

जगतप्रकाश का रुतबा था। रौब और अकड़! लेकिन बुरा वक़्त आदमी की सारी तमक़नत छीन लेता है। पहले सस्पेंड हुए जगतप्रकाश फिर त्यागपत्र दे दिया। तीनों कुमारों के लिए वो दिन उत्सव का दिन था। दरअसल, चुनौती जगतप्रकाश ने भी दी थी कि इन तीनों को वो कम्पनी से बाहर करके दम लेंगे। लेकिन हुआ विपरीत! कम्पनी के बाहर जगतप्रकाश खड़े थे। तीनों कुमार अपने खेल में कामयाब रहे।

नये रिजनल मैनेजर मिस्टर आनन्द की आमद ऐसे समय हुई जब प्रामिनेंट इंश्योरेंस कम्पनी में काम करनेवाला हर एम्पलाई, ख़ुद को इनस्क्योर महसूस करता था।

कम्पनी में एक अराजकता थी जो ऊपरी स्तर पर दिखाई देती थी और नहीं भी देती थी। लेकिन वो थी। उसका प्रभाव भी था। ऐसा लगता था, हर शख़्स किसी साज़िश में शामिल है। ऐसा लगता था, हर शख़्स अकेला है और डरा हुआ है।

तीनों कुमार तीन शक्ति केन्द्र थे। दरअसल, कम्पनी में साठ लोग थे तो तीस-पैंतीस लोग उनके अपने थे। प्रेमसिंह कम्पनी सचिव था। लेकिन उन तीनों से चिढ़ता था। कर कुछ भी नहीं पाता था। इसलिए तिलमिलाता और परेशान रहता। जब मौक़ा लगता, इनके धुर्रे उड़ाता। मेरे इंटरव्यू में प्रेमसिंह का होना। लगातार सिगरेट पीना और उनके षड्यन्त्र को विफल करते हुए मेरी नियुक्ति का ऐलान करना—तीनों कुमारों से पिछले कई सारे हिसाब-किताब चुकता करने जैसा था।

सहायक रिजनल मैनेजर देवधर घुन्ना आदमी था। मन की बात को ज़ाहिर नहीं होने देता था।

शेष स्टाफ दो ख़ेमों में बँटा हुआ—एक ख़ेमा मैनेजमेंट के साथ...दूसरा उसके विरोध में।

मैंने जिस दिन हाज़िरी रजिस्टर में दस्तख़त किये, उसी दिन से मैनेजमेंट के विरोधी गुट में शामिल हो गया।

उस दिन मुझे कुछ बातों का भी पता चला कि मीटिंग में 'प्रीमियम ग्रोथ' तो एक बहाना होती है। असल में 'कमीशन' और 'बोगस क्लेम' पर शिखर पुरुषों में तक़रार होता है।

मुझे यह भी पता चला कि प्रामिनेंट इंश्योरेंस नामक कम्पनी को घुन की तरह खानेवाले, स्टाफ़ के लोग नहीं, अधिकारीगण हैं। मुझे यह भी पता चला कि सी.बी.आई. कइयों के पीछे पड़ी है।

मुझे इस बात का अनुमान पहले दिन से हो गया था कि इस कम्पनी में नौकरी करना चुनौतीपूर्ण होगा। क्योंकि बड़े अधिकारी ख़ुद को बचाने के चक्कर में छोटे-मोटे कर्मचारियों की बलि चढ़ा देते हैं।

क्या पता, कब, कौन बलि पर चढ़ा दिया जाए?

मुझे बीस दिन हो चुके हैं। मैं हैरान हूँ, इन बीस दिनों में टंडन साहब से मेरी भेंट नहीं हुई। उन्हीं के नाम की चिट्ठी लाया था मैं। और वही नहीं मिले। वो शायद बहुत दिनों के लिए बाहर गये हों। हो सकता है, इस बीच किसी दिन आये हों। एक आध दिन रुके हों। फिर चले गये हों। हो सकता है वो आ चुके हों। मुझसे न मिलना चाहते हों।

टंडन साहब का बड़ा बेटा एक-दो बार मेरेवाले कॉटेज में आया था। वैसे

नहीं आया था, जैसे विद्या टंडन आती थी। वो किसी और तरह से आया। जैसे मुआयना करने आया हो। जैसे यह देखने आया हो कि मैं अकेले कॉटेज में कैसे रह रहा हूँ? यह भी सम्भव है, वो कोई औपचारिकता निभाने आया हो। मैंने उसे बैठने का कहा तो वो दो-चार मिनट बैठकर चला गया।

विद्या टंडन भी कई बार आयी। वो हमेशा सहज भाव से आयी। कोई ख़ाली जगह देखकर बैठ जाती। मुझे देखती रहती। मैं उसे देखता तो वो कहीं ओर देखने लगती। उसका आना मुझे अच्छा लगता। ऐसा लगता, वो कोई दोस्ती का गुलदस्ता रखने आयी है। ऐसा भी लगता, वो चुपज़दा कमरे को अपनी आवाज़ों से ज़िन्दा कर गयी है।

उसे बातें करना आता था। वो अपने बारे में बताती। मेरे बार में पूछती। दफ़्तर के बारे में, एम्पलाई...अधिकारी...काम...लंच...ढाबा...वो बहुत सारी बातें पूछ लेती। मुझे लगता वो मेरी और कुछ हो या न हो, मेरी अभिभावक ज़रूर है। उस अजनबी शहर में मेरी कोई चिन्ता करनेवाला भी था...यह क्या कम बात थी? यह सोचकर मैं रोमांचित हो उठता। एक बार मैंने विद्या टंडन के हाथ पर अपना हाथ रख दिया। वो मुझे देखती रही। फिर उसने अपना दूसरा हाथ मेरे हाथ पर रख दिया...

दफ़्तर में जाते हुए मुझे बीस दिन हो गये थे। पहले दिन मैंने जब अटेंडेंस रजिस्टर में अपने 'साइन' किये थे, मैं उल्लास से भर उठा था।

मुझे बिल्कुल आख़िर में सीट दी गयी थी। वो मेज़-कुर्सी किसी रिकार्ड क्लर्क की थी जो एक महीने की मेडिकल लीव पर था। उस ख़ाली कुर्सी पर मुझे बैठ जाने के लिए कहा गया था। मैं बैठ गया था। मेरी सीट के पास साल्वेज रूम था। आटोपार्ट्स का कबाड़ख़ाना था,जिसे मैं दिन में कई-कई बार देख लेता था।

यूनियन सचिव मदनलाल, जिसे सब 'लाल साहब' कहते थे, मेरी सीट के पास आये थे। उन्होंने मुझे बेस्ट विशिज़ देते हुए कहा था, "अपने अन्दर लोहा कूट लो।... दिल बना लो फ़ौलाद का।...अभी ये लोग तुम्हें कई तरीके से तंग करेंगे। इंटरव्यू क्लीयर करके तुमने इनको तंग किया...ये तुम्हें करेंगे।...एलर्ट कर रहा हूँ। तैयार रहना।...कोई ग़लत क़दम मत उठाना।"

पन्द्रह दिन तक मुझे कोई काम ही नहीं दिया गया था। मैं सारा दिन बैठा रहता। इतना बेकार मैंने अपने आपको कभी नहीं समझा था। मुझे लगता मैं दफ़्तर में नहीं, ज़िन्दगी के कबाड़ख़ाने में हूँ। मुझे लगता जैसे सामने के कमरे में साल्वेज पड़ी है, वैसे मैं हूँ—बेकार...सक्रैप!

कभी-कभी रजत आता। मुझे देखकर मुस्कराता। बहुत धीमे-से एक वाक्य बोलकर जाता, "बी ब्रेव।"

रजत के अतिरिक्त लाल साहब से नमस्ते हो जाती। और किसी से मेरी कोई

बातचीत न होती। मैं थक जाता। में उक्ता जाता। मैं ऊब जाता। मैं चाहता मेरे पास काम हो। मैं चाहता मुझसे कोई बोले। लेकिन हॉल में नरेश कुमार का आतंक था। मुझसे बात करते हुए सब डरते। मैं दफ़्तर में चुप रहता तो मुझे पेरिज़ होटल के कॉटेज नम्बर दो के विशाल कमरों में भी चुप रहना पड़ता। मैं हर जगह चुप रहता। मुझे कई बार गुमान होता जैसे मेरे पास आवाज़ जैसी चीज़ खो गयी है। कभी-कभी विद्या टंडन से बातचीत हो जाती। तब मुझे अहसास होता—नहीं, आवाज़ गुम नहीं हुई। मेरी आवाज़ अभी मेरे पास है।

दफ़्तर में मुझे नाकारा साबित करने की भरपूर कोशिश की गयी। मनोबल तोड़ने का यह भी एक तरीका था। मुझे लगता, मैं मनुष्य नहीं हूँ, कोई वस्तु हूँ। कोई पदार्थ हूँ। मुझे लगता, मुझे यहाँ नहीं आना चाहिए था। कितना अच्छा होता मुझे इस दफ़्तर के लिए अपायंटमेंट लैटर ही न मिलता। कितना अच्छा होता, मैं इंटरव्यू में फ़ेल हो जाता।

मुझे किसी अन्धे कुएँ में डाल दिया गया था। जहाँ बाक़ी सब था—अँधेरा, अकेलापन, उदासी, भय, गहराई, जहाँ नहीं था तो संवेदना का पानी!

एक दिन मैं कुर्सी पर बैठा था—अपनी व्यर्थता के बोझ को ढोता हुआ। अचानक किसी ने मेरी पीठ पर ज़ोर का धौल जमाया। धौल इतनी ज़ोर से जमाया कि मैं कराह उठा। मुझे लगा जैसे मेरी रीढ़ की हड्डी तोड़ दी गयी है। इस अचानक हुए प्रहार को मैं बड़ी मुश्किल से झेल पाया। मेरी आँखें नम हो गयीं। प्रहार तो मैं रोज़ झेल रहा था—मनोवैज्ञानिक प्रहार। जो मेरी आत्मा, मेरे मन, मेरे शरीर पर प्रभाव छोड़ रहा था। वो प्रहार अजीब था। जैसे मेरे भीतर की सारी रौनकें छीनकर, मुझे वीरान टापू में बदल दिया गया हो।

मैं अपनी पीठ को नहीं देख सकता था। मेरा हाथ मेरी पीठ तक चला गया था। मैंने मुड़कर देखा कि आख़िर मेरी पीठ पर इतनी ज़ोर का प्रहार करनेवाला है कौन?

साँवले रंग का, नाटे क़द का, एक आदमी खड़ा हँस रहा था, "काके, मैंने तो तेरा हाल-चाल पूछा था। तू तो नहीं बोलता...मन्ने सोची। मैं बोल लूँ।"

वो बोलता जा रहा था। हँसता जा रहा था। सामने बैठे लोग उसे देख रहे थे। वो बड़ी बेशर्मी से सबको देख रहा था। मख़ौल मेरा उड़ा रहा था। जैसे चिढ़ा रहा हो मुझे। मुझे कराहता हुआ देखकर उसे आनन्द का अनुभव हो रहा था।

वो पहले मेरी सीट के बिल्कुल पास खड़ा था। फिर थोड़ी दूर जा खड़ा हुआ। किसी का बता रहा था, "सो रहा था। मैंने ज़रा-सी पीठ थपका के जगा दिया। जमूरे को मेरी बात बुरी लग्ग गी।"

मैं गुस्से में फनफना उठा। पन्द्रह दिन बाद कोई मुझसे आकर बोला तो कितने

क्रूर तरीके से। कितनी अमानवीयता से।

मैं इस दफ़्तर से...दफ़्तर के लोगों से...यहाँ के परिवेश से पहले से ख़ार खाये बैठा था। मैं उठा। उस सामने खड़े साँवले रंग के नाटे आदमी को सबक सिखाने के लिए, ज़रा-सा आगे बढ़ा।

सामने बैठे तमाशाई मुझे देखने लगे। नाटे क़द का आदमी वहीं खड़ा हो गया।

आगे का दृश्य दिलचस्प हो सकता था। तमाशाइयों के लिए दिलचस्प। मेरे लिए घातक!

तभी लाल साहब उठे। वो दूर बैठे थे। बहुत जल्दी से मेरे पास आये। पचास का नोट निकालते हुए बोले, ''दस-दस के पाँच नोट होंगे तुम्हारे पास।''

मेरा आक्रोश अचानक ढीला पड़ गया। तना हुआ हाथ अपनी जगह चला गया। लाल साहब भी किस वक़्त पचास का चेंज माँगने चले आये। मुझे उनका आना अच्छा नहीं लगा। मैं चाहता था नाटे क़द के आदमी को पाँच-सात धर दूँ। उसकी कमर पर एक ज़ोर का घूँसा मारूँ। उसे भी पता चले कि दर्द क्या होता है?

लेकिन सामने लाल साहब खड़े थे। जिनकी सब इज़्ज़त करते थे। मैं भी करता था।

मैंने जेब में हाथ डाला तो वो बहुत धीरे-से बोले, ''अपनी सीट पर जाकर बैठ जाओ और किसी उकसावे में मत आओ।''

पचास का चेंज लेना तो लाल साहब का एक बहाना था। सारी बात का पता मुझे शाम को चला। सारा खेल 'प्री-प्लांड' था। मुझे जानबूझकर उकसाया गया था। मैं नाटे क़द के आदमी को, बदले की भावना में आकर दो-तीन थप्पड़ मारता। वो चुपचाप थप्पड़ खाता। फिर लिखित में मेरे विरुद्ध रिपोर्ट करता। डिस्पिलिनेरी एक्शन होता मेरे खिलाफ़! मैं दफ़्तर में टेम्परेरी था—प्रोबेशन पर। मुझे तत्काल बाहर कर दिया जाता।

—धन्यवाद लाल साहब! मैंने मन-ही-मन कहा। आज आपके आ जाने से मेरी नौकरी बची रही। आपका कृतज्ञ हूँ मैं लाल साहब—मैंने मन-ही-मन कहा।

सहायक रिजनल मैनेजर मिस्टर देवधर, कभी-कभी दफ़्तर आते थे। दफ़्तर में उनकी बहुत अच्छी प्रतिष्ठा भी नहीं थी। लेकिन पद बड़ा था। अम्बाला छावनी की कई फैक्ट्रियों का बिज़नेस भी वो लाते थे। कुछ बैंकों में भी उनका 'रेपो' था। प्रामिनेंट इंश्योरेंस कम्पनी का बिज़नेस जब हाथ से जाने लगता तो वो अपने तिकड़मों से बिज़नेस को वापिस प्रामिनेंट में ले आते।...उनका होना इसलिए महत्त्वपूर्ण था। तीनों कुमारों ने भी उनको अपने साथ मिला रखा था, वो इसलिए भी महत्त्वपूर्ण थे। तीनों कुमार जिसका आदर करते थे, उसका सम्मान पूरा दफ़्तर करता

था।

सहायक रिजनल मैनेजर एक दिन राउंड पर थे। महीने में एक-दो बार वो सबसे मिलते। काम का पूछते। यानी वर्क-रिपोर्ट के विषय में जानकारी लेते।

वो एक-एक करके सबसे मिले। सबसे हाथ मिलाये। उन्होंने एक-दो को कुछ कहा भी—शायद सैनी और सरीन को। क्या कहा, मुझे नहीं मालूम।

मैं आख़िर में था। बिल्कुल आख़िर में। मेरे बाद एक कमरा था। जिसमें साल्वेज रखी थी।

वो पलटकर जाने लगे। उन्होंने उचटती-सी नज़र से मुझे देखा। मैं अपनी सीट पर खड़ा हो गया। मैंने सोचा वो मुझसे हाथ मिलाएँगे।

वो मेरी टेबल के पास खड़े हो गये, ''आप हैं न्यू कमर?'' उन्होंने पूछा। उनके पूछने का ढंग रूखा था।

''आपके बारे में हमें ख़राब रिपोर्ट मिली है।'' वो बोले। मैं हतप्रभ रह गया।

''आप दफ़्तर का काम ठीक से नहीं कर रहे।'' उन्होंने कहा।

''काम तो अभी तक मुझे दिया ही नहीं गया सर।'' मैंने विनीत स्वर में कहा।

''शटअप!'' वो करख़्त लहज़े में बोले। मुझे देखते रहे एक पल। फिर कहा, ''ज़ुबान लड़ाते हो।...ज़ुबान लड़ानेवाले एम्पलाई मुझे अच्छे नहीं लगते।'' इतना कहकर वो चले गये। मैं जड़वत् खड़ा रहा।

रिजनल मैनेजर मिस्टर आनन्द हमेशा व्यस्त रहते। वो बाहर की तरफ़ से अपने ऑफ़िस में आते। बाहर की तरफ़ से चले जाते। वो हमेशा बड़े क्लेम निपटाने में या फिर बड़ी कम्पनियों का इंश्योरेंस हासिल करने में जुटे रहते। उन्हें शायद पता भी नहीं होगा कि उनके ऑफ़िस में कोई नया 'लड़का' नियुक्त हुआ है।

एक दिन शाम के वक़्त जब ऑफ़िस टाइम पूरा हो चुका था और अधिकांश लोग चले गये थे, मैं अब भी बैठा था।...मेरी अजीब हालत हो चुकी थी। मैं घर में...यानी कॉटेज नम्बर दो में होता तो मेरा दफ़्तर आने को दिल नहीं करता था। मैं दफ़्तर में होता तो फिर घर जाने का मन नहीं होता था। मैं यूँ ही बैठा था।

अचानक मेरे सामने वो आ खड़े हुए। ख़ूबसूरत व्यक्तित्व। गोरे-चिट्टे। भरे-भरे गाल। झक्क सफ़ेद कपड़े। बड़ा हुआ पेट। सिर के घने घुँघराले बाल। और बीचोंबीच चीर—पुराने ज़माने के फ़िल्मी हीरो जैसे बाल सँवारते थे।

मैं उन्हें देखकर हैरान रह गया। उठ खड़ा हुआ। नमस्ते जैसा शब्द भी मैं अभी याद ही कर रहा था।

"आपको मैंने पहले कभी नहीं देखा?" उन्होंने पूछा। उनका लहज़ा विनम्र था।

"जी, मेरा अभी अपायंटमेंट हुआ है।" मैंने कहा।

"ओह,आई सी!...वेलकम!...मोस्ट वेलकम।" उन्होंने हाथ बढ़ाते हुए कहा।

मेरे लिए अप्रत्याशित था। रेगिस्तान के बीच जैसे कोई झरना फूट पड़ा हो। हज़ारों उपेक्षाओं के बीच, आज कोई पहली बार...इस दफ़्तर का अधिकारी मुझे 'वेलकम' कह रहा था।

"सर, थैंक्यू सर।" में अभिभूत हो उठा।

"मैं आनन्द हूँ...रिजनल मैनेजर...आई थिंक यू नो मी?" उन्होंने बड़ी सहजता से अपने बारे में कहा।

"जी सर!...लेकिन पहली बार देखा है सर आपको।" मैंने कृतज्ञ होकर कहा।

"ऐनी हाऊ। नाइस मीटिंग।...आपका नाम मुझे मालूम होना चाहिए था। वह...।"

"सर, मेरा नाम चेतन है।" मैंने कहा।

"गुड नेम।...चेतन हमारी चेतना से तआल्लुक रखता है।" वो बोले।

"जी सर।" मैंने उनके सुर में सुर मिलाया।

"क्या काम दिया गया है आपको?" उन्होंने पूछा।

"सर, अभी तक मुझे काम नहीं दिया गया।" मैंने कहा। मेरी बात सुनकर वो संजीदा हो गये।

"प्लीज़ डोंट माइंड।...कई बार हम यह तय नहीं कर पाते कि कौन-सा काम, किसे दिया जाए...इसलिए थोड़ा वक़्त लग जाता है।...आपको जल्दी काम मिलेगा।...बी सिंसियर...एंड बी लायल टू कम्पनी।" उन्होंने कहा। वो चले गये।

मेरे काम न मिलने के बेशक उन्होंने कई सारे कारण बता दिये थे। लेकिन मन-ही-मन वो भाँप गये थे कि कहीं कुछ गड़बड़ है।

बहरहाल, मुझे रिजनल मैनेजर से मिलना बहुत अचछा लगा था। वो किसी साधारण इनसान की तरह मिले थे। उन्होंने अहंकार नहीं जताया था। ख़ुद, अपना हाथ आगे बढ़ाकर मुझसे हाथ मिलाया था। उन्होंने मेरे नाम को अच्छा कहा था उसकी तफ़्सील भी की थी।

पहला दिन था जब मैं दफ़्तर से घर आते वक़्त बहुत ख़ुश था। उपेक्षाओं के काले समन्दर में जैसे मुझे कोई जहाज़ नज़र आ गया हो।

विद्या टंडन ने कमरे में प्रविष्ट होते ही कह दिया था, "आज ख़ुश लग रहे

हो?"

"रिजनल मैनेजर ने मुझसे हाथ मिलाया है।" मैंने कहा।

"कौन-सा हाथ?" उसने मुस्कराते हुए पूछा।

"ये वाला।" मैंने अपना दायाँ उसे दिखाया।

"धोया तो नहीं?" वो हँस पड़ी। वो हँसी तो मैं भी ख़ूब हँसा। फिर उसने बड़ी आत्मीयता से कहा, "चेतन, यूँ ही हँसते रहना हमेशा।"

"मतलब?"

"मतलब...उदास मत होना।" विद्या की नज़रों में कोई विचित्र-सी अनुभूति थी। प्रेम का होना इसी को तो नहीं कहते होंगे—मैं सोचने लगा।

रिजनल मैनेजर की उपस्थिति शानदार थी। उनका जितना बड़ा रुतबा था वो उतनी ज़्यादा सादगी से मिले। फिर वो अपने कामों में व्यस्त हो गये। क्लेम। इंश्योरेंस। कमीशन। क्लेम रेशो। मंथली आउटपुट! ब्रांचों और डिविज़नल ऑफ़िसों में 'विज़िट'। वो भूल गये कि चेतन नाम का 'न्यू कमर' इस ऑफ़िस में है, जिसको काम नहीं दिया गया।

आनन्द साहब बड़े आदमी थे। उनकी बड़ी बातें थीं। उनकी बड़ी प्रॉब्लम थीं।

मैं मामूली-सा असिस्टेंट था। मेरी समस्या छोटी-सी थी। यही, कि मुझमें तनाव पैदा किया जा रहा था। यही, कि मेरा मनोबल गिराया जा रहा था। यही, कि मुझे काम नहीं दिया गया था। यही कि मैं दफ़्तर में था—न होने जैसा। मेरी उपस्थिति इतनी तुच्छ थी कि मैं अपने आपको हमेशा अनुपस्थित समझता था।

मुझे काम दिया गया। चार रजिस्टर मेरी मेज़ पर रख दिये गये थे। मुझे टोटल करने थे। हर पेज का टोटल फिर तीस दिन का टोटल। फिर ग्रेंड टोटल।

उन्हें पता था मैं गलतियाँ करूँगा। उन्होंने पहले मुझे बेकार बिठाए रखा फिर काम़ ऐसा दिया जिसमें मुझे ऊबना था। फिर भी मैं रजिस्टर में सिर गड़ाए टटोल करता रहता। पेज के आख़िर में पेंसिल से 'टोटल' की फ़िगर लिखता। फिर दूसरे पेज का टोटल। शाम तक आँखों के आगे तारे चमकते नज़र आते। दिन में तारे देखना शायद इसी को कहते हों।

फिर वो रजिस्टर मुझसे ले लिये गये। पता नहीं क्यों?

फिर नरेश कुमार के ख़ास आदमी 'गुप्ताजी' ने मेरी सीट पर 'कवरनोट' का ढेर रखते हुए कहा, "ले, इनकी डी.पी.एस. तैयार कर।" डी.पी.एस. का मतलब था डेली प्रीमियम स्टेटमेंट। पन्द्रह दिनों में यह बात तो मैंने जान ली थी कि पूरे दिन

में जो कवरनोट काटे जाते हैं। उनकी प्रीमियम स्टेटमेंट तैयार की जाती है। लेकिन काम इतना आसान नहीं था। कैश पेमेंट के कवरनोट अलग करने होते थे चैक के अलग। डायरेक्ट बिज़नेस के अलग तो कमीशन कोड के कवरनोट अलग। फिर उनका प्रीमियम...पॉलिसी नम्बर कवरनोट नम्बर...। ये सब बातें मुझे बाद में मालूम हुई थीं।

गुप्ता ने कवरनोट का ढेर रखा। डी.पी.एस. तैयार करने की हिदायत देकर चला गया।

वो चला गया और मैं कवरनोट का ढेर देखकर परेशान हो गया। मुझे समझ नहीं आ रहा था कि क्या करूँ? कहाँ से शुरू करूँ...ओर कैसे शुरू करूँ? किससे पूछूँ? कौन बताएगा?

मैंने अपने साथ बैठे नरेन्द्र गर्ग से पूछा। उसने कहा, "मुझे पता नहीं। मैंने सरीन जी से पूछा। उसने कहा, "मैंने कभी डी.पी.एस. बनायी नहीं।

मैं गुप्ता के पास गया। वो हँसा। फिर उसने मेरा मज़ाक उड़ाते हुए ज़ोर से कहा, "मन्दबुद्धि महाराज, बता तो दिया। पॉलिसी नम्बर...कवरनोट नम्बर...प्रीमियम और फिर प्रीमियम का टोटल! बस! और क्या?"

मैं अपनी सीट पर आ बैठा। कवरनोट और डी.पी.एस. का प्रोफ़ोर्मा लिये मैं ऐसे बैठा था जैसे मैं किसी निर्जन में बैठा हूँ।

सैनी साहब आये। दूर से बोलते हुए, "यंगमैन, मेरे टाइपराइट का रोलर ठीक से काम नहीं कर रहा। आपका टाइपराइटर ले लेता हूँ थोड़ी देर के लिए।"

वो मेरी मेज़ के सामने खड़े होकर, मेज़ पर रखे टाइपराइटर के रोलर को घुमाते रहे। बहुत आहिस्ता से बोलते रहे, "कवरनोट नम्बर नहीं...पॉलिसी नम्बरों को सीरियल के साथ रखो।...दिस फिगर..." उन्होंने उँगली से कवरनोट पर लिखी फ़िगर पर उँगली रखते हुए कहा, "ये फ़िगर, रफ़ कागज़ पर नोट करते जाओ...फिर टोटल करना।...डोंट वरी। मैं टाइपराइट ले जा रहा हूँ...रखने के लिए फिर आऊँगा। तब तक तुम रफ़ स्टेटमेंट तैयार करो।"

मुझे बाद में मालूम हुआ कि टाइपराइटर का रोलर तो बहाना मात्र था। असल में वो मुझे 'गाइड' करने आये थे। सैनीसाहब के ये संकेत मेरे लिए बेशक़ीमती थे।

ख़राब लोगों के बीच अच्छे लोगों की उपस्थिति किसी सद्भावना जैसी होती है। सैनी साहब का तो मैं आभार भी व्यक्त नहीं कर पाया था और वो टाइपराइटर उठाकर चलेगये थे।

मुझे हौसला मिला...बहुत ज़्यादा विश्वास भी। मैं सोच रहा था कि मैं अकेला हूँ। अब मुझे लगने लगा था मैं अकेला नहीं। बहुत सारे अच्छे लोग किसी अदृश्य शक्ति की तरह मेरे साथ हैं।

मैंने रफ़ डी.पी.एस. तैयार की। कवरनोटों का ढेर और स्टेटमेंट को लेकर मैं गुप्ता के पास चला गया। उसकी मेज़ के पास कुर्सी ख़ाली पड़ी थी। लेकिन उसने मुझे बैठने के लिए नहीं कहा था।

वो अपनी करख़्त आवाज़ में मुझसे बात कर रहा था। जैसे मैं दफ़्तर का एम्पलाई नहीं, उसका निजी नौकर हूँ। उस वक़्त मेरा ख़ून खौल रहा था। हद तो तब हुई जब उसने मेरी बनायी हुई रफ़ डी.पी.एस. का प्रारूप देखा। और बड़ी हिकारत से बोला, ''ये क्या बना लाया? स्टेटमेंट बनानी थी चाट-पकौड़ी का मसाला नहीं। समझे गोबरगणेश! ये पकड़ दोबारा बना।'' इसी के साथ उसने सारे-के-सारे कवरनोट हवा में उड़ा दिये। कवरनोट फ़र्श पर बिखरते चले गये।

मैं ऐसे खड़ा था जैसे मुजरिम। वो ऐसे बैठा था जैसे मुंसिफ़!

नरेश कुमार ने फ़ाइल पढ़ते हुए ज़रा-सा देखा। फिर फ़ाइल में आँखें गड़ा दीं।

''कवरनोट उठाइए गुप्ताजी।'' मैंने कहा। यह मेरी पहली आवाज़ थी। आवाज़ में जिस तरह की दृढ़ता थी, उससे कई लोग हतप्रभ हुए।

''आज्ञा दे रहा है?'' गुप्ता ने तरेरकर मुझे देखा।

''नहीं, ग़लती का अहसास करा रहा हूँ।'' मैंने कहा।

''तूँ...तूँ...कराएगा ग़लती का अहसास? अपनी औक़ात देख।'' गुप्ता हिकारत से बोला।

''आप कवरनोट मुझे हाथ में दे सकते थे। आपने फ़र्श पर फेंक दिये।'' मैंने आवाज़ को विनम्र रखते हुए कहा।

''तूँ इसी लायक है।'' गुप्ता पहले से ज़्यादा बौखला उठा।

यही क्षण था। हॉल में ख़ामोशी छा गयी थी। सब चुप थे। कुछ नरेश कुमार के अपने बन्दे थे तो कुछ नरेश कुमार के डर से सहमे हुए थे।...इसी वक़्त यूनियन सचिव लालसाहब खड़े हुए। गुप्ता के पास आकर बोले, ''ऑफ़िस डॉक्यूमेंट्स तुमने फेंके हैं, तुम उठाओ। यह मेरी पहली और आख़िरी चेतावनी है।''

''नहीं उठाऊँगा।''

''तुम उठाओगे गुप्ता...तुम!''

''मैंने कै दिया। मैं नईं उठाऊँगा।'' गुप्ता ज़िद पर अड़ गया।

''कामरेड!...लिसन कामरेड!!...गुप्ताजी ने ऑफ़िस डॉक्यूमेंट्स को गुम करने और नष्ट करने की कोशिश की है।...आप सब...सबके सब देख रहे थे। अभी भी कवरनोट फ़र्श पर बिखरे पड़े हैं।...हो सकता है कुछ खो गये हों।'' लाल साहब बोल रहे थे। हॉल में गहरी चुप थी।

वो फिर बोले, ''मैं अभी लैटर टाइप करता हूँ। गुप्ताजी ऑफ़िस डॉक्यूमेंट्स

नष्ट कर रहे थे और नरेश कुमार सेक्शन हेड देख रहे थे।...लैटर की एक कॉपी मैं यूनियन सचिव होने के नाते रिजनल मैनेजर को दूँगा...एक कॉपी नरेश कुमार को...एक कॉपी हेड ऑफ़िस बम्बई भेजूँगा।...कामरेड, हमारी लड़ाई किसी व्यक्ति से नहीं। हमारी लड़ाई अन्याय से है।...अराजकता से है।''

''आई एम सॉरी लालसाहब।'' गुप्ता एकदम खड़ा होते हुए बोला। फिर बहुत कमज़ोर आवाज़ में उसने कहा, ''लाल साहब, मैंने इसे 'प्रेस्टिज इशू' बना लिया था।''

गुप्ता ने सारे कवरनोट उठाये। मेज़ पर रखे। हम तीनों आसपास खड़े थे। लाल साहब...गुप्ता और मैं।

''गुप्ताजी,क्या आपका ट्रीटमेंट न्यूकमर के साथ ठीक था?...आप इसे हौसला देते। समझाते। आपने इसे अपमानित किया।'' लाल साहब की आवाज़ किसी दोस्त जैसी थी।

''आई एम सॉरी।'' गुप्ता ने कहा।

''चेतन! यह एक ख़राब सीन था। फ़ारगेट इट। अब गुप्ताजी आपको काम समझाएँगे।'' लाल साहब ने कहा। चले गये।

मैंने गुप्ता की तरफ़ देखा। उसने बहुत आहिस्ता से कहा, ''प्लीज़ डोंट माइंड। कुछ ग़लत काम मुझे मजबूरी में करने पड़ते हैं।''

सुबह अक्सर जल्दी नींद खुल जाती। मैं पेरिज़ होटल के आसपास घूमता रहता। कभी-कभी चर्च रोड पर तो कभी पी.एम.जी. रोड पर निकल जाता। सुबह का वातावरण बहुत शान्त होता। दूर कहीं मिल्टरी की बैरकों से रेडियो की आवाज़ सुनायी देती। शेष सब शान्त होता। कभी-कभार मिल्टरी का ट्रक—'शक्तिमान' कई सारी आवाज़ें पैदा निकल जाता।

सुबह मौसम ख़ुशगवार होता। बाद में गर्मी हो जाती। मैं जिस सड़क पर निकलता, वही सड़क अच्छी लगने लगती। मेरे लिए सब नया था। यह शहर मिल्टरी का शहर था—अनुशासित और साफ़! साफ़ और हराभरा। हराभरा और मुग्ध करता।

सुबह होती तो मैं सुबह का ख़ैरमक़दम करता। मैं जब अपने शहर में था तब सुबह-सवेरे खेतों की तरफ़ निकल जाता। एक पतली-सी सड़क, दोनों तरफ़ खेत ही खेत!...फिर खेत ख़त्म होते चले गये। मकान बनते गये। एक प्याऊ था। उसके आसपास काफी सारी ज़मीन थी। अमरूद के, अनार के पेड़ थे। बाबाजी रहते थे। एक कुआँ था। उसका पानी बहुत मीठा था। राह चलते लोग वहाँ ज़रूर रुकते। पानी

पीते। बाबा से राम-राम करते। वो बताशे देता और आशीर्वाद भी।...धीरे-धीरे सब ख़त्म हो गया। न अमरूद के पेड़ रहे न कुआँ। न प्याऊ रहा न बाबा।

मुझे छावनी शब्द में अजीब-सी बारूदी गन्ध आती थी। लेकिन यहाँ आकर देखा तो धारणा बदल गयी। एक सुव्यवस्थित शहर होता है छावनी। जहाँ फौजें विश्राम की अवस्था में रहती हैं।

सुबह के वक़्त यह शहर विश्राम करता नज़र आता था। छावनी में इतनी घनी शान्ति हैरान करती थी। इस शहर का अपना डेकोरम था अपना मिज़ाज और अपना लहज़ा।

मैं जब सड़कों पर घूमता हुआ लम्बा चक्कर लगाकर आता तो एक पतली-सी धूप सड़कों पर बिछने लगती। धूप, दिन का स्वागतम इसी तरह करती थी।

गेट के पास गुमटी थी। गुमटी में चाय की छोटी-सी दुकान थी। इन बीस-बाइस दिनों में उसका सबसे पहला 'कस्टमर' मैं ही होता था। मैं गेट के पास बिछे बैंच पर बैठ जाता। वो चुपचाप अपना काम करता रहता। कभी उसकी भट्टी जल चुकी होती तो कभी मेरे सामने भट्टी को जलाता। कुछ देर के लिए धुआँ फैल जाता। वो कोयलों पर पंखा करने लगता। कोयले रंगत बदलने लगते। लाल रंग के हो जाते। उसे चैन मिलता और मुझे भी।

जब तक वो मेरे लिए चाय बनाता, मैं एक बार नीम के दरख़्त को देख लेता। ज़मीन पर गिरी पत्तियों और निबोरियों को भी देख लेता। मैं टंडन फैमिली के कॉटेज को भी देख लेता। कभी-कभी सर्वेंट दिखाई दे जाता तो कभी टंडन साहब के दोनों बेटे। लेकिन मैं विद्या टंडन को देखने के लिए आतुर रहता। वो बहुत कम नज़र आती। शायद देर से उठती हो। शायद जानबूझकर बाहर न निकलती हो। शायद पढ़ती रहती हो। पता नहीं क्या बात थी। वो जानती थी कि मैं सुबह यहाँ आकर चाय पीता हूँ।

गेट के पास बनी गुमटी में चाय की दुकान अच्छी लगती थी। सबसे पहली चाय मेरी होती, इसलिए वो चाय हमेशा अच्छी होती थी। चाय तो अच्छी होती ही थी। दुकानदार की ख़ामोशी भी मुझे बहुत अच्छी लगती। मैं चाय पीता। कभी-कभार फैन या बिस्कुट भी लेता। उसके गल्ले के पास पैसे रखता। चला आता।

आज भी मैंने चाय पी। पैसे दिए। उठ खड़ा हुआ। फिर उचटती-सी नज़र दूर तक डाली। लोग जाग जाएँ तो ज़िन्दगी का कारोबार शुरू हो जाता है। लेकिन लोग तब जागते हैं, जब सूरज जागने की मुद्रा में होता है। सूरज चुपचाप जागता है। लोग हज़ारों आवाज़ों के साथ जागते हैं। दिन कितना दरिद्र क्यूँ न हो, सबकी जेब में आवाज़ों के सिक्के हमेशा भरे रहते हैं। आवाज़ों का होना, शायद दिन के वजूद को ज़िन्दा रखता हो। आवाज़ें ख़त्म तो दिन भी रूख़सत!

मैं चाय पीकर, कॉटेज नम्बर दो के पास बने ईंटों के खरंजे पर खड़ा उस ट्रक को देख रहा हूँ जो अभी-अभी पेरिज़ होटल के गेट में प्रविष्ट हुआ है। उस ट्रक की अपनी कई सारी आवाज़ें हैं। उस ट्रक के साथ कुछ लोग भी हैं। जो पीछे किसी कार से आये हैं...उनकी भी आवाज़ें हैं।

ट्रक कॉटेज नम्बर दो के पास आकर खड़ा हो गया है। मुझे शक-सा हुआ है। कहीं वो इसी कॉटेज के लिए तो नहीं आये? मैं सहम-सा गया।

पेरिज़ होटल का केयर टेकर पहले मेरी तरफ़ आने लगा। फिर ठिठका। सोचने लगा। वो जल्दी में था। कुछ पल सोचने के बाद वो तेज़ी से टंडन फ़ैमिली के कॉटेज की तरफ़ बढ़ गया।

मैंने अन्दाज़ा लगाया कि थोड़ी देर में क्या होनेवाला है। अभी, कुछ देर बाद, बेघरी का फ़रमान जारी होगा। मैं कॉटेज नम्बर दो में ऐसे रहने लगा था जैसे कि मुझे हमेशा यहीं रहना है। मैं कल्पनाओं में जीने लगा था। लेकिन यथार्थ दूसरा था। वो अब सामने आ खड़ा हुआ है।

मैं इस कॉटेज को तो छोड़ भी दूँ...लेकिन विद्या टंडन? उसे छोड़कर चले जाना क्या आसान होगा? वो मेरे लिए किसी शक्ति की तरह थी...किसी संजीवनी की तरह।... किसी सद्‌भाव की तरह...प्रेम की तरह।

मैं उससे प्रेम करने लगा था।

मैं कमरे में लौट आया। एक बार खड़े होकर मैंने विशाल कमरों को देखा। कमरों के एकान्त को देखा। उस आतिशदान को देखा, जिसे देखकर मैं अतीत में डूब जाता था। मैंने उस फोल्डिंग पलंग को देखा। जिस पर मैंने स्टील की प्लेट में बिस्कुट और मठरियाँ रखे थे। विद्या टंडन ने आकर फोल्डिंग पर अपने लिए बैठने की जगह बनायी थी। और मेरे मामूली-से बिस्कुट खाने लगी थी। मैं उसकी देहगन्ध को अब भी इस विशाल कमरे में महसूस कर रहा था। मैं, दरवाज़े पर उसकी दस्तकों की आवाज़ों को आज याद कर रहा था। उसकी दस्तकें, मेरे मन में संगीत-सा रचती चली जाती थीं। उसका मेरे पास होना, जैसे किसी बहुत अपने के होने जैसा होता था। वो आती। मुझे लगता, वो जीवन की कितनी सारी शुभकामनाएँ लेकर आयी है। वो हमेशा वसन्त की तरह आती। वो जाती तो मेरे कमरे में यादों के गुलदस्ते छोड़ जाती।

मैंने यहाँ-वहाँ फैले सामान को समेटा। मैंने नहाने का विचार त्याग दिया। झटपट तैयार हुआ। सारे कपड़े बैग में ठूँस दिये।

फिर वही तीन नग और चौथा मैं!

सामान पैक करके मैं इस दुविधा में था कि अब आगे क्या होगा? कहाँ रहूँगा?... कहाँ रखूँगा सामान?

दरवाज़े पर दस्तक हुई। फिर दरवाज़ा खुलता चला गया। विद्या टंडन के साथ केयर टेकर खड़ा था। इससे पहले कि विद्या टंडन बोलने के लिए माकूल शब्दों की तलाश करती। मैंने फीकी-सी मुस्कान के साथ कहा, ''मैंने अपना सामान पैक कर लिया है विद्या जी।''

''सो नाइस ऑफ़ यू।'' उसने कहा।

मैं चुपचाप उसे देखता रहा। केयर टेकर अब भी खड़ा था। केयर टेकर न होता तो मैं शायद विद्या टंडन के गले लग जाता। लेकिन मैं विद्या टंडन से दूर खड़ा था। वो भी मुझसे दूर खड़ी थी। मैं हैरान था इस वक़्त भी विद्या टंडन ही आयी थी। टंडनसाहब नहीं आये थे। उनके दोनों बेटों में से कोई आ सकता था, कोई भी नहीं आया था।

''वी आर रियली सॉरी।'' विद्या टंडन की आवाज़ में दुख था। उसने शायद गहरी साँस ली थी, ''प्लीज़ डोंट माइंड।'' वो बोली। आज उसने मुझे नाम से नहीं बुलाया था। वरना कहने को कह सकती थी, ''चेतन, बुरा मत मानना।'' लेकिन वो मेरा नाम शायद भूल गयी थी। या फिर यह भी सम्भव था कि वो मेरा नाम अपने अन्दर छुपाकर रखना चाहती हो।

''हमें पता नहीं था कि ये लोग इतनी जल्दी आ जाएँगे।'' विद्या टंडन स्थिति को स्पष्ट कर रही थी। मुझे समझाने की कोशिश कर रही थी।

''मैं आपकी प्रॉब्लम को समझ रही हूँ।'' बोलते हुए उसकी आवाज़ बहुत धीमी हो गयी थी। कई बार दुख, आवाज़ को कमज़ोर बना देता है।

मुझे विद्या टंडन उदास नज़र आ रही थी।

वो ऐसे गुमसुम खड़ी थी जैसे मेरे दुख का कोई हिस्सा, उसके अन्दर चला गया हो--दबेपाँव!

वो मेरे आने पर ख़ुश नहीं थी। वो मेरे जाने पर उदास लग रही है। हो सकता है उदासी, किसी ग़र्द की तरह हो, जिसे वो मेरे जाने के बाद साफ़ कर दे। हो सकता है उदासी उसके अन्दर बैठ जाए...बिल्कुल वैसे जैसे उसकी यादें मेरे दिल के अन्दर, एक घरौंदा बनाकर बैठ गयी हैं।

''आप टेंशन में मत आइए।...अपना सामान अभी आप हमारे घर रख दीजिए।...कोई दूसरा आलटरनेट देख लेंगे शाम तक।'' विद्या टंडन के वाक्य कुछ-कुछ देर बाद फिसलते हैं। वो धाराप्रवाह बोला करती थी। मुस्कराते हुए, खिलखिलाते हुए...उसकी बातें जारी रहतीं।

आज वो मुस्कराई नहीं। मेरे सामने चुपचाप खड़ी रही है। वो घर ख़ाली कराने आयी है। घर जो उसका नहीं। घर जो मेरा भी नहीं।

घर ख़ाली कराते हुए कोई लड़की शायद इसी तरह उदास होती हो...जिस

तरह वो।

मैं चुप हूँ। इन चुपज़दा विशाल कमरों की तरह चुप।...मैंने इन पुराने, विशाल कमरों से कुछ भी नहीं लिया। इनकी ख़ामोशी को उठा लिया है मैंने। आतिशदान में पड़ी, बुझी हुई यादों को भी मैंने कहीं रख लिया है।

केयर टेकर चला गया है। ट्रक से उतर रहे सामान को देखने गया हो शायद।

मैंने बैग, सूटकेस और बिस्तरबन्द उठा लिये हैं। मेरा कुछ सामान उठाने के लिए उसने कहा है। मैंने मना कर दिया है।

दहलीज़ के पास खड़े होकर मैं पता नहीं क्या देखने लगा हूँ। पिछले बीस...बाईस दिनों का वृतान्त! या डायरी! विद्या टंडन को मैं इन ख़ाली कमरों में महसूस कर रहा हूँ। उस विद्या टंडन को जो बरामदे के बाहर खड़ी मेरा इन्तज़ार कर रही है।

हम साथ-साथ नहीं चल रहे। विद्या मुझसे कुछ आगे है। मैं उसके कॉटिज की तरफ़ जा रहा हूँ—सामान रखने। सामान उठाये, मैं अजीब तरीके से चल रहा हूँ। विस्थापित शायद इसी तरह चलते हों।

मैंने उसके कमरे के एक कोने में सामान रख दिया है। जैसे हम प्लेटफ़ार्म पर सामान रखते हैं—जो हमारा नहीं होता।

"बैठिए, मैं चाय बनाकर लाती हूँ।" उसने कहा है। विद्या टंडन की यही तो ख़ूबी है। वो मेरे तनाव को जानती है। और कोई नहीं जानता। किसी को ज़रूरत भी नहीं जानने की। वो चाहती है मैं थोड़ा सहज हो जाऊँ। वो जानती है मैंने कुछ भी नहीं खाया। वो शायद यह भी जानती है कि मैं इतना ज़्यादा विचलित क्यूँ हूँ?

मैंने चाय के लिए मना कर दिया है। पानी का एक गिलास पीया है मैंने। गिलास लेते वक़्त और गिलास देते वक़्त, उसकी उँगलियों से मेरी उँगलियाँ छू गयी हैं। हम दोनों ने एक-दूसरे को देखा है।

फिर अचानक कोई एक्वेरियम गिरकर टूटा है। स्मृतियों की मछलियाँ छटपटाती हुई महसूस होने लगी हैं।

"मेरा बस चलता तो?" वो कहते-कहते रुक गयी है।

"तो?" मैं पूछता हूँ।

"आपको इस घर में रहने के लिए कहती।" उसने कहा है। कुछ बातें बहुत मन से कही जाती हैं। ख़ासतौर से वो बातें जिन्हें हम पूरा नहीं कर सकते।

"काश, सारा संसार आपकी तरह होता।" मैं कहता हूँ। रुकता हूँ कुछ देर। विद्या टंडन को देखता हूँ। वो भी मुझे देख रही है।

"आज शाम को या कल...मैं अपना सामान ले जाऊँगा।" मैंने कहा है। मैं उसके कमरे से बाहर आ गया हूँ। ऐसे चल रहा हूँ जैसे मेरे पैरों में कील गड़े हों।

मैं चल रहा हूँ, मेरे साथ मेरी बेघरी है।

प्रामिनेंट इंश्योरेंस कम्पनी का रिजनल ऑफ़िस। छियासठ दि मॉल। गेट के पास झाड़ियाँ, बगनबेलिया, जटरूफ़ा के पौधे, कम्पनी का ज़ंग खाया पुराना बोर्ड। नीम के दरख़्त। चारों तरफ़ बहुत खुली जगह। दूर कहीं आउट हाउस। बैरकें। सर्वेंट क्वार्टर।

गेट से प्रविष्ठ होते हुए ऐसा प्रतीत होता है जैसे किसी पुरानी हवेली में दाख़िल हो रहे हों।

प्रामिनेंट इंश्योरेंस कम्पनी के भीतर का माहौल बेशक घुटनभरा है, लेकिन बाहर का वातावरण सुखद है। दो अलग-अलग चरित्र हैं—बाहर कुछ और, भीतर का और। शायद इसलिए कि बाहर प्राकृति की उपस्थिति है...भीतर चालाक और शातिर लोगों की। जो न चैन से रहते हैं न चैन से रहने देते हैं। दफ़्तर के भीतर ये छोटे-छोटे तानाशाह, अपने-अपने विभागों के हुक्काम हैं। ये चाहते हैं उनके सबार्डिनेट उनके सामने बाअदब झुकें। अर्शी सलाम करें।

मेरा मन खौल उठता है। पिछले पन्द्रह-बीस दिन तक मेरे साथ जैसा व्यवहार हुआ, और कोई होता तो कम्पनी छोड़ जाता। मैं टिका रहा। मैंने बाहर की उपेक्षाओं से शक्ति अर्जित की। भय कई बार शक्ति देता है तो उपेक्षा भी कई बार आपके इरादे को मज़बूत बनाती है। आपके अन्दर एक ख़ास तरह की ज़िद पैदा होने लगती है जो अनुरोधों की नहीं, प्रतिवाद की भाषा जानती है।

उसी ज़िद ने मुझे ज़िन्दा रखा है। मेरे भीतर कोई अँधेरा मुझे रोशनी के पते बताता रहा है। मैं कई बार बहुत ज़्यादा उत्तेजित भी हुआ हूँ। मेरे मन में कई बार आया है कि मैं इन कुमारों के अहंकार को तोड़ दूँ। इनके वर्चस्व को चुनौती दूँ। लेकिन इसके बाद क्या होता? प्रोबेशन पर चल रहा एक एम्लाई, बाहर कर दिया जाता। इसलिए सहन करना भी एक तरह का प्रतिवाद था। मैं जानता था, हॉल में बैठे लोगों की चुप भी एक तरह की हिंसा है—जो लहूलुहान नहीं करती, लेकिन कोई चीज़ है जो मरती ज़रूर है।

मैं जानता था, पूरा दफ़्तर बुरे लोगों का जमावड़ा नहीं हो सकता। अच्छे लोग थे। मुझे कुछ-कुछ आभास होने लगा था। मैं जब हाज़िरी लगाकर, एक हॉल से दूसरे हॉल की तरफ़ आ रहा होता तो कुछ लोग, मुझे देख रहे होते। ऐसा महसूस होता जैसे वो देख नहीं रहे 'विश' कर रहे हैं।

मुझे इन अच्छे लोगों पर तरस आता। मैं तो बिल्कुल नया था। कुछ नहीं जानता था। ये लोग तो पुराने थे। क्यूँ दबे हुए थे इतने ज़्यादा? कहाँ चली गयी थीं

इनकी आवाज़ें? अन्याय के ख़िलाफ़ न बोलना भी अन्याय के पक्ष में खड़े होने जैसा होता है। ये लोग चुप रहते थे।

मुझे बाद में पता चला था, तीनों कुमारों ने रिजनल मैनेजर के साथ मिलकर भय का माहौल पैदा किया था। भय एक हथियार था। जो जितना अदृश्य था, उतना घातक! उनके ख़िलाफ़ बोलनेवाले—गोपाल राय, शान्ति लाल, रविशंकर और भाटिया को दूर-दराज़ ट्रांसफर कर दिया गया था। दो अन्य, सहगल और भसीन को सस्पेंड कराये रखा।

नतीजा—सब डरे-डरे-से रहने लगे। यही तो व्यवस्था चाहती थी। साठ-पैंसठ लोग भेड़ें बना दी गयी थीं। आतंक भेड़ियों का था। जो दिखते मनुष्यों-जैसे थे। जो थे भी मनुष्यों-जैसे। लेकिन सबके अन्दर एक मचान थी। जहाँसे वो मनुष्यता का शिकार करते थे।

इस दफ़्तर में सब सुख थे। आज़ादी नहीं थी। वो चाहते थे परिन्दे बेशक उड़ें, लेकिन पिंजरों के अन्दर।

ऐसे दफ़्तर में काम करते हुए मुझे बीस दिन हो गये थे। बीस नहीं बाइस दिन। काम करते हुए नहीं, कुछ न करते हुए मैंने बाइस दिन गुज़ार दिये थे। मुझे 'बिलो-एवरेज' कहा गया। मुझे एक कुमार ने 'नकारा' कहा तो किसी अन्य ने 'खूँटा'! मैंने अपने आपको शाबासी दी। ऐसे लोगों में मैं अभी तक सही-सलामत था।

और अब एक नयी समस्या!...बेघर हो जाने की। टंडन फ़ैमिली कितनी अच्छी थी। अपने घर में उन्होंने मुझे अपना सामान रखने दिया था। न रखने देते तो? कहाँ रखता सामान? शुक्र था कि उन्होंने मेरी प्रॉब्लम को समझा था। शुक्र था कि उस घर में विद्या टंडन नाम की एक लड़की थी। शुक्र यह भी था कि वो अपने भाइयों-जैसी नहीं थी।

विद्या टंडन ने मेरा सामान कमरे के एक कोने में रखकर मुझे इस बात से भी चिन्तामुक्त करने की कोशिश की थी कि शाम तक कोई दूसरा विकल्प निकालेंगे। लेकिन मेरी चिन्ता अपनी जगह थी। वो मेरे साथ थी। जिसके पास घर नहीं होता वो आसमान और ज़मीन के बीच किसी लावारिस की तरह होता है।

ताज्जुब था, मुझे आज घर देखने चाहिए थे। मैं सड़क पर...पटरी पर बिखरे सूखे पत्तों को देखता हुआ चल रहा था। मेरी कैफ़ियत भी उन-जैसी थी। ज़र्द पत्तों-जैसी।

सिसिल होटल, जीसस एंड मेरी कान्वेंट स्कूल, गोल चक्कर और बाद में कैपिटल सिनेमा...आज मैंने बड़ी उचटती हुई नज़र से इनको देखा था। ऐसा लगता था जैसे मैं नहीं, ये सब मुझे देख रहे हों। अगर ये तमाम इमारतें, ये गोलचक्कर,

नीम के वृक्ष आपस में बोलना जानते तो मेरे बारे में भी ज़रूर एक-दूसरे से बात करते। इन्हें बोलने के लिए विषय की तलाश होती। और सड़क पर चलता हर आदमी किसी विषय की तरह होता।

गर्मी आज कल से भी ज़्यादा थी। मुझे गर्मी यूँ भी ज़्यादा लग रही थी। मैं नहाया नहीं था। पेरिज़ होटल में सामान से लदा ट्रक देखा और मैंने बिखरे हुए सामान को सिमेटना शुरू कर दिया। मुझे जैसे कुछ हो गया था। मुझे लगने लगा था कि मेरा कुछ भी अपना नहीं है। कॉटेज नम्बर दो का पानी भी मुझे पराया लगने लगा था।

मैंने हाज़री रजिस्टर में दस्तख़त किये। रजत वहीं खड़ा था—शैतान नज़रों से मुझे देखता। अचानक मैंने उसे देखा। चौंक-सा गया। मुस्कराने की कोशिश की।

''क्या हुआ?'' उसने हाथ मिलाते हुए पूछा।

''एक प्रॉब्लम।'' मैंने कहा।

''आवास प्रॉब्लम?'' उसने पूछा। मैं हैरान रह गया।

''हाँ! लेकिन तुम्हें कैसे पता चला?'' मैंने चकित होकर पूछा।

''चेतन! ये कोई ज्योतिष विद्या का कमाल नहीं है। सिक्स्थ सेंस...! सिम्पल-सी बात! पेरिज़ होटल में रहने का मतलब ही यही था कि जनाब 'दिहाड़ी' पर चल रहे हैं।''

रजत बेफ़िक्र था। लेकिन मैं तनाव में था। रजत मुझे हॉल नम्बर एक से बाहर ले आया। दफ़्तर में कोई किसी का अन्तरंग नज़र आता तो उस अन्तरंगता का 'नोटिस' लिया जाता। अन्तरंगता बुरी चीज़ थी। बिल्कुल वैसे, जैसे इस दफ्तर में आज़ादी बुरी चीज़ थी। इसलिए हर कोई एक-दूसरे से उखड़ा हुआ नज़र आता। इसलिए हर कोई, आज़ादी के अर्थ जानने के बावजूद, उसकी व्याख्या नहीं करता था।

रजत मुझे दूर कहीं ले गया। उसने पूछा, ''हाँ, अब बताओ क्या हुआ?''

''मैं जिस कॉटेज में रह रहा था, वहाँ रहनेवाले आ गये। वो कॉटेज ख़ाली था और मुझे किसी जाननेवाले ने दिलवाया था। लेकिन आज ख़ाली करना पड़ा।'' मैंने विस्तार से बताया।

''फिर...प्रॉब्लम क्या है?''

''रहने की व्यवस्था।...कोई कमरा देखना है।'' मैंने चिन्ता प्रकट की।

''नो प्रॉब्लम।'' उसने कहा।

''मतलब?'' मैंने पूछा।

''मतलब कि कमरा है भी और नहीं भी।''

''साफ-साफ समझाओ यार।'' मैंने झुंझलाकर कहा।

"आप चाहें तो इस खाक़सार के रूम पार्टनर बन सकते हो।" रजत ने ख़ास अन्दाज़ में कहा। जैसे नाटक में कोई संवाद बोल रहा हो।

"तुम्हें तक़लीफ़ होगी।" मैंने औपचारिकता दिखायी।

"मुझे नहीं...तुम्हें तक़लीफ़ हो तो...।" वो कुछ कह रहा था।

मैंने उसकी बात झपट ली हो जैसे, "...मुझे तक़लीफ़?...मेरे लिए तो यह बहुत बड़ी राहत होगी।...तुम तो यार मेरे लिए किसी फ़रिश्ते-जैसे हो।" मैं उसकी प्रशंसा कर रहा था।

"तो इसका मतलब ये हुआ कि फ़रिश्ते ज़मीन पर रहते हैं और उनमें से एक-आधा प्रामिनेंट इंश्योरेंस कम्पनी में भी मिल जाता है—जैसे कि मैं।" रजत बोला। और खुलकर हँसा। वो हँसा तो मैं भी उसके साथ हँसा।

"लेकिन रेंट?" मैंने पूछा।

"बाकी बातें शाम को।...लिसन, कैपिटल सिनेमा के सामने जो रोड है, वहाँ मिलूँगा।...अब भी तुम मेरे साथ नहीं चलोगे।...हम दोनों अलग-अलग जाएँगे। रजत ने कहा। चला गया।

मेरे मन से जैसे बहुत बड़ा पत्थर हट गया हो।

मैं दूसरे रास्ते से दफ़्तर पहुँचा। हॉल नम्बर दो में। रजत हॉल नम्बर एक में था। उसका तो पता नहीं। लेकिन मुझे नरेश कुमार ने बुलाया। दीवार पर टँगी घड़ी को देखा। कहा, "आप आठ मिनट लेट आये हैं।"

"सॉरी सर।" मैंने कहा।

"मुझे 'सॉरी' सुनने की आदत नहीं है।" नरेश कुमार ने कहा। मैं चुप रहा।

"आप जा सकते हैं।" वो बोला।

मैं अपनी सीट पर आकर बैठा। मैंने देखा गुप्ता जी और जैन मेरे बाद अपनी सीट पर आकर बैठे थे। नरेश कुमार ने डिस्पिलिन की घुट्टी उनको नहीं पिलायी थी। नरेश कुमार की तुच्छता पर मैं मन-ही-मन हँसा।

अलविदा पेरिज़ होटल! मैंने मन-ही-मन कहा है। मन में अजीब-सी हलचल हुई है। अलविदा लफ़्ज ही ऐसा है। अलविदा बोलते हुए होठ लहूलुहान हों या न हों, दिल से ज़रूर कुछ ख़ून के क़तरे टपकते हैं।

मैं जानता था मैं यहाँ नहीं रहूँगा। मैं जानता था कभी, किसी दिन फ़रमान जारी होगा और मुझे अपना बोरिया-बिस्तर उठाकर चल देना होगा। मैं जानता था, कॉटेज नम्बर दो मेरा घर नहीं, कोई मुसाफ़िरख़ाना है, जहाँ मुझे कुछ देर ठहरकर चल देना है।

लेकिन दिल का क्या करूँ? मैं कॉटिज नम्बर दो को ख़ाली कर चुका हूँ। वो विद्या टंडन को नहीं भूलना चाहता। मेरी अजीब कैफ़ियत है। मैं अपनी बात किसी को भी नहीं बता सकता। सिर्फ़ उदास हो सकता हूँ।

शाम का वक़्त है। शाम के वक़्त अम्बाला छावनी की सड़कें ज़्यादा ख़ूबसूरत लगने लगती हैं—शान्त, अकेली, चुप!

मैंने अभी-अभी सूरज को जाते देखा है। मैंने धूप को भी अपनी चादर समेटते देखा है। मैंने दिन को भी अपनी तमाम आवाज़ों के साथ, किसी अन्य संसार में जाते देखा है।

सब आते हैं। सब चले जाते हैं। मैं भी अभी सामान उठाऊँगा। पेरिज़ होटल से चला जाऊँगा। पेरिज़ होटल से मेरा रिश्ता टूट जाएगा। रिश्ता था ही कच्चा। बहुत कच्चा। टूटना ही था। लेकिन कच्चे धागों के रिश्ते, टूटें तो मन को ज़्यादा उदास कर जाते हैं।

रजत गेट के बाहर खड़ा है। मैं पेरिज़ होटल के अन्दर, ईंटों के खरंजे पर चलता हुआ, विद्या टंडन के कॉटिज के सामने। कॉलबेल बजाने का सोचता हूँ। रुक जाता हूँ। सोच रहा हूँ। कॉलबेल बजाऊँगा। दरवाज़ा खुलेगा। वो सब मुझे देखेंगे। शायद कोई मुझे देखकर मुस्कराए। शायद कोई मुझे देखकर बैठने को कहे। शायद कोई उदास हो जाए...। शायद!

दरवाज़ा खुलेगा। सर्वेंट सामान उठाकर मेरे सामने रख देगा। मैं सामान उठाऊँगा। सामान उठाते-उठाते एक बार सबकी तरफ़ देखूँगा। और फिर शुक्रिया अदा करते हुए बाहर निकल आऊँगा। दरवाज़ा फिर बन्द हो जाएगा। मैं पलटकर देखूँगा शायद कोई खड़ा हो—ईंटों के खरंजे के पास!...शायद विद्या!

दरवाज़ा खुला है। दोनों भाई आसपास बैठे हैं। दोनों ने मुझसे हाथ मिलाए हैं। मुस्कराए हैं। उन्होंने यह नहीं पूछा कि मैं कहाँ जाऊँगा। उन्होंने 'बेस्ट ऑफ़ लक' कहा है। उन्होंने 'ऑल दि बेस्ट' भी कहा है।

वो दोनों चले गये हैं। वो शायद इस कमरे में मेरे साथ हाथ मिलाने के लिए आये थे। या फिर वो इसलिए बैठे थे कि मुझे बेस्ट ऑफ़ लक कह सकें।

विद्या टंडन ने मुझे बैठने के लिए कहा है। मैं बैठने की स्थिति में नहीं हूँ। पेरिज़ होटल के गेट के पास रजत खड़ा है। वो मेरी इन्तज़ार में होगा।

"चेतन, कुछ देर तो बैठो।" वो आग्रह करती है। उसने मेरा नाम बड़ी कशिश के साथ पुकारा है। शायद वो अकेली होती तो मेरा हाथ पकड़कर मुझे बिठाती।

मेरा मन करता है बैठ जाऊँ। बैठ जाऊँ और उसे देखता रहूँ। बैठ जाऊँ और उसे देखते हुए उदास हो जाऊँ।

"आते रहना।" विद्या टंडन ने कहा है।

मैंने गहरी साँस ली है। मैं जानता हूँ। उसके कहने में औपचारिकता है। मैं विशाल कमरे के उस आतिशदान को देख रहा हूँ। सोच रहा हूँ—रिश्ते भी कभी-कभी सर्द आतिशदान की तरह हो जाते हैं—न आँच...ताप...न आग, न धुआँ!

"कहाँ रहोगे?" उसने पूछा है।

"एक दोस्त के साथ।" मैं कहता हूँ।

"दोस्त?" वो हैरान नज़र आती है। जैसे अम्बाला छावनी में मुझे उसके सिवा कोई जानता ही न हो।

"हाँ दोस्त!" मैं संक्षिप्त-सा जवाब देता हूँ। पता नहीं क्यों, दिल नहीं कर रहा कि विस्तारपूर्वक बताऊँ।

"रिलाएबल तो है न?" उसने पूछा है।

"शायद हो...या न हो।...अभी तो मुझे एक छत की ज़रूरत है।" मैंने विद्या टंडन को देखा है। मालूम नहीं, वो उदास है या नहीं है। शायद वो उदासी को छुपाने की कला जानती हो।

"आप आते रहेंगे न?" उसने कहा है। एक दूरी तो यहीं खिंच गयी है। पहले वो मुझे 'तुम' के सम्बोधन से बुलाती थी। आज उसने मुझे 'आप' कहा है।

"ज़रूर आऊँगा...आता रहूँगा।" मैंने कहा है। मैंने बिल्कुल झूठ कहा है। इस बात को हम दोनों जानते हैं। फिर भी हम दोनों अपने-अपने झूठ से बँधे रह जाना चाहते हैं।

"मेरा सामान।" मैंने हिचकिचाते हुए कहा है। कोने में रखे सामान की तरफ़ मैं देख रहा हूँ।

मैंने अपना सारा सामान उठा लिया है। कन्धे पर बैग लटका लिया है।एक हाथ में सूटकेस, दूसरे हाथ में बिस्तरबन्द! फिर भी लगता है कुछ रह गया है।

"जो रह गया है चेतन, वो आपको दिखायी नहीं देगा।" विद्या टंडन कह रही है। मैं भौचक-सा उसे देख रहा हूँ।

उसका आख़िरी वाक्य किसी पट्टी की तरह है जिसे मैं अपने ज़ख़्म पर बाँधने की कोशिश कर रहा हूँ।

विद्या टंडन को आख़िरी बार देखा है मैंने। ईंटोंवाले खंजे से होते हुए, नीम के दरख़्त की तरफ़ जा रहा हूँ। शायद विद्या टंडन मुझे बाहर आकर देख रही हो। या शायद न देख रही हो।

पेरिज़ होटल का बड़ा-सा गेट। लकड़ी का फाटक—झुका हुआ, गुमशुदा वक़्त की निशानी-जैसा।

मैं गेट के पास खड़ा हूँ। गुमटी को देखता हुआ। चायवाला जा चुका है।

एक गुमटी मेरे अन्दर भी है—यादों की। ताज्जुब है, रहता मैं कॉटेज में था। और स्मृतियों ने मेरे अन्दर गुमटी बनायी। स्मृतियों को जगह मिले तो ठीक, नहीं तो वो किसी कोने में रहने लगती हैं। दिल के किसी भी कोने में।

"क्या सोच रहे हो भाईजान?" साइकिल की सीट पर कोहनी टिकाए खड़ा है रजत, मुझे देखता हुआ। मैं हूँ कि गुम।

अपने आपको ढूँढ़ता हुआ, अपने से बाहर आता हूँ मैं। गहरी साँस छोड़ता हूँ," जो देखा वो ख़्वाब था। जो सुना वो अफ़साना।"

"तो चेप्टर क्लोज़?" वो ऐसे पूछ रहा है जैसे उसे सब कुछ पता हो।

"कई बार चेप्टर क्लोज़ करते हुए भी हम किसी पन्ने को मोड़ लेते हैं। कई बार किसी पिछले पन्ने को दोबारा पढ़ने लगते हैं।" मैंने सामान सड़क पर रख दिया है।

"किताबों को पढ़ने का तुम्हारा अनुभव बहुत गहरा है। लेकिन एक बात बताऊँ?"

"क्या?"

"तुमने जिस किताब का चेप्टर क्लोज़ किया है। उसे रखकर नहीं आये...उठाकर ले आये हो।" रजत मुझे देखकर मुस्कराने लगा है। फीकी-सी मुस्कान मेरे होठों पर भी है। जैसे यह मुस्कान मेरी अपनी न हो। रजत से उधार ली हो मैंने।

साइकिल के कैरियर पर सूटकेस और बिस्तरबन्द को लाद दिया है उसने। कहा है उसने," चेतन, तुम्हारे घर को मैंने साइकिल पर रख लिया है।" हँसा है वो और मैं भी।

"लिसन?" साइकिल की घंटी बजाते हुए, साइकिल को स्टैंड से उतारते हुए उसने मेरी तरफ़ देखा है," वो चेप्टर की बात की थी न तुमने?"

"हाँ।"

"एक चेप्टर तुम बन्द कर आये हो।" वो फिर पूछ रहा है।

"तो?" मैं उसके प्रश्नों से चकित हूँ।

"एक चेप्टर बन्द तो दूसरा चेप्टर शुरू...रोड नेवर एंड्स!" रजत उत्साहित नज़र आ रहा है। मैं उतना उत्साहित नहीं हूँ। मैं अब भी विद्या टंडन के विषय में सोच रहा हूँ।

"चेप्टर का नाम...पहलेवाले चेप्टर का नाम था—'पेरिज़ होटल'!" वो बोलता जा रहा है। मैं सोचता जा रहा हूँ।

"नये चेप्टर का नाम?...ओह येस!...गुड आइडिया। नये चेप्टर का नाम—'रेजिमेंट बाज़ार'!"

"मैं हैरान-सा उसे देख रहा हूँ। वो साइकिल को खींचता हुआ चल रहा है।

एक तरफ़ वो है। दूसरी तरफ़ मैं हूँ। बीच में साइकिल है। साइकिल पर सामान! 'रेजिमेंट बाज़ार'...छोटी-सी कॉलोनी है। वहीं अपना राजघराना है।''

''राजघराना?'' मैं हैरान होकर पूछता हूँ।

''यार, तुम भी व्यंजना को बिल्कुल नहीं समझते। राजघराना कहते हुए थोड़ा कुलीनता का बोध होता है। तुम्हें पसन्द नहीं तो कोई बात नहीं।...यूँ समझो कि फ़कीरों का डेरा है। उस डेरे में एक फ़कीर मैं!'' हँसा है रजत! उसकी हँसी मुझे बहुत मासूम नज़र आती है—कपटरहित! जैसे वो मुझे हँसाने के लिए हँसा हो।

''हमारे राजघराने के पास पुलिस चौकी है।...पुलिस चौकी के पास पीपल का पेड़ है—शायद सौ साल का होगा। कई औरतें और लड़कियाँ उस पर जल चढ़ाने आती हैं। यह दृश्य खिड़की से साफ़-साफ़ दिखाई देता है। जल चढ़ाती हुई बेवकूफ़ लड़कियों को देखना धार्मिक हो या न हो, रोमांटिक ज़रूर होता है।''

''तुम अपने घर की विशेषताएँ बता रहे हो?'' मैं उसे छेड़ता हूँ।

''घर की कहाँ?...मैं तो लड़कियों की विशेषता बता रहा हूँ।'' ठहाका लगाया है रजत ने।

मैं उसे हँसता देखकर चकित हूँ। रजत हँसने के बहाने तलाश कर लेता है। मैं सोचता रह जाता हूँ हँसूँ या न हँसूँ तब तक वो किसी दूसरी बात पर हँसने लगता है।

''हम जिस सड़क पर चल रहे हैं उसे स्टॉफ़ रोड कहते हैं।'' रजत सड़क के विषय में बता रहा है।

''कुछ दूर तक यह सड़क रेलवे रोड होती है। रेलवे रोड आगे चलकर स्टॉफ़ रोड बन जाती है और फिर ठंडी सड़क!''

''ठंडी सड़क?'' मैं हैरान होकर पूछता हूँ।

''इस शहर के पुराने लोग इसे ठंडी सड़क भी कहते हैं। दोनों तरफ़ दरख़्त हैं, शायद इसलिए।'' रजत सड़क की बात पूरी कर चुका है।

''और रजिमेंट बाज़ार? इसका क्या मतलब हुआ?''

''यहाँ कॉलोनियों के नाम इसी तरह के हैं। तोपख़ाना बाज़ार...सदर बाज़ार...रेजिमेंट बाज़ार...लालकुर्ती।'' वो बताते-बताते रुक गया है। गोलचक्कर तक हम साथ-साथ आये हैं। उसकी कमेंट्री जारी है, ''ये सड़क...दिस वन!...इसे एस बी रोड कहते हैं। यह बाज़ार, राय मार्केट है।...आगे जाओ तो सदर बाज़ार...कसेरा बाज़ार...सर्राफ़ा बाज़ार...। यहाँ दो मशहूर रेस्तराँ हैं। स्टैंडर्ड और क्वालिटी। दोनों रेस्तराओं के बारे में एक दिलचस्प फ़िकरा गढ़ लिया है लोगों ने, देयर इज़ नो क्वालिटी इन स्टैंडर्ड रेस्टोरेंट एंड नो स्टैंडर्ड इन क्वालिटी।''

फिर वही ठहाका। ठहाका ऐसा कि साइकिल का सन्तुलन बिगड़ गया।

उसने साइकिल को सँभाला है। स्टैंड पर साइकिल खड़ी करके मुझे देखते हुए कहता है, "ये जो सामने कालका हलवाई है।"

"फिर?" मैं बेवकूफ़ों की तरह पूछता हूँ।"

"थोड़ा जश्न मनाते हैं।"

"जश्न?" मैं कुछ समझा नहीं।

"जश्ने-दोस्ती!" उसने ज़रा-सा मुस्कराते हुए कहा है। दो समोसे, दो गुलाब जामुन पैक कराये हैं।

"ये किसलिए?" मेरी बातों में बेवकूफ़ी की रंगत है।

"खाने के लिए।" उसकी आवाज़ में लापरवाही है।

खाने का सामान उसने हैंडिल पर टाँग दिया है। साइकिल को स्टैंड से उतारा है उसने।

"थोड़ा-सा संशय है।" मैं उसे देख रहा हूँ।

"गुलाब जामुनों के बारे में?" वो हँसने लगा है।

"नहीं, कमरे के बारे में।" मैं संजीदा हूँ।

"क्या?" वो भी सीरियस हो गया है।

"एक कमरे में दो जन...दिक्कत तो नहीं आएगी?" मैं दुविधा में हूँ।

रजत ने ज़ोर का ठहाका लगाया है। बहुत ज़ोर का ठहाका...हैरान-परेशान करनेवाला। मेरी दुविधा के वो इस तरह परखच्चे उड़ाएगा, मैंने सोचा भी न था।

"क्या हुआ?" मैंने हैरान होकर पूछा।

"यार चेतन।...कितना फ़ुलिश सवाल किया है तुमने।...चेतन, एक कमरे में दिक्कत उनको आ सकती है जो होमो सैक्सुअल हों।...हम नहीं हैं। इसलिए दिक्कत भी नहीं है।"

"ओह! अब समझा। रजत यार, तुम किसी बात को सीरियस रहने ही नहीं देते।" मैंने हल्के मूड में कहा है।

"चेतन, एक देश में दो बादशाह नहीं रह सकते।...लेकिन एक झोपड़ी में पाँच फ़कीर एक साथ आराम से रह लेते हैं।...हम तो सिर्फ़ दो फ़कीर हैं...। और हमारा कमरा भी काफ़ी बड़ा है।" रजत किसी वक़्त एकदम हँसौड़ हो जाता है तो किसी वक़्त दार्शनिक! फिलहाल, मुझे उसकी बात अच्छी लगी है।

"रजत, यू आर रियली रजत।" मैं कहता हूँ।

"चेतन, यू आर रियली अवचेतन।" वो कहता है। हम फिर ठहाका लगाते हैं।

कमरा तीसरी मंज़िल पर है। आसामन के थोड़ा पास। ज़मीन से थोड़ा दूर। कमरे के साथ बाल्कनी है। खड़े होकर चाहो तो ख़ामोश आसमान को देखते रहो। चाहो तो ज़िन्दगी की सरगर्मियों को।

कमरा ख़ूबसूरत है। खुला, विशाल, हवादार कमरा। खिड़कियाँ, दरवाज़े अलमारियाँ—जैसे कमरे से इनकी पुरानी दोस्ती हो। इतनी सारी जगह! हवा कहीं भी छुपकर खड़ी हो जाए। और बाल्कनी, धूप चाहे तो छत से छलाँग लगाती सीधा कमरे में आ खड़ी हो।

"कमरा शानदार लगता है।" मैंने कहा है।

"कैसे?" रजत ने पूछा है।

"क्योंकि इसमें एक शानदार यंगमैन रहता है।" मैंने तारीफ़ की है।

"अब और भी ज़्यादा शानदार लगने लगेगा।" वो कह रहा है।

"क्या वाइटवॉश कराई जाएगी?" मैं पूछता हूँ।

"नहीं, वाइटवॉश तो नहीं। यहाँ ख़ुद 'मिस्टर स्नोवाइट' आज कमरे में दाख़िल हो रहे हैं। रजत का वही अन्दाज़। और फिर वही ठहाका।

मैं कमरे को देख रहा हूँ।...यह कमरा मुझे बहुत अच्छा लगने लगा है। एक कौतुक-सा है। मैं कमरे के भीतर यहाँ-वहाँ खड़ा होता हूँ। नीचे सड़क है। सड़क आबाद है। आवाज़ों की अपनी दुनिया है। मुझे ऐसा लगता है जैसे सड़क, सड़क नहीं, नदी है। जिसमें आवाज़ों की बेशुमार कश्तियाँ हैं।

यह कमरा तीसरी मंज़िल पर है—बिल्कुल अलग! सबसे ऊँचा। सबसे जुदा। लेकिन इस कमरे को आवाज़ों के बेशुमार हाथों ने थाम रखा हो जैसे।

"कमरा अच्छा है न।" रजत ने मेरी तन्द्रा भंग की है।

"खुला हवादार और डीसेंट।" मैं उत्साहित होकर कहता हूँ।

"लेकिन एक दिक्कत है।" रजत धीरे-से कहता है। मैं उसकी तरफ़ देखता हूँ।

"पानी नीचे से लाना पड़ेगा।...सड़क के पास जो पब्लिक नल है,...वहाँ से।" वो दिक्कत के बारे में बता रहा है।

"वहाँ से?" मैं घबरा गया हूँ।

"मैं ला दिया करूँगा।" रजत का यह भाव मुग्ध करता है।

"नहीं, वो बात नहीं। इतना नाज़ुक मैं नहीं हूँ।" मैं कहता हूँ।

"बिल्कुल!...प्रामिनेंट इंश्योरेंस में तुमने बाइस दिन निकाल लिये हैं। यह तुम्हारे मज़बूत होने का सबूत है।" रजत ने कुर्सी पर रखे तौलिये को हटते हुए कहा है। मुझे बैठने के लिए उसने जगह बनायी है। वो मेरी प्रशंसा कर रहा है और मेरा मनोबल बढ़ा रहा है।

"यार, तुम्हारे जैसे किसी दोस्त की मुझे ज़रूरत थी।" मैं उसे देखता हूँ। वो मुझे।

"और मुझे तुम्हारे जैसे पार्टनर की।" वो मुझे देखकर मुस्करा रहा है। कुछ पल चुप रहने के बाद उसने कुछ कहा है, "चेतन, अभी तुम इस कमरे में बस जाओ...रात को हम दोनों मिलकर एक नियमावली बनाएँगे।"

"नियमावली?" मैं चौंक-सा गया हूँ।

"अफ़कोर्स! नियमावली।...एक ऐसी नियमावली जिसमें हम दोनों अपनी-अपनी, सारी बातें बयान करेंगे। थोड़ा डिस्पिलिन। थोड़ा खिलन्दड़ापन। थोड़ी शरारत। थोड़ा गुस्सा। ज़्यादा प्यार।...सब बातें, हम दोनों के मन की बातें।...फिर उस कागज़ को दीवार पर चिपका देंगे।"

"मैं कुछ समझा नहीं।" मैं हैरान हूँ।

"यूँ समझो कि गणित में दो और दो चार होते हैं लेकिन हमारे इस कमरे में, जहाँ दो फ्रेंड रहेंगे...वहाँ दो और दो चार नहीं होंगे।" रजत मुझे समझा रहा है।

"रजत, तुम अच्छे लगते हो।" मैंने मुस्कराते हुए कहा है।

हम खाना खाकर वापिस कमरे में आये हैं। खाना हमने रेजिमेंट बाज़ार के बाहर, एक वैष्णो ढाबे में खाया। पेमेंट रजत ने की। बोला, "अभी तू मेरा गेस्ट है।"

कमरे में आकर उसने कहा है, "चारपाई एक है। इसलिए दोनों फ़र्श पर सोएँगे।"

"नो प्रॉब्लम।" मैंने उसकी बात से सहमति जताई है।

कागज़-पेन लेकर वो किसी बुज़ुर्ग की तरह मुझे समझाने की कोशिश कर रहा है," यू नो चेतन! रिश्ते किसी कंट्रेक्ट के जरिए नहीं चलते...बिकाज़, लाइफ़ इज़ नॉट कंट्रैक्ट कैरेज!...इसके बावजूद कुछ बातें लिख लेते हैं ताकि याद रहें।...कोरी दीवार अच्छी नहीं लगती। कोई इबारत चस्पां कर देंगे।...दीवार बोलती हुई नज़र आएगी।"

एक ही साँस में वो इतनी सारी बातें कह गया है।उसकी बातें चकित करती हैं। वो हतप्रभ-सा छोड़ देता है मुझे। पता नहीं वो कैसी नियमावली बनाये—मुझे चिन्ता होने लगी है।

"लिसन! आप और तुम के सम्बोधन बहुत फारमल होते हैं। फारमल और बोझिल!...हम एक-दूसरे को 'तू' कहकर बुलाएँगे। यह सम्बोधन थोड़ा लाइट-वेट है।" उसने कागज़ पर पहला नियम लिखा है।

मैं मुस्कराया हूँ। इसलिए कि अब मैं संशयमुक्त हो गया हूँ। मुझे लग रहा है नियमावली दिलचस्प होगी।

उसने कागज़ पर दूसरा पाइंट लिखना शुरू किया है, ''जब तक हमारी निभेगी तो हम साथ रहेंगे। आपस में तक़रार होने लगेगा तो हममें से कोई कमरा छोड़ देगा।''

''क्या ऐसा होगा...मुझे तो नहीं लगता।'' मैंने आश्वस्त करने की कोशिश की है।

''मुझे लगता है। संसार में कुछ भी हो सकता है। आज जो हमें अच्छा लग रहा है...सम्भव है, कल ख़राब लगने लगे।'' रजत का अनुभव परिपक्व है।

''तुमने डरा दिया है मुझे।'' मैं कहता हूँ।

''चेतन, जहाज़ बहुत बड़े समन्दर को पार कर जाते हैं। लेकिन छोटी-सी चट्टान से टकराकर टूट जाते हैं।'' रजत का तर्क, किसी फ़िलासफर का विचार हो जैसे।

''हमारे बीच संवादहीनता नहीं रहेगी।...हम रोज़ाना एक-दूसरे से कुछ-न-कुछ बोलेंगे।'' रजत ने तीसरा नियम मुझे सुनाया है। मैं हैरान हूँ। ऐसी महत्त्वपूर्ण बातें मैंने बिल्कुल नहीं सोची थीं। लड़ाई की शुरुआत संवादहीनता से होती है।

''कुछ-न-कुछ क्यों...आपस में बहुत ज़्यादा बोलेंगे।'' मैं जोश में आकर कहता हूँ।

''चेतन, मैं तुझे इसलिए तो ले आया हूँ कि हम बहुत ज़्यादा बोलें। लेकिन कई बार हमारी ऐसी मनोदशा होती है कि हमें कुछ भी अच्छा नहीं लगता। यहाँ तक कि बहुत प्यारा दोस्त भी अच्छा नहीं लगता।...लिसन! हम ऐसी हालत में भी एक-दूसरे से बोलेंगे।''

''यार रजत, तू तो अच्छा-ख़ासा मनोविज्ञान जानता है।...बिल्कुल ठीक कहा है तूने। हम बातचीत कभी ख़त्म नहीं करेंगे।''

''हम एक-दूसरे की अभिरुचियों का आदर करेंगे।'' वो चौथा या पाँचवाँ पाइंट लिख रहा है। फिर उसने समझाने की कोशिश की है, ''मान लो तुम किताब पढ़ रहे हो। मैं ट्रांजिस्टर सुन रहा हूँ। दो विपरीत स्थितियाँ हैं। या तुम किताब पढ़ना बन्द कर दोगे या मैं ट्रांजिस्टर चलाना।''

''फ़ैसला कौन करेगा?'' मैं कहता हूँ।

''तेरा सवाल बिल्कुल ठीक है। हम अंडरस्टैंडिंग पैदा करेंगे।'' रजत यहाँ थोड़ा डगमगाया है।

''अंडरस्टैंडिंग के पड़ोस में मिसअंडरस्टैंडिंग भी रहती है'' मैंने हँसकर कहा है।

''गुड आइडिया...एंड गुड जोक आलसो।...बट, चेतन, साथीपन का मतलब भी यही है कि हम थोड़ी त्याग की भावना अपने में रखेंगे।''

"तेरी फीलिंग का मैं अभिवादन करता हूँ।" मैंने कहा है।

"कभी-कभी जमकर बेवकूफ़ियाँ करेंगे।" उसने अगला नियम मुझे सुनाया है।

मेरी हँसी छूट पड़ी है। डिस्पिलिन की बातें करनेवाला रजत बेवकूफ़ियों के उत्सव मनाने की बात कर रहा है।

"मतलब?" मैंने उसे कुरेदने की कोशिश की है।

"ख़ूब नाचेंगे। ख़ूब गाएँगे। मतलब कि बेसुरा गाएँगे। ख़ूब हुड़दंग मचाएँगे।" रजत की आवाज़ में त्योहार-जैसा उल्लास है।

"किसलिए?" मैं पूछता हूँ।

"इसलिए कि हम अभी बूढ़े नहीं हुए। सयाने लोग ज़िन्दगी को जीना भूल जाते हैं। हम याद रखेंगे।...शान्त और सुसभ्य नौजवान, अजायबघर की तरह लगते हैं।...हमें इतना ज़्यादा सुसंस्कृत नहीं होना कि ज़िन्दगी हमें चिढ़ानेवाले लहज़े में—'जेंटिलमैन' कहे।"

"वाह, ख़ूब!" मैं हँसते हुए कहता हूँ।

"चेतन, ये भी मुमकिन है कि कल हम बिछुड़ जाएँ। हमें एक-दूसरे की समझदारियाँ नहीं, बेवकूफ़ियाँ याद आएँगी।"

"तुम्हारा मतलब है, बेवकूफ़ियाँ, निशानियों की तरह होती हैं।" मैं कहता हूँ। हल्का मज़ाक है मेरी बात में।

"गणित की किताबों को कोई अपने शेल्फ़ में सँभालकर नहीं रखता।" वो कह रहा है। शायद अगला पाइंट सोच रहा है।

"हम एक-दूसरे का पाज़ेटिव देखेंगे।...मेरा मतलब है कि एक-दूसरे की टाँग नहीं खींचेंगे।" इस बार मैंने एक पाइंट याद दिलया है उसे।

"फेंटेस्टिक!...बहुत अच्छी बात है। दूसरे की फ़ीलिंग का आदर करेंगे।...मज़ाक भी उड़ाएँगे एक-दूसरे का लेकिन भावनाएँ आहत न हों...इस बात का ध्यान रखेंगे।" रजत ने इस पाइंट को लिख लिया है।

इस बीच वो उठा है। सुराही में से उसने पानी का एक गिलास भरा है। फिर दूसरा। दूसरा गिलास पानी का मेरे लिए है। मैं समझ रहा हूँ उसका जज़्बा। यह औपचारिकता नहीं। यह सद्‌भावना है। उसने अपनी प्यास नहीं, मेरी प्यास का भी ध्यान रखा है। उसने मुझे पानी का गिलास दिया है। मैं उसे देखकर मुस्कराया हूँ। पता नहीं क्यों मुझे अनायास विद्या टंडन याद आ गयी है। लोग आपस में दर्द बाँटते हैं। उसने हमेशा सद्‌भावनाएँ बाँटी।

मैंने पानी पीकर गिलास रखा है। रजत ने झट से गिलास उठाया है। ज़रा-सा धोकर, अलमारी के खाने में रख दिया है।

''थोड़ी-थोड़ी चाय पीते हैं।'' उसने कहा है।

''अब?'' मैं घड़ी देखता हूँ। साढ़े दस बजे हैं।

''कुछ चीज़ों का कोई वक़्त नहीं होता।'' वो चाय बनाने की ठान चुका है।

''जैसे चाय का।'' मैं मुस्कराने की कोशिश करता हूँ।

''और भी कई सारी चीज़ें ऐसी हैं।'' वो उठ खड़ा हुआ है। स्टोव को उठाकर, हिलाकर देखा है। केरोसिन है। फिर उसने माचिस उठायी है।

''जैसे?'' मैंने उसे याद दिलाया है।

''स्मृति का कोई वक़्त नहीं होता। हम किसी को किसी भी वक़्त याद कर सकते हैं।'' माचिस की डिबिया उसके हाथ में है। ऐसा लगता हे वो सचमुच किसी को याद कर रहा है।

''और?'' मैं पूछता हूँ।

''और प्रेम का भी कोई समय नहीं होता। हम किसी भी वक़्त, संसार की किसी भी कृति से प्रेम कर सकते हैं। स्त्री से...आसामन से, चाँद, धूप, हवा...बिल्ली, खरगोश से, किसी भिखारी से...किसी जानवर से हम प्रेम कर सकते हैं।''

''और?'' मैं फिर पूछता हूँ।

''दोस्ती का भी कोई समय नहीं होता।'' रजत मुझे देख रहा है।

''जैसे इस वक़्त तू चाय बना रहा है...और यह दोस्ती है।'' मैं कहता हूँ।

हम दोनों हँस पड़े हैं।

उसने माचिस की डिब्बी से एक तीली निकाली है। वो तीली को देखते हुए जाने क्या सोच रहा है...बर्नर को जला नहीं रहा।

''चेतन, माचिस की तीली का सिर तो होता है। लेकिन उस सिर में दिमाग नहीं होता। जो कोई उसे रगड़ता है, यह जल उठती है। कई बार हम इसे इतना बेवजह जलाते हैं कि बहुत कुछ जलकर नष्ट हो जाता है।'' रजत माचिस की तीली को अब भी देख रहा है...और मैं उसे। सोच रहा हूँ—क्या सचमुच मैं रजत को समझ पाऊँगा। एक पल में कुछ तो दूसरे में कुछ और।

उसने चाय बनायी है। स्टोव की आवाज़ में कुछ भी सुनायी नहीं दे रहा था। स्टोव बन्द करके चाय के कप उठाकर उसने मेरे सामने फ़र्श पर रख दिये हैं।

''कभी-कभी फ़र्श भी टेबल का काम देता है।'' उसने कहा है। फ़र्श पर पड़े चाय के एक कप को उठाकर उसने कुछ सोचते हुए कहा है, ''हम एक-दूसरे के जन्मदिन भी मनाया करेंगे।''

''बहुत अच्छा आइडिया है।'' मैंने चाय के कप को उठा लिया है।

हमने इस बीच कोई बात नहीं की। चाय पीते रहे। चाय पी चुके तो वो फिर उठा। उसने दोनों कप उठाये। दोनों कप धोये। अलमारी के खाने में रख दिये।

मैं शर्मसार हुआ। मैंने अपनी झेंप मिटाते हुए कहा, ''रजत, यार तू बहुत अच्छा है। वरसेटाइल।''

मैंने अपनी बात अभी पूरी ही की थी कि वो शीशे के सामने जाकर खड़ा हो गया। मुस्कराया। बोला,

''आईना देखकर ख़्याल आया,
तुम मुझे लाजवाब कहते थे।''

वो अपनी जगह पर आ बैठा है। मैं उसे देखकर चकित हूँ।

''हम अपनी परेशानियाँ छुपाएँगे नहीं, एक-दूसरे के साथ शेयर करेंगे।'' रजत ने इस बात को कहते हुए, मुझे अर्थपूर्ण दृष्टि से देखा है, पता नहीं क्यों?

रजत की यह बात बेशक महत्त्वपूर्ण है। लेकिन हम हमेशा अपनी चिन्ताएँ क्या एक-दूसरे से शेयर कर पाएँगे? हमारी उदासियाँ ताश के पत्तों की तरह तो नहीं होतीं। किसी ने कहा 'शो' तो उन्हें 'ओपन' कर दिया।

''संडे को छोड़कर रोज़ाना हम छः बजे तक उठ जाया करेंगे।'' रजत ऐसे कह रहा है, जैसे कोई गुरुकुल का आचार्य हो।

इस तरह रजत ने और भी कई सारी बातें नोट कीं। कागज़ को उसने मेज़ पर रखा—अगले दिन उस कागज़ को दीवार पर चिपकाना था।

फिर हम दोनों सो गये। बेसुध। निश्चिन्त। बेख़बर। ऐसी नींद मुझे कॉटेज नम्बर दो में कभी नहीं आयी थी।

सुबह जब मेरी नींद खुली तो रजत चाय के दो कप बनाकर मेज़ पर रख रहा था।

हम दोनों एक-दूसरे को देखते हुए चाय पी रहे थे—हम दो...रूम पार्टनर!...हम दो, अच्छे दोस्त! दोस्ती की उम्र एक दिन!

वो आये हैं। वो चार हैं। वो आये हैं और पूरा दफ़्तर श्मशान में बदल गया हो जैसे। एक खिंचा हुआ सन्नाटा। सन्नाटा-तल्ख़। सन्नाटा-डरावना। सन्नाटा-अजनबी!

पता नहीं वो कैसे आये हैं? कुछ सूँघते हुए आये हैं या फिर किसी 'मुख़बिर' की 'ख़बर' पर। दोनों बातें सम्भव हैं। उन्होंने इस कम्पनी का रास्ता बहुत पहले से देख लिया था। तब 'केस' दूसरे थे। अब कुछ और।

सब डरे हुए से प्रतीत होते हैं—सिवा मेरे। इस हॉल में मैं एक अकेला हूँ—निश्चिन्त! दूसरे हॉल में शायद रजत हो। और भी कई होंगे। लेकिन सतर्क सभी नज़र आते हैं। यहाँ तक कि लाल साहब भी। लाल साहब बहुत गहरे इनसान हैं। कम बोलते हैं। ज़्यादा सोचते हैं। जो सोचते हैं,वो स्टॉफ वेलफ़ेयर के लिए होता है।

हो सकता है, उनकी किसी 'कॉल' पर वो आ पहुँचे हों। वो चार। विजिलेंस ऑफ़िसर...सी.बी.आई. अधिकारी।

वो ख़ुशबाश नज़र आते हैं। वो इस तरह नज़र आते हैं जैसे इन्क्वायरी करने नहीं, इंश्योरेंस कराने आये हों। उनकी आवाज़ में विनम्रता है। यह सब उनके प्रोफ़ेशन का हिस्सा है।

बेशक, वो चौकन्ने हैं। उनकी आँखें भेदती हुई हैं। उन्होंने फ़ायर क्लेम का रजिस्टर मँगवा लिया है। मंगल धूप फ़ैक्टरी...पद्मनी ज्वैलर्ज़, क्लासिक फ़रनीचर, और तीन मोटर वर्कशाप की फ़ाइलें।

उनके पास डायरियाँ हैं। कुछ कागज़-पत्तर। ऐसा लगता है, जैसे उन्होंने पहले से कुछ नोट कर रखा था।

दफ़्तर में स्टाफ़ के लोग हैं। सभी अधिकारी अपने-अपने ज़रूरी कामों से बाहर गये हैं। सभी के बाहर जाने का कार्यक्रम अचानक बना।

सी.बी.आई. इंक्वायरी का पता अधिकारियों को मालूम नहीं कैसे हुआ? सबके अपने-अपने सूत्र हैं। सूत्र अति विश्वसनीय हैं। लेकिन विडम्बना यह है कि जो बहुत ज़्यादा भरोसेमन्द होता है, ब्रूटस की भूमिका भी वही निभा रहा होता है।

संशय और बदला लेने की भावना सबके अन्दर है। अपने आपको बचाने के लिए कोई किसी को भी फँसा सकता है। युद्धनीति भी यही होती है। एक सिपाही दूसरे सिपाही को मार देता है। वरना वो ख़ुद मारा जाता है। अपने आपको बचाने के लिए, किसी को भी बलि पर चढ़ाया जा सकता है।

आमने-सामने की लड़ाई ताक़तवर लड़ते हैं। यह दफ़्तर, भ्रष्ट और कायर अधिकारियों का है, जो पीठ पीछे वार करते हैं। यह खेल सुरक्षित है और घातक भी। विश्वास जैसी शय को तेज़ चाकू में बदल दो। और फिर उसी से वार करो।

आधे घंटे की पूर्व सूचना में ज़्यादा कुछ नहीं किया जा सकता था। कुछ फ़ाइलें, कुछ रजिस्टर और कुछ कवरनोट डाक्केट, छुपा लिए गये। उन्हें 'मिसिंग' 'शो' किया गया। विजिलेंस अधिकारी जानते हैं कि 'मिसिंग' के पीछे कौन-सा खेल खेला गया है। वो अपने भाव छुपाए रखते हैं। शुरुआत वो बहुत हल्के तरीके से करते हैं। जैसे सी.बी.आई. की इंक्वायरी न हो, किसी सी.ए. के 'आर्टिकल' हों (ऑडिट करनेवाले ट्रेनी)।

रिजनल मैनेजर मिस्टर आनन्द को सी.बी.आई. इंक्वायरी की सबसे पहले ख़बर लगी थी। वो ऑफ़िस के लिए निकलने ही वाले थे। कोटकपुरा और भटिंडा के दो मेजर लॉस (कॉटन बेल्ज़ जलकर राख) यानी फायर क्लेम। उनसे सम्बन्धित फाइलें आनन्द साहब ने अपने रूम के केबिनेट में अंडर लॉक-एंड की—रखी हुई थीं।

आनन्द साहब ने ख़बर सुनी। उनका हार्ट सिंक करने लगा। उन्होंने सोचा। कुछ फोन किये और फिर मिलिटरी हॉस्पीटल में दाख़िल हो गये।

ए आर एम देवधर अम्बाला शहर में रहते थे, वो वहीं रुके रहे।

नरेश कुमार, महेश कुमार और सुदेश कुमार दुर्भाग्य से दफ़्तर पहुँच चुके थे। उन्होंने झटपट अपनी मेज़ें साफ़ कीं। 'अवांछित' फ़ाइलों को 'गुम' किया। फिर अपने-अपने केबिनेट लॉक किये।

नरेश कुमार इन्स्पेक्टर की रिक्रूटमेंट के सिलसिले में पटियाला चला गया।

महेश कुमार एक क्लेम के सिलसिले में यमुना नगर के लिए प्रस्थान कर गया।

सुदेश कुमार चंडीगढ़ रवाना हो गया। उसे एक वर्कशॉप में मशीनरी इंश्योरेंस का प्री-इनवेस्टिगेशन करना था।

और कम्पनी सेक्टरी प्रेमसिंह एक मेजर की कार-इंश्योरेंस के सिलसिले में दफ़्तर से बाहर चला गया।

सबके पास सालिड रीज़न थे। सबके सब कुशल खिलाड़ी थे। वो सी.बी.आई. अधिकारियों के हत्थे नहीं चढ़ना चाहते थे। इसलिए बच निकलना ज़रूरी था। इसलिए सबने 'सुरक्षित क़दम' उठाये थे। सबके सब सी.बी.आई. इंक्वायरी से पेशतर, दफ़्तर से बाहर जा चुके थे।

सब ज़रूरी लोग थे। सब ज़रूरी काम से जा चुके थे। जो शेष थे—वो ग़ैर-ज़रूरी थे। जो शेष थे—वो स्टेनो थे। टाइपिस्ट थे। असिस्टेंट थे। रिकार्ड क्लर्क, दफ़्तरी और पी.एन. थे। उनमें एक मैं भी था—चकित-सा।

दफ़्तर का कोई भी ज़िम्मेदार अधिकारी आज नहीं है। आज मैंने पहली बार लोगों के चेहरों को तनावमुक्त देखा है। उन लोगों को भी पहले से ज़्यादा सहज देखा है, जो तीन कुमारों के 'अपने बन्दे' हैं।

आज मुझे अहसास हुआ है कि तमाम वफ़ादार 'भाड़े' के हैं।

आज मैंने तनावमुक्त होकर चाय पी है। मेरा मन था कि रजत को भी बुला लूँ। लेकिन रजत ने मुझे पहले ही समझा दिया था कि मैं दफ़्तर में उससे अन्तरंगता न दिखाऊँ। बहुत ख़ुश, कभी नज़र न आऊँ। हमेशा दयनीय नज़र आऊँ। क्योंकि तीनों कुमार तथा बड़े अधिकारी हम सबको इसी रूप में देखना चाहते हैं।

मैं यह नहीं समझ पाया था कि अधिकारीगण हमें कमज़ोर क्यों देखना चाहते हैं। शायद इसलिए कि वो ख़ुद ताक़तवर बने रहना चाहते हैं।

मैंने दो बार चाय पी है। मैंने टाइपराइटर को एक तरफ़ सरका दिया है। चाय के कप के लिए मैंने मुकम्मल जगह बनायी है।

मैं चाय पी रहा हूँ। मुझे चाय पीना अच्छा लग रहा है। ऐसा लग रहा है, मेरे

सामने विद्या टंडन बैठी है। मैं जानता हूँ यह विभ्रम है। लेकिन यह विभ्रम भी मुझे अच्छा लग रहा है।

इन्क्वायरी चल रही है। मैं चाय पी रहा हूँ। इन्क्वायरी चल रही है। मैं मन-ही-मन मुस्करा रहा हूँ। आज मुझे महसूस हो रहा है कि कोई भी ताक़तवर नहीं। ताक़त, काँच का आवरण है। कभी भी टूट सकता है। उसे आज मैंने टूटते देखा है। इस दफ़्तर की कमान को सँभालनेवाले सभी कमान से छूटे तीर की तरह, लक्ष्यहीन होकर कहीं भटक रहे होंगे...या कहीं गिर पड़े होंगे।

सी.बी.आई. अधिकारियों ने काफ़ी सारी सामग्री इकट्ठी कर ली है। कार्बन रखकर, ले जानेवाले डाकूमेंट्स की दो प्रतियाँ तैयार की हैं। एक प्रति उन्होंने अपने पास रखी है...दूसरी दफ़्तर में 'डायरी' करा दी है।

वो जा रहे हैं। मैं उन्हें जाता हुआ देख रहा हूँ। ऐसा लगता है, वो दफ़्तर के थोड़े-से कीचड़ को उठाकर ले जा रहे हैं। कीचड़ से लथपथ दफ़्तर के अधिकारी अभी कहीं बाहर होंगे।

रिजनल मैनेजर को सूचना मिल गयी थी कि जो आये थे, वो चले गये हैं। उन्होंने तुरन्त मिलिटरी हॉस्पीटल से डिस्चार्ज लिया। दफ़्तर चले आये। दफ़्तर न भी आते। लेकिन एक खटका था। खटका ग़ैरमामूली था। वो उन फ़ाइलों को देखने आये थे कि सी.बी.आई. अधिकारी कहीं वो फ़ाइलें न ले गये हों। लार्ज फ़ायर क्लेम की फ़ाइलें।... लॉस के बाद इंश्योरेंस। बैक डेट में। फ़र्ज़ी टेलीग्राम भिजवाई गयी थी। इंश्योरेंस डेक्लेरेशन के लिए। कुल मिलाकर सारा खेल मिलीभगत का था। जिसमें गोदाम मालिक, शाखा प्रबन्धक, रिजनल मैनेजर से लेकर तीनों कुमार तक शामिल थे। कम्पनी को चालीस लाख का चूना लगा था। ये बात और कि कइयों की जेबें भारी और बहुत भारी हो गयी थीं।

लेकिन प्रेमसिंह को नहीं दिया गया था एक रुपया भी। रिजनल मैनेजर आनन्द तो चाहते थे प्रेमसिंह को भी 'शेयर' दिया जाए। लेकिन तीनों कुमार, जिनकी प्रेमसिंह से पुरानी खुन्नस थी, वो प्रेमसिंह को बाहर रखना चाहते थे।

प्रेमसिंह को इस 'लाभ' से वंचित कर दिया गया। लोगों का शक यह भी है कि शायद प्रेमसिंह ने सी.बी.आई. में 'गुमनाम चिट्ठी' भेजकर इस घपले के विषय में 'जानकारी' दी हो।

रिजनल मैनेजर तो ऑफ़िस आ गये थे लेकिन बाक़ी चार?

प्रेमसिंह ने मेजर साहब की कार का इंश्योरेंस तो आधे घंटे में कर लिया था। फिर उनके साथ 'मेस' में 'जिन' ली। लंच लिया। लंच करके वो डिफ़ेंस सिनेमा चला आया था। उसने एक टिकट बॉलकनी का लिया—मेटिनी शो के लिए। फ़िल्म वही—ब्लो हॉट ब्लो कोल्ड! जिसे वो तीन बार देख चुका था। वो हर बार ब्लो हॉट

वाला हिस्सा देखता। फिर सिनेमा हॉल से उठकर चला आता।

डिफेंस सिनेमा कैंट एरिया में था, शहर से दूर। एकान्त में। आर्मी ऑफ़िसरों की साहबज़ादियाँ, बीवियाँ...सब मेटिनी और इवनिंग शो में आते। सारा वर्ग ऐलीट। सब दृश्य सुखद। हाई-फाई।...ख़ूबसूरत लड़कियों की भीड़ और मन में एक अनजान-सी हलचल!

प्रेमसिंह मेटिनी शो का टिकट लेकर, बरामदे में खड़े होकर, सिगरेट पीने लगा था। पिक्चर शुरू होने में थोड़ी देर थी। वैसे भी प्रेमसिंह को पिक्चर देखने में कोई दिलचस्पी नहीं थी। वक़्त काटना था और डिफेंस सिनेमा से ज़्यादा सुरक्षित जगह और कौन-सी हो सकती थी?

तीनों कुमार दफ़्तर से निकले। राय मार्केट के साथ इंडियन रेस्तराँ में मिले। तीनों डरे हुए थे। तीनों कायर थे। तीनों कमीने भी थे। वो किसी को भी तनाव में डाल सकते थे। दूसरा तनाव में होता तो वो सहज नज़र आते। वो अपने अन्दर की मनुष्यता को मार चुके थे। उनके अन्दर की तुच्छता उन्हें गिराती। वो गिरते चले जाते। लेकिन आज वो ख़ुद तनाव में थे। डरे हुए थे। उन्होंने पूर्व रिजनल मैनेजर को अपनी चालाकियों से बेदख़ल किया था। आज वही स्थिति उनके साथ थी।

वो घर नहीं जाना चाहते थे। घर जाना ख़तरनाक था। क्या पता सी.बी.आई. वाले वहाँ तक आ पहुँचें। वो मालाबार, मिल्क पार्लर में भी पूरा दिन नहीं गुज़ार सकते थे। वो इस नतीजे पर पहुँचे कि कुछ घंटे के 'अज्ञातवास' के लिए डिफ़ेंस सिनेमा सबसे अच्छी जगह है। फ़िल्म के पोस्टर उन्होंने कई जगह देखे थे। पोस्टर उत्तेजक थे। वही उत्तेजना उनके अन्दर, किसी सुर्ख़ अंगारे की तरह टहलने लगी थी।

तीनों चर्च रोड से होते हुए डिफ़ेंस सिनेमा पहुँचे। टिकटें लीं। फिर पोस्टर। फिर उत्तेजना। फिर हरारत। फिर एक-दूसरे को देखना। फिर कोई रहस्य। फिर दफ़्तर। फिर, सी.बी.आई. की याद। फिर उनका सहम जाना।

वो तीनों सचमुच सहम गये। तीनों ने एक साथ प्रेमसिंह को देखा। तीनों चौंक गये। डर गये। डरे हुए लोग और ज़्यादा डर गये। वो पिलर की ओट में हो गये।

प्रेमसिंह पिलर से पीठ टिकाए सिगरेट पी रहा था। ओट में था। पिलर की ओट में। ओट में तीनों कुमार भी थे।

अचानक प्रेमसिंह को किसी परिचित ने आवाज़ देकर बुलाया। प्रेमसिंह अपने परिचित की तरफ़ बढ़ा। बिल्कुल इसी वक़्त, प्रेमसिंह की नज़र, तीनों पर पड़ी। प्रेमसिंह सिगरेट का कश लेना भूल गया। बड़ी फुर्ती से अपने परिचित से मिला। फिर हॉल में चला गया।

तीनों गुमान में थे कि प्रेमसिंह ने उनको नहीं देखा। प्रेमसिंह इस भ्रम में था

कि उसने तीनों को देख लिया है लेकिन तीनों कुमारों ने उसे नहीं देखा।

इस लिहाज़ से चारों सन्तुष्ट थे।

हॉल में जब तीनों कुमार प्रविष्ट हुए तब तक ट्रेलर शुरू हो चुका था। वो तीनों एक साथ बैठ गये थे। अँधेरे में लीन हो जाना उन्हें राहत दे रहा था। अँधेरा किसी कवच की तरह था। अँधेरा जो पहले कभी डराता था, आज बहुत बड़ी सुरक्षा की तरह था। जैसे अँधेरा न हो, उनकी हिफ़ाज़त में खड़ा कोई सुरक्षाकर्मी हो। अँधेरे की यही तो ख़ूबी है। वो डरता है और डरे हुए लोगों को अपनी पनाह में ले लेता है। रोशनी का दरबार लगानेवालों को भी अन्ततः अँधेरा रास आता है। ऐसा लगता है जैसे सारी यात्रा, एक अँधेरे से दूसरे अँधेरे में ग़र्क हो जाने की हो।

प्रेमसिंह और तीनों कुमार अँधेरे में थे—सुरक्षित। इत्मिनान में। महफ़ूज़।...ऐसा लगता था जो अँधेरा बाहर है, कमोबेश वैसा अँधेरा उनके अन्दर भी है।

ट्रेलर। डाकूमेंट्री। पिक्चर। ब्लो हॉट ब्लो कोल्ड। ज़िन्दगी का कोई दिन, किसी डाकूमेंट्री फ़िल्म-जैसा होकर रह जाता है। अजीब-सी कशमकश। ऊब। वितृष्णा। अपने आपसे भागना और फिर अचानक अपने आपस से जा टकराना!

सनमाइका की विशाल, चमचमाती मेज़ के उस पार रिवाल्विंग चेयर में धँसे हैं रिजनल मैनजर मिस्टर आनन्द! यह रिजनल मैनेजर का ऑफ़िस है। पुराना, लेकिन बड़ा-सा कमरा। कमरे की दीवारों के साथ सोफ़ा बिछा है। दूसरी दीवार के पास कुछ कुर्सियाँ हैं। साइड में शेल्फ़ है। शेल्फ़ में क्रॉकरी सेट है। चाँदी के गिलास हैं। ट्रे है। साइड में फ्रिज भी है। फ्रिज लॉक है। फ्रिज हमेशा नहीं खुलता। मोतबर लोगों के आने पर खुलता है। फ्रिज में कोल्ड ड्रिंक्स की बोतले हैं। कुछ खुराफ़ाती तत्त्वों के अनुसार फ्रिज में व्हिस्की और बीयर की बोतलें भी रखी हैं। जब रिजनल मैनेजर लाइट मूड में हों तो समझो वो एक-आध पेग चढ़ाए बैठे हैं।

रिजनल मैनेजर का रूम बाहर की तरफ़ से भी खुलता है। बाहर दरवाज़े के आसपास लकड़ी की खपच्चियाँ हैं और उन पर झूलती माधवीलता की बेल। बाहरी दीवारों के साथ-साथ कुछ गमले रखे हैं। बजरी बिछी है। दीवारों से चिपकी हुई गोल्डन शॉवर की बेल, जो ऊपर किसी बाँस से लिपट जाती है।

बाहर से आनेवालों के लिए खुली जगह है। जहाँ वो अपनी कार, स्कूटर, जीप पार्क कर सकें।

आनन्द साहब का ऑफ़िस बाहर से अच्छी लुक देता है और भीतर से भी। भीतर वॉल-टू-वॉल कारपेट बिछा है। एक रैक है जिसमें इंश्योरेंस मैनुअल, रेट टेरिफ़ एटलस और कुछ इंश्योरेंस सम्बन्धी किताबें रखी हैं। कुछ दूर एक केबिनेट

है। केबिनेट में फ़ाइलें हैं। फ़ाइलों में सीक्रेट है।

आनन्द साहब के ऑफ़िस का वातावरण ख़ुशगवार है। ए.सी. की ठंडक। पाम का बड़ा-सा पौधा। एक कलैंडर गाँधीजी का चित्र। गणेशजी की प्रतिमा। चमचमाती मेज़। मेज़ पर टेलीफोन। मेज़ पर क़लमदान—आकर्षक! मेज़ पर ऐशट्रे। आकर्षक-से आनन्द साहब। आकर्षक-सा उनका रूम!

आर.एम. आनन्द साहब के सामनेवाली कुर्सियों पर नरेश कुमार, सुदेश कुमार और महेश कुमार बैठे हैं। बायीं तरफ़ प्रेम सिंह और उनके साथ ए.आर.एम. देवधर!

तीनों कुमारों ने अपने टी.ए. बिल आनन्द साहब के सामने रख दिये हैं। बड़ी सफाई से तीनों ने 'रिमार्क्स' वाले कॉलम में एक लाइन लिखी है। 'वर्क डन'! वैसे रिमार्क्सवाले कॉलम में 'टूर' की डिटेल होनी चाहिए थी। लेकिन तीनों ने संक्षिप्त-सा रिमार्क्स दिया है—वर्क डन! यानी वो जिस काम के लिए गये थे, वो काम सम्पूर्ण हुआ।

आर.एम. आनन्द साहब ने टी.ए. बिल सरसरी तौर से देखे हैं। नरेश कुमार की तरफ़ देखते हुए उन्होंने कहा है, "प्रेमसिंह की फाइनेंशियल अथारिटी में हैं।" इतना कहकर उन्होंने तीनों बिल प्रेमसिंह की तरफ़ सरका दिये हैं।

टी.ए. बिल प्रेमसिंह लेकर बैठा है। उसका दिल कर रहा है तीनों बिल फाड़कर चिंदी-चिंदी कर दे और चिंदियाँ तीनों कुमारों के मुँह पे दे मारे। टी.ए. बिल पटियाला, यमुना नगर और चंडीगढ़ के हैं। लेकिन प्रेमसिंह को पता है कि कल वो तीनों कहाँ थे? जहाँ वो थे, खुद प्रेमसिंह भी तो वहीं था। लेकिन उसने तो नहीं दिया टी.ए. बिल! प्रेमसिंह का दिल करता है सारा राज़ उगल दे। बता दे रिजनल मैनेजर को तीनों कुमारों की हक़ीकत! बता दे कि टी.ए. बिल बोगस हैं। लेकिन प्रेमसिंह चुप बैठा है। उसे पता है, इस खेल में रिजनल मैनेजर भी शामिल है।

प्रेमसिंह यूँ तो धाकड़ आदमी है। लेकिन बेबस है। अपनी बेबसी पर वो छटपटाता ज़रूर है। कर कुछ भी नहीं पाता। उसकी बेबसी को रिजनल मैनेजर आनन्द भी जानते हैं। उसको बेबस बनाने में रिजनल मैनेजर और तीनों कुमारों की महत्त्वपूर्ण भूमिका है।

अब प्रेमसिंह किसी कमज़ोर दिल इनसान की तरह नज़र आता है। इतनी अच्छी क़द-काठी, इतना अच्छा चेहरा-मोहरा इतना अच्छा व्यक्तित्व—जैसे गिरवी रख दिया हो प्रेमसिंह ने आनन्द साहब को।...रिजनल मैनेजर उन्हें पेपरवेट की तरह रखते-उठाते हैं। रिजनल मैनेजर मि. आनन्द ने प्रेमसिंह के रुतबे को पेपरवेट में बदल दिया है।

प्रामिनेंट इंश्योरेंस कम्पनी ऐसा हम्माम है जिसमें सब नंगे हैं। प्रेमसिंह भी कौन-सा पाक-साफ़ है? शहर की तीन वर्कशॉप से उसको हर महीने कुछ कमीशन

मिल जाता है। सर्वेयर, वर्कशाप और प्रेमसिंह के बीच ठीक-ठाक तालमेल है। लेकिन इस तालमेल को सब नज़रअन्दाज़ कर जाते हैं। ऐसा तालमेल तो सबका है।

प्रेमसिंह एक और केस में फँस चुका है। केस क्या है, अन्धा कुआँ है। अन्धे कुएँ में अँधेरा ही नहीं, उजाला भी किसी धृतराष्ट्र की तरह खड़ा दिखाई देता है।

ऐसा लगता है रिजनल मैनेजर मिस्टर आनन्द ने उन्हें धक्का दिया है। पहले वो तमाशा बनाते हैं फिर तमाशाई बनते हैं। लेकिन वो इतने चालाक हैं कि जिसको छलते हैं, वही उन्हें मसीहा समझने लगता है। जैसे कि प्रेमसिंह!

इंश्योरेंस में, प्रीमियम का चैक या कैश लेकर जो पेपर सबसे पहले थमाया जाता है—वो कवरनोट होता है। कवरनोट की चार प्रतियाँ होती हैं। एक क्लाइंट की दूसरी ऑफ़िस, तीसरी मास्टर फ़ाइल, चौथी का 'डाकेट' बन जाता है।

लेकिन प्रेमसिंह चालाकी दिखाता रहा। एक कवरनोट पर तीन-तीन इंश्योरेंस करता रहा। प्रीमियम एक कवरनोट का ऑफ़िस में 'पे' करता शेष दो का, अपनी जेब में।...काफ़ी मुद्दत तक चलता रहा उसका खेल। यह खेल नहीं क्राइम था। लेकिन प्रेमसिंह दुस्साहसी था। बेपरवाह और निडर!

यही दुस्साहस उसके लिए आत्मघाती सिद्ध हुआ। जिस ट्रक के प्रीमियम को उसने अपनी पॉकेट में रखा था (और कवरनोट की बोगस कॉपी क्लाइंट को दी थी) उसी ट्रक का 'टोटल लॉस क्लेम' ऑफ़िस में आ गया। बात खुल गयी। प्रेमसिंह की छवि तार-तार हो गयी। कहाँ हेकड़ीबाज़ कम्पनी सेक्टरी और कहां आनन्द साहब के पाँव पकड़कर बैठा प्रेमसिंह...गिड़गिड़ाता...माफ़ी माँगता...नौकरी बची रहने के लिए हाथ जोड़ता...रोता और भीख माँगता प्रेमसिंह।...

ऐसा लगता था निडर और दुस्साहसी प्रेमसिंह मर गया है। जो मिस्टर आनन्द के पैरों के पास हाथ जोड़कर बैठा है वो कोई दूसरा प्रेमसिंह है।

रिजनल मैनेजर मिस्टर आनन्द में यही तो खूबी थी। वो मनुष्य को ज़िन्दा रखते थे। बस, उसकी रीढ़ की हड्डी निकाल लिया करते थे।

मिस्टर आनन्द ने प्रेमसिंह को 'बचा' लिया था। प्रेमसिंह का 'केस' हेड ऑफ़िस नहीं भेजा था। बहुत बड़ा उपकार किया था मिस्टर आनन्द ने। वो दयावान हो गये थे। उन्होंने प्रेमसिंह के कटोरे में दया की भीख डाली और प्रेमसिंह को दयनीय बना डाला। प्रेमसिंह के हाथ काटे और अपने केबिनेट में रख लिये। लिखवा ली प्रेमसिंह से स्टेटमेंट। कबूल करवा लिया अपराध! कवरनोट की सारी प्रतियाँ...क्लेम रिपोर्ट...रसीद... सब डाकूमेंट्स अपने रिकार्ड में जमा करा लिये। उन्होंने पूरी केस फ़ाइल तैयार कर ली। यहाँ तक कि हेड ऑफ़िस को फ़ाइल के साथ भेजा जानेवाला 'फारवर्डिंग लेटर' भी टाइप करवा लिया। लेकिन फ़ाइल भेजी नहीं। मिस्टर आनन्द, प्रेमसिंह को 'वेंटीलेटर' पर रखना चाहते थे। उन्होंने ऐसा

किया भी। दबंग प्रेमसिंह को उन्होंने कभी मेंढक तो कभी कॉकरोच के रूप में देखा।...यह 'देखना' परम सुख था। मिस्टर आनन्द...रिजनल मैनेजर (छियासठ दि मॉल की सुपर पावर) दूसरों को बौना बनाकर, उनकी क़द छीनकर, इसी तरह लुत्फ़ उठाते थे। किसी का शक्तिशाली होते जाना उन्हें नागवार गुज़रता था।

रिजनल मैनेजर के विशाल रूम में कैसी भव्यता है! मुग्ध करती! लेकिन इस भव्यता के पीछे कितनी ज़्यादा सड़ाँध है...इसे प्रेमसिंह जानता है।

प्रेमसिंह बेचैन बैठा है। शेष सब सहज और इत्मीनान की मुद्रा में।

प्रेमसिंह सोच रहा है ग़लत काम, आदमी का कितना कुछ छीन लेते हैं। वो सिर्फ़ आत्मविश्वास ही नहीं छीनते आत्मा तक का अपहरण कर लेते हैं।

प्रेमसिंह ने अपने अन्दर के खिलन्दड़े और हिम्मती इनसान को ढूँढ़ निकाला है। वो टी.ए. बिल देख रहा है। सुदेश कुमार का टी.ए. बिल चंडीगढ़ का है।

सुदेश कुमार को देखकर मुस्कराता है। पेन निकालकर टी.ए. बिल अप्रूव कर रहा हो जैसे। अभी उसने साइन नहीं किये। वो सुदेश कुमार को मशविरा-सा देता है, "सुदेश कुमार, ज़्यादा भागदौड़ मत किया करो।...हार्ट पेशेंट हो।...हमेशा ऑफ़िस। हमेशा तनाव। थोड़ा टेंशनफ्री भी रहा करो।"

सुदेश कुमार प्रेमसिंह को देख रहा है। बाकी दोनों कुमार भी प्रेमसिंह को देख रहे हैं। प्रेमसिंह का ज़्यादा बोलना उन्हें अच्छा नहीं लग रहा।

"कोई पिक्चर-विक्चर देखी कि नहीं सुदेश?" प्रेमसिंह बोलता जा रहा है, "डिफ़ेंस में इन दिनों बड़ी अच्छी फ़िल्म लगी है।"

आख़िरी वाक्य पर तीनों कुमार एक साथ चौंक गये हैं। उछल पड़े हों जैसे।... जैसे पिन चुभो दी हो किसी ने, कुर्सी के नीचे से।

"सर, आपने कब फ़िल्म देखी आख़िरी बार?" नरेश कुमार ने प्रेमसिंह को फँसाने की कोशिश की है।

"कल!" प्रेमसिंह मुस्कराते हुए कहता है। एक पल रुककर पूछता है, "और नरेश कुमार, तुमने आख़िरी बार कब फ़िल्म देखी?"

कितना सीधा-सा सवाल है! लेकिन कितना मारक! नरेश कुमार लाख चाहे, इस सवाल का जवाब नहीं दे सकता।

रिजनल मैनेजर मिस्टर आनन्द बहुत 'शार्प' हैं। नरेश कुमार की चुप के नीचे दबे झूठ को उन्होंने भी पहचान लिया है। वो नरेश कुमार के बचाव में उतर आये हैं, "प्रेम, याद तुम सिगरेट नहीं पी रहे।...जब तुम सिगरेट पी रहे होते हो तो कम्पलीट मैन नज़र आते हो।"

"थैंक्यू फ़ार कम्पलीमेंट्स...। लाइटर मैं अपनी टेबल पर छोड़ आया हूँ।" प्रेमसिंह कहता है। टी.ए. बिल उठाकर अपने कमरे की तरफ़ चल पड़ता है। चलने

से पहले वो एक बार तीनों की तरफ़ देखता है। मुस्कराता है। कई बार किसी का मुस्कराना, किसी अन्य के लिए ब्लेड की तरह होता है। तीनों चिरता हुआ-सा महसूस करते हैं।

प्रेमसिंह ने नयी सिगरेट जलायी है। गहरा कश लिया है। उसने टी.ए. बिल पर अप्रूवल के हस्ताक्षर किये हैं। वो जानता है टी.ए. बिल इसलिए बनाए गये हैं कि 'आउट स्टेशन' की तस्दीक हो सके। और प्रेमसिंह ने इस झूठ को सच में बदल दिया है। इसे कहते हैं अपने हाथ काटकर देना!

ऐसे लगता है जैसे उसने झूठ के धड़ पर सच का सर रख दिया हो। या फिर सच के कन्धे पर झूठ। उसे लगता है, इस दफ़्तर में बहुत सारी क्लेम फ़ाइलों के साथ, सच का चेहरा भी कहीं गुम हो गया है...कितना मुश्किल है सच को तलाश करना। ऐन मुमकिन है, वो रिजनल मैनेजर के रूम में बिछे कारपेट के नीचे पड़ा हो—कराहता हुआ!

टी.ए. बिल साइन करने के बाद उसने सिगरेट के कश लिये हैं। फिर रिजनल मैनेजर का ध्यान आ गया है उसे—कितने पवित्र लगते हैं रिजनल मैनेजर और कितना पाखंड भरा है उनके अन्दर!

वो फिर सोचने लगता है—इससे तो वो मच्छर-मक्खियाँ...तिलचट्टे ही अच्छे हैं। एक दिन उसने बड़े ग़रूर में हॉल के अन्दर कहा था, "स्टॉफ के लोग मक्खियों-मच्छरों की तरह होते हैं...भिनकते रहते हैं।" आज उसे अपना कथन याद आ रहा है। बहुत ग़लत बात कह दी थी उसने। बिना सोचे-समझे। यही स्टॉफ़...इन्हीं लोगों ने बचाया है उसे। वरना वो तो डिप्रेशन का मरीज़ हो चुका होता।

—टू हेल विद! सिगरेट को ऐशट्रे में मसलता है प्रेमसिंह! ऐसा लगता है जैसे उसने अपने व्यक्तित्व को मसल दिया हो।

दूसरे लोगों से प्रतिद्वन्द्विता करते-करते, कई बार आदमी, आप अपना रक़ीब बन जाता है। अपने आपसे चिढ़ होने लगती है। जैसे कि इस वक़्त, प्रेमसिंह को।

रिजनल मैनेजर मिस्टर आनन्द, सहायक रिजनल मैनेजर, तीनों कुमार प्रसन्न हैं। सी.बी.आई. ऑफ़िसरों को कुछ हाथ नहीं लगा। वो बेशक ख़ुश होकर गये थे। लेकिन इस दफ़्तर के ऑफ़िसरों को मालूम है जो 'टॉप सिक्रेट' है, वो सुरक्षित है।

आर.एम. मिस्टर आनन्द के रूम में सब ख़ुश बैठे हैं। चाय पी चुके हैं। दूसरी बार चाय के कप मेज़ पर रख दिये गये हैं।

नरेश कुमार ऐसे मौकों का भरपूर लाभ उठाता है, "सर, मन्थली मीटिंग ऑन

प्रीमियम ग्रोथ...एंड आउटपुट।''

''ओह, श्योर!...बुलाओ स्टाफ के कुछ लोगों को।'' आर.एम. मिस्टर आनन्द ने तुरन्त सहमति दी है।

स्टाफ के लोग रिजनल मैनेजर के रूम में जाने से कतराते हैं। यह मुझे आज पता चला है। आधे लोग या उससे भी कम आये हैं।

हम सब लोग खड़े हैं। कुर्सियाँ ख़ाली हैं। लेकिन हम खड़े हैं।

मुझे तो किसी ने आने के लिए कहा भी नहीं था, मैं फिर भी चला आया। मैं रिजनल मैनेजर का ऑफ़िस देखना चाहता था। मैं यह भी देखा चाहता था कि मन्थली प्रीमियम ग्रोथ पर मीटिंग किस तरह होती है।

पूरा कमरा भर चुका है। एक कोने में मैं खड़ा हूँ दूसरे कोने में रजत! रजत ने मुझे देखकर आँख मारी है। ऐसी भीड़ में मुस्कराना मुश्किल होता है, आँख मारना आसान!

हमारे बीच, जैन, सैनी, ढाँढा, दुग्गल, सरीन, सूरीजी, गुप्ताजी, अग्रवाल, रामपाल सिंह, पुरी, अशोक और दिलेराम खड़े हैं।

कुर्सियों पर बैठे जन चाय पी चुके हैं या फिर उनके कप में चाय के आख़िरी घूँट बचे हैं। जैसे चाय के कप में आख़िरी घूँट पड़े हैं, वैसे हम हैं—किसी तलछट-जैसे।

इस बीच प्रेमसिंह आया है। टी.ए. बिल एक हाथ में दूसरे हाथ में डनहिल सिगरेट का पैकेट और लाइटर। टी.ए. बिल उसने आर.एम. के सामने रख दिये हैं। ख़ुद एक ख़ाली कुर्सी पर बैठ गया है। उसने एक बार हम सबको देखा है। उसके जाने और आने के बीच, बहुत कुछ बदल गया है। छोटी-सी भीड़ आ खड़ी हुई है। मनुष्यों की भीड़। मनुष्य नहीं, प्रामिनेंट इंश्योरेंस के कर्मचारियों की भीड़। हम ऐसे खड़े हैं जैसे हमें खड़ा कर दिया गया हो। हम न मनुष्य लगते हैं न एम्पलाई। हम आकृतियों-जैसे लगते हैं। हम इतनी ज़्यादा अटेंशन की मुद्रा में खड़े हैं कि 'मैनीकुईन' प्रतीत होते हैं। बस, थोड़ा-सा फ़र्क है। हम साँस लेते 'मैनीकुईन' हैं।

''सर, प्रीमियम ग्रोथ?'' नरेश कुमार ने फ़ाइल खोल ली है।

''क्या ग्रोथ है?'' आर.ए. मिस्टर आनन्द पूछते हैं। वैसे, उनहें मालूम है। वो दिलेराम से कल प्रीमियम फ़िगर ले चुके थे। प्रीमियम फ़िगर का मुझे भी पता है। लेकिन मैं चुप खड़ा हूँ। कोई पूछे तो बताऊँ।

''ग्रोथ है सर...थ्री प्रसेंट।'' महेश कुमार बता रहा है।उसे पता चल गया है कि नरेश कुमार की फाइल में प्रीमियम फ़िगर नहीं है।

''आज की तारीख़ तक कितना प्रीमियम आया है...टोटल प्रीमियम...मोटर, मिसलेनियस, फ़ायर, मरीन का मिलाकर?'' आर.एम. ने पूछा है।

''डी.पी.एस. कौन बनाता है?'' महेश कुमार की आवाज़ में आदेश-जैसा कुछ है।''

''मैं बनाता हूँ सर।'' मैंने धीरे-से कहा है।

''तो बताते क्यूँ नहीं मन्थली प्रीमियम?'' महेश कुमार की आवाज़ में फटकार है।

''पूछा किसने है मुझसे?'' मैंने भी उसी लहज़े में जवाब दिया है। जवाब के अन्दर सवाल है।

''प्रीमियम पूछने के लिए क्या आपको मेमोरेंडम भेजा जाएगा?'' महेश कुमार का लहज़ा तल्ख़ हो गया है।

बीस-तीस लोगों के बीच मैं अकेला पड़ गया हूँ। लेकिन मेरे अन्दर अचानक कॉलेज का खिलन्दड़ा नौजवान उतर आया है। जब मैं अपनी क्लास में प्राध्यापकों की ज़मीन सरकार दिया करता था।

इतने दिन की मेरी चुप का यह अर्थ लगाया गया था कि मैं दब्बू, कमज़ोर और पिच्छलग्गू क़िस्म का युवक हूँ।

''सर मेमोरेंडम क्या होता है?'' मेरी मासूमियत पर प्रेमसिंह की हँसी छूट पड़ी है। और भी कई सारे थोड़ा-थोड़ा हँसे हैं। ख़ुद, रिजनल मैनेजर भी ज़रा-सा मुस्कराए हैं। इस तरह की बात रिजनल मैनेजर के रूम में शायद पहली बार हुई है।

''मिस्टर चेतन...प्रीमियम फ़िगर की बात हो रही है।'' कटुता है महेश कुमार के फ़िकरे में।

''सर, डोंट माइंड सर!...आपने मेमोरेंडम की बात की थी।'' मैं बिल्कुल अबोध बना रहना चाहता हूँ।

''ओफ़्फ़! व्हाट नॉनसेंस!'' इस बार सुदेश कुमर ने एंट्री ली है।

''सेंस किसे कहते हैं सर?'' मैंने कहा है। मैं अपने अन्दर के बेख़बर नौजवान को रोकना चाहूँ तो भी वो नहीं रुकेगा। इसका नतीजा बुरा हो सकता है। लेकिन मेरे साथ अच्छा तो कभी हुआ ही नहीं।

''इडियट!'' महेश कुमार ने बीस-तीस लोगों के बीच मुझे गाली दी है। मैं यही तो चाहता था कि महेश कुमार बौखला जाए। किसी ख़ाली डिब्बे की तरह बजबजाने लगे।

''सर, मैं सॉरी फ़ील करता हूँ।...आपने मुझे इडियट कहा है।...आर.एम. साहब के सामने। थैंक्यू वैरी मच सर।...आपने मेरी औक़ात बता दी।...सर, क्या आप बताएँगे 'इडियट' कौन-सी भाषा का शब्द है?'' मैं कहता चला गया। आवाज़ धीमी। भीगी हुई। मैं हम्बल। दयनीय-सा बनता हुआ।

एक पल के लिए सबके सब चुप हो गये हैं। आर.एम. तक! वो मुझे देख रहे

हैं और मैं शायद अपने भीतर की दबी आग को देख रहा हूँ।

"सर, प्रीमियम फ़िगर बीस लाख सत्तर हज़ार तीन सौ नब्बे है।" सन्नाटे के बीच मेरी आवाज़ गूँजती चली गयी है।

"वैरी गुड!" देवधर ने अपनी छोटी-सी डायरी को देखते हुए कहा है।

"थोड़ा-सा फ़र्क है।" रिजनल मैनेजर की आवाज़ में सहजता है।

"सर, तीन कवरनोट कैंसल हुए हैं। सत्ताइस हज़ार प्रीमियम कम हुआ है। मैंने प्रीमियम में जो अन्तर आया है, उसकी डिटेल दी है।"

"आई सी।" आर.एम. ने कुछ सोचते हुए कहा है।

मुझे लगता है, तीनों कुमार इस उधेड़बुन में हैं कि इडियट कौन-सी ज़ुबान का शब्द है। मैंने जब ये जुमला कहा था तो तीनों कुमारों ने मेरी तरफ़ नफ़रतभरी नज़रों से देखा था। सैनी साहब मेरे साथ खड़े थे। उन्होंने मेरे पैर पर पैर मारा था कि मैं बेवजह पंगा न लूँ। लेकिन व्यर्थ की बातों का अपना असर होता है।

"सर! मैं एक बात कहना चाहता हूँ?" जैन की आवाज़ उभरी है। जैन छोटे क़द का आदमी है। उसकी बातों पर कोई ध्यान नहीं देता।

"ज़रूर कहो।" प्रेमसिंह ने जैन को उकसाया है। प्रेमसिंह को पता है जैन कोई गड़बड़ करेगा।

"सर, प्रीमियम ग्रोथ थ्री प्रसेंट है...अच्छी बात है। लेकिन क्लेम रेशो...फ़िफ़्टीन प्रसेंट।" जैन ने इधर-उधर सबकी ओर देखते हुए कहा है। जैसे बहुत महत्त्वपूर्ण बात कही हो। बात है भी महत्त्वपूर्ण। लेकिन तल्ख़। सारे अधिकारियों पर उँगली उठाती। कटघरे में खड़ा करती। ऐसी बात जो तीर की तरह चुभती हुई महसूस होती हो, कौन सुनना पसन्द करता है?

"जैन!...यू प्लीज़ कीप मम!...बात प्रीमियम फ़िगर की हो रही है।...अपनी बाउंडरी को समझा करो।" असिस्टेंट रिजनल मैनेजर देवधर ने गुस्से में कहा है।

"आई एम सॉरी।...रियली सॉरी। मैंने तो जनरली कहा है।" ऐसा लगता है जैन डर गया है।

"यू आर राइट मिस्टर जैन।...अवर क्लेम रेशो इज़ ऑन दि हाई साइड!...मैंने आप सबको इसी परपज़ के लिए बुलाया है।" आर.एम. ने बड़ी शालीनता से बात की है। ऐसी शालीनता डर पैदा करती है।

सब आर.एम. मिस्टर आनन्द की तरफ़ देखने लगे हैं।

"वी मस्ट लायल टू अवर कम्पनी।" आर.एम. ने कहा है। उनका यह जुमला बहुत घिस चुका है। प्रेमसिंह ने सिगरेट जला ली है। जैसे लायलटी किसी सिगरेट का नाम हो या फिर सिगरेट से निकलनेवाले धुएँ का।

सब चुपचाप खड़े हैं। जैसे 'लायलटी' कोई प्रार्थना हो और वो सब मन-

ही-मन उसे बोल रहे हों।

''यू सी। नरेश कुमार के फेटेलिस्टिक आटीच्यूड को देखो। मर मिटने की हद तक लायल।'' आर.एम. ने शब्दों पर दबाव देकर कहा है।

''लायलटी की माँ की ऐसी-तैसी। प्रेमसिंह धीरे से बुदबुदाया है।

''हमारा प्रीमियम क्यों कम हो रहा है...क्योंकि हमारे अन्दर प्रसिसटेंट की क़मी है।'' आर.एम. कह रहे हैं। हम सब खड़े-खड़े सुन रहे हैं।

—प्रसिसटेंट की बत्ती बना के नरेश कुमार के पीछे से घुसेड़ दे। सैनी बहुत धीरे-से बुदबुदाया है। वो लहीम-शहीम है। अच्छी क़द-काठी। काम करने में कुशल। लेकिन देहाती किस्म का लहज़ा। पिछले दस साल से प्रमोशन नहीं हुई। प्रमोशन के लिए जब-जब 'रिप्रजेंटेशन' दी। ट्रांसफर का 'मूव' चला दिया। ट्रांसफर का ख़ौफ़ किसी सेलो टेप की तरह है जो किसी के भी होठों पर चिपकाया जा सकता है। अच्छा-ख़ासा धाकड़ आदमी, 'गूँगी गाय' बनके रह जाता है।

सैनी साहब की बात किसी ने नहीं सुनी थी। लेकिन उनके हिलते हुए होठों से ऐसा अनुमान ज़रूर लगाया गया था कि उन्होंने कुछ कहा ज़रूर है।

''कनविक्शन...बहुत ज़रूरी है कनविक्शन!...अपने ऊपर फेथ होना चाहिए...मैं तो कहता हूँ।...उसी से कनविक्शन क्रिएट होता है।''

—ये कनविक्शन क्या बला होती है सरीन?'' पुरी ने पूछा था। बहुत आहिस्ता से।

उतनी आहिस्ता से जवाब दिया सरीन ने, ''मुझे तो किसी बीमारी का नाम लगता है कनविक्शन।''

एक दबी-सी हँसी दोनों के बीच!

''आप...आप सब जितने एम्पलाई मेरे सामने खड़े हैं।...मैं आप सब पर भरोसा करता हूँ।'' आर.एम. ने हाथ के इशारे से हम सब पर दयादृष्टि डाली।

''थैंक्यू सर!'' कई सारी आवाज़ें निकलीं—एक साथ। जैसे आवाज़ की झाड़ी को किसी ने हिला दिया हो।

''आप लोग...यू आल!...ऑल ऑफ यू इम्पोर्टेंट फ़िगर हो।...बट सेल्फ़ एस्टीम ज़रूरी है।...अपनी नज़रों में आपकी क्या वर्थ है...यह जानना ज़रूरी है।'' आर.एम. किसी 'प्रीचर' की तरह उपदेश दे रहे थे।

—वर्थ...हमारी वर्थ क्या है...ये हम तो जानते हैं। तेरे ये तीन डर्टी डेविल नहीं जानते। इस बार ढाँढा ने कहा। बुदबुदाया हो जैसे।

''क्या कहा?'' सुदेश कुमार बोला। अब तक वो चुप था।

''इन्होंने कहा कि सुदेश कुमार को अपना बी.पी. चैक करा लेना चाहिए।'' ढाँढा तो चुप खड़ा रहा। लेकिन प्रेमसिंह को इसी मौके की तलाश थी।

अचानक सब चुप हो गये थे। क्लेम रेशो इंक्रीज़ और प्रीमियम का डाउन फ़ॉल! यह चिन्ता का विषय था और नहीं भी था। सब चलता है—की शैली में काम होता था। मीटिंग भी इसी तरह हुआ करती थी। स्टाफ़ के लोग कुर्सियों के पीछे खड़े रहते। बाक़ी सब बैठे होते। यह एक अन्तर था। एक गैप! एक ख़ला। एक वैक्यूम!

सब ख़ामोश हो गये हैं। यह कैसी मीटिंग है जिसमें सारे शब्द ख़र्च हो गये हैं। यह कैसी मीटिंग है जिसमें कोई विषय नहीं बचा। जैसे विषय का न होना, इस मीटिंग का एजेंडा हो।

सब चुप हैं। इतने सारे लोग...इतनी ज़्यादा चुप! यह चुप ख़तरनाक प्रतीत होती है। यह चुप, चुप की तरह नहीं लगती। किसी शोकगीत की तरह लगती है। यह चुप जैसे श्मशान की चप्पलें पहनकर चली आयी हो।

स्टाफ के लोग इसलिए चुप हो गये हैं क्योंकि दफ़्तर के सरकरदा...दफ़्तर के बड़े लोग चुप हो गये हैं। बड़े लोगों का चुप हो जाना, उन्हें और ज़्यादा बड़ा बना देता है। बड़े लोग, बोलते हुए सिर्फ़ बड़े नज़र आते हैं। लेकिन जब वो चुप होते हैं तो बहुत बड़े लगते हैं। इस दफ़्तर के सब बड़े लोग, इतने चुप हैं कि 'ईश्वर' की तरह लगते हैं।

इन ईश्वरों...बैठे हुए ईश्वरों के सामने हम सब खड़े हैं। बहुत देर से खड़े हैं। ख़ामखा खड़े हैं। चुप खड़े हैं। यह भी पता नहीं, हम क्यों खड़े हैं?

क्लास थ्री की ख़ास तरह की फ़ितरत है। वो क्लास थ्री होती है। बेबाक होती है। वो बोलती रहती है। उसका न बोलना, उसे बीमार बना देता है। वो अपनी कुंठा की भाप बोलते हुए, बाहर कर देती है। उसका हाज़मा ठीक रहता है।

लेकिन हम सब बहुत देर से खड़े हैं। ए.सी. में इतनी देर तक हम कभी खड़े नहीं हुए। ए.सी. में हम बैठे तो शायद कभी भी नहीं। खड़े होने का और इतने बड़े अधिकारियों के सामने, चुपचाप खड़े होने का यह अजीब-सा अनुभव है।

सैनी साहब के गले में ख़राश होने लगी है। यह ख़राश शायद चुप की वजह से हो। यह किसी रेग़मार की तरह है, गले को छीलती हुई।...ख़राश मुझे भी होने लगी है। ख़राश और किस-किस को हो रही है, मुझे पता नहीं।

पहले ख़राश फिर खाँसी। सैनी साहब खाँसने लगे हैं। अभी एक ही मिनट गुज़रा है। रजत खाँसने लगा है। वो दोनों खाँस रहे हैं। मैं अपनी खाँसी को रोकने की कोशिश कर रहा हूँ। खाँसी रुक नहीं रही। खाँसी को रोको तो वो पूरे आवेग के साथ फूटती है। मैं पूरे आवेग के साथ खाँसने लगा हूँ। ज़ोर-शोर के साथ। बिल्कुल वैसे, जैसे कामरेड नारे लगाते हैं। मैं खाँस रहा हूँ। मुझे लगता है मेरी खाँसी में इंकलाब ज़िन्दाबाद की आवाज़ें उठ रही हैं।

सब ख़ामोश हैं। बहुत ज़्यादा ख़ामोश। लेकिन हम तीनों खाँस रहे हैं। बेतहाशा खाँस रहे हैं। मीटिंग जारी है। हम खाँस रहे हैं। मीटिंग प्रीमियम ग्रोथ पर है। हम खाँस रहे हैं। क्लेम रेशो ज़्यादा है। अधिकारीगण चिन्तित हैं। हम खाँस रहे हैं। मीटिंग बहुत इम्पोर्टेंट है। हमारी खाँसी सबसे ज़्यादा इम्पोर्टेंट! कमरा भव्य है। कमरे की भव्यता में चुप भी भव्य-सी है। भव्य चुप में हम तीनों की खाँसी है। जैसे हम तीनों ख़ामोशी की देह पर, खाँसी के क़ील गाड़ रहे हों।

हमारी खाँसी नॉनस्टाप खाँसी है। ऐसा लगता है, हम तीनों इसी तरह, उम्र भर खाँसते रहेंगे। और फिर खाँसते-खाँसते मर जाएँगे। ऐसा लगता है, जब तक मीटिंग चलेगी। तब तक हमारी खाँसी जारी रहेगी। जैसे हम खाँस न रहे हों...प्रीमियम के और क्लेम के आँकड़े बता रहे हों।

खाँसी तनाव पैदा कर रही है—हमारे मन में तनाव। पूरे रूम में तनाव!

अधिकारियों की ख़ामोशी संजीदा है। शायद इस तरह की ख़ामोशी में कुलीनता निवास करती हो। हमारी खाँसी मामूली लोगों की खाँसी है। हम खाँसते हुए बौड़म नज़र आते हैं। जैसे हम खाँस न रहे हों, भीख माँग रहे हों। हम शायद दया की भीख माँग रहे हैं। या शायद हम एंटीबॉयटिक्स की भीख माँग रहे हैं। नहीं, हम दवाई की नहीं, दया की भीख माँग रहे हैं। हमें पता है, हम पर एक्शन होगा। हम खाँसते रहे—महत्त्वपूर्ण मीटिंग में खाँसते रहे डिस्पिलिनरी एक्शन...हम तीनों सस्पेंड! इसलिए हम खाँसते हुए, खाँसी के ज़रिए, दया की भीख माँग रहे हैं।

चेखव की कहानी का क्लर्क होता तो अपनी खाँसी को रोक लेता। रोके रखता। अन्त तक रोकता। खाँसी न रुकती, लेकिन वो उसे रोकता। अपनी मृत्यु तक रोकता। हर हाल में रोकता। लेकिन मीटिंग में ख़लल पैदा न करता। मीटिंग जारी रहती। उसका मरना जारी रहता। मीटिंग कामयाब रहती। मीटिंग की कामयाबी इस बात से नुमायाँ होती कि मीटिंग की सफलता के लिए एक अदना-सा क्लर्क मर मिटा।

हम तीनों खाँस रहे हैं। रुक-रुककर। एक कुछ देर के लिए रुकता है। दूसरा शुरू हो जाता है। कई बार हम तीनों एक साथ खाँसने लगते हैं। जैसे हम तीनों मिलकर खांसी का आर्केस्ट्रा बजा रहे हों।

हमने चेखव के क्लर्क से कुछ नहीं सीखा। 'लायलटी' इसी को तो कहते हैं... खाँसी को तब तक रोके रखो जब तक जान न निकल जाए। इधर जान निकली, उधर आप मैनेजमेंट के द्वारा 'लायल' घोषित हुए।

लेकिन हम तीनों खाँस रहे हैं। चिढ़ पैदा कर रहे हैं। हम तीनों किसी ख़लल की तरह हैं। हमें खाँसते-खाँसते मुँह पर रूमाल रख लेना चाहिए था। लेकिन हम तीनों के रूमाल शायद दराज़ में रह गये हैं। हमारी आँखें पनिया गयी हैं। हम बड़े

साहबों को ज़रा-ज़रा-सा...अपराधबोध से पीड़ित होकर देख लेते हैं। शायद हम रेगिस्तान में सहानुभूति की बावड़ी तलाश कर रहे हैं। मुश्किल तो ये है कि हमने मीटिंग में व्यवधान डाला है और हमसे सॉरी तक नहीं कहा गया। हमारी खाँसियों में वेदना, करुणा, अकेलापन...बहुत कुछ था, सॉरी नहीं थी।

सब चिढ़ रहे हैं। एक अकेला प्रेमसिंह शान्त बैठा है। जैसे हमारी खाँसी न हो, शास्त्रीय संगीत हो। और वो उसे सुन रहा हो।

''गो आउट साइड।'' नरेश ने कुमार बहुत सख़्त आवाज़ में कहा है।

हम तीनों बाहर आ गये हैं। बाहर आते ही हमारी खाँसी थम गयी है। हम हैरान हैं। खाँसी शायद इसलिए छुटी कि हम इतने भव्य कमरे में खड़े होने के आदी नहीं थे। या फिर, प्रीमियम कम होने का चिन्तन हम शायद, अपनी-अपनी खाँसी के ज़रिये कर रहे थे।

रिजनल मैनेजर आनन्द साहब का बंगला। मिल्टरी एरिया में। पुराने ज़माने का रख-रखाव। पुराने ज़माने का वास्तुशिल्प। पुरानी, ऊँची दीवारें। रोशनदान। चिमनी। बीच में बंगला चारों तरफ़ घास। चार दीवारी। बाँस की खपच्चियों का पर्दा। चारदीवारी के साथ-साथ अशोक के वृक्ष। पाम के बड़े-बड़े पौधे। मोतिया, गोल्डनशॉवर की लताएँ। किनारे पर मौरैया। क्यारियों में दूसरे पौधे। फूल। लॉन। लॉन में बैंत की कुर्सियाँ। बाहर की तरफ़ सर्वेंट क्वार्टर। बंगले के आसपास, अम्लतास, सेमल, शहतूत, शीशम और नीम के दरख़्त!

शाम का वक़्त। एक ऐसी शाम, जहाँ सम्पन्नता विश्राम करती प्रतीत होती है। एक ऐसी शाम, जो अपने एकान्त के साथ, गोल्फ़ खेलती प्रतीत होती है।

शाम का वक़्त है। रिजनल मैनेजर का भव्य सुसज्जित बंगला है। उतना ही ख़ूबसूरत लॉन है। लॉन में कुर्सियाँ, टेबल, कट ग्लास, स्कॉच की बोतल, नानवेज, सलमियाँ, कबाब, टिक्का, काजू, फ़िश फिंगर, सोढ़ा, आइस क्यूब, पानी और ट्रिपल फाइव की सिगरेट का पैकेट!...ये सब चीज़ें मिलकर, शाम को और भी ज़्यादा शानदार बना रहे हैं।

टेबल के आमने-सामने दो जन बैठे हैं—एक तरफ़ रिजनल मैनेजर मिस्टर आनन्द तो दूसरी तरफ़ कम्पनी सचिव प्रेमसिंह! दिनभर की चिढ़ और कई दिनों की नाराज़गी को दूर करने के लिए, रिजनल मैनेजर प्रेमसिंह को अपने साथ ले आये हैं। रिजनल मैनेजर इस तरह का फ़रेब रचने में निपुण हैं। फ़रेब ऐसा कि सितारे तोड़कर लाने का झाँसा। चालाकी ऐसी कि सामने बैठा बन्दा पीता रहे और पिघलता रहे। पीता रहे और तार-तार होता रहे।

प्रेमसिंह को वो इसी तरह पुचकारते हैं ओर पालतू बनाये रखते हैं। रिजनल मैनेजर में आख़िर कोई तो ख़ूबी होगी ही कि वो छः फुटे कद्दावर, ख़ूबसूरत, स्मार्ट और घमंडी प्रेमसिंह को जितना पालतू बनाते हैं उतना फ़ालतू!

कई बार वो एक साथ सबको बुला लेते हैं ए.आर.एम. देवधर, तीनों डर्टी कुमार और प्रेमसिंह! ऐसे वक़्त में वो ख़ुद सतर्क रहते हैं। एक पैग बस। बाक़ियों को टुन्न कर देते हैं और फिर सारे उच्च अधिकारी, नीचता की सबसे आख़िरी सीढ़ी पर उतर आते हैं। खेल नंगई का होता है और सबके सब, एक-दूसरे को बे-लिबास करने के खेल खेलते नज़र आते हैं। फिर एक वक़्त ऐसा भी आता है, जब लगता है कि सब कीचड़ में लोटपोट हो रहे हैं।

हैसियत से नीचे उतरते हुए अधिकारी अपनी औक़ात के चीथड़े तक गुम कर बैठते हैं।

फिलहाल, प्रेमसिंह बैठा है। रिजनल मैनेजर आनन्द बैठे हैं। दोनों पी रहे हैं। ऐसा लगता है दोनों पी नहीं रहे, शतरंज खेल रहे हैं।

शाम जैसे फ़रेब हो। या फिर शाम जैसे मरीचिका। या फिर शाम जैसे ताश की गड्डी और अपने-अपने पत्ते छुपाकर रखने की चालाकी। या फिर शाम एक ऐसा तलघर, जिसें गहरा अँधेरा है और अपने आपको किसी भी ठोकर से बचाकर रखने की मोर्चेबन्दी!

शाम। शराब। और उत्तेजित प्रेमसिंह।

शाम। शराब। और इत्मीनान में आनन्द साहब! वो प्रेमसिंह को हर लिहाज़ से बौखलाया हुआ देखना चाहते हैं। बौखलाया हुआ आदमी, किसी ख़ाली कनस्तर जैसा ही तो होता है—उसको लुढ़कना होता है या फिर बजबजाना!

रिजनल मैनेजर की युवा लड़की चारू आयी है। एक हल्की-सी 'विश' करती हुई। लम्बी, सुन्दर, गहरी काली आँखें...बिन्दास, आधुनिक और फर्राटे से अँग्रेज़ी बोलती। ख़ाली कुर्सी पर बैठती। उठती। सर्वेंट को बुलाती। आदेश देती। तेज़ चलती। अपने पीछे ख़ुशबू का मादकताभरा संसार छोड़ जाती।

चारू, कम्पनी सचिव प्रेमसिंह से ख़ार खाती है। इतना चिढ़ती है कि पूछो मत! प्रेमसिंह की तुच्छता को समझती है। उसकी कामुक दृष्टि को भी ख़ूब परख चुकी है। लेकिन जानबूझकर आ बैठती है दोनों के बीच। प्रेमसिंह को भड़काने। प्रेमसिंह सचमुच भड़क उठता है या फिर गीले बुरादे की तरह सुलगता रहता है।

कुछ अरसा पहले...इसी तरह की एक शाम थी। प्रेमसिंह बाथरूम से वापिस आया था कि कमरे में टकरा गयी थी चारू। नशे में प्रेमसिंह और अकेले कमरे में अकेली चारू।

"आई लव यू चारू।" प्रेमसिंह बहकी हुई आवाज़ में बोला।

''शटअप।'' चीख पड़ी चारू।

प्रेमसिंह चारू के और नज़दीक जा खड़ा हुआ, ''मैं तुमसे प्रेम करता हूँ चारू... फ्राम दी कोर ऑफ़ माई हार्ट।''

''बास्टर्ड।'' चारू ने मुँह बिचकाया था और थूक दिया था फ़र्श पर।

अभी उसने बास्टर्ड शब्द...यानी गाली का उच्चारण किया ही था कि प्रेमसिंह ने उसे अपनी बाँहों में दबोच लिया था। सकपका गयी थी चारू एक पल के लिए। तुरन्त उसने प्रेमसिंह की बाज़ू को अपने मुँह में भरा और दाँत गड़ा दिये। तिलमिला उठा प्रेमसिंह।

तिलमिलाई थी चारू भी। रिजनल मैनेजर का एक छोटा-सा ऑफ़िसर और उसकी ये जुर्रत। कहा कुछ नहीं था उसने अपने पापा को उस वक़्त। लेकिन बाद में एक दिन उसने अपने मन की बात कह दी थी, ''यह आदमी मुझे अच्छा नहीं लगता पापा।''

''जितना तुम्हें ख़राब लगता है उससे ज्यादा मुझे।'' पाप ने कहा।

''फिर?'' चारू ने कहा।

''मैं उसे घर बुलाता हूँ। उसे गिनिपिग बनाता हूँ।'' आनन्द साहब बोले।

''हार्मफुल है यह बन्दा।'' चारू बोली।

''जानता हूँ। मौक़े की तलाश में हूँ।...उसे अब टर्मीनेट कर दूँ तो मेरे लिए मुश्किल खड़ी करेगा।'' आनन्द साहब गम्भीरता से बोले।

''बट पापा, किक हिम आउट।'' चारू ने कहा। बेशक उसने अपने गुस्से को दबाया था।

पाप हैरान होकर देखते रहे थे चारू को। संजीदगी से सिर हिलाया। बोले, ''हिट दि आयरन, वेन इट इज़ हॉट।''

दोनों लॉन में बैठे हैं। पी रहे हैं। धीरे-धीरे। कोई जल्दी में नहीं। कोई अपनी बात नहीं खोलना चाहता। जैसे वो दोनों सिर्फ़ पार्टी...कॉकटेल पार्टी में शामिल हुए हों और उसे इंजाय कर रहे हों।

''किस सोच में डूब गये प्रेमसिंह?'' आनन्द साहब ने प्रेमसिंह को झिंझोड़ दिया हो जैसे। जैसे दरख़्त से उदासी के कई सारे पत्ते, ज़मीन पर आ गिरे हों।

''सर।...नथिंग सर।...कुछ भी नहीं।...आई एम फ़ाइन।...आई एम इंजायइंग सर।'' प्रेमसिंह ने कहा है। ऐसे लगा जैसे वो कहीं बहुत दूर चला गया था।...अपने आपको ढूँढ़कर ले आया है।

प्रेमसिंह लॉन में बैठा पी रहा है। लेकिन लगता है, वो किसी अन्धे कुएँ में बदल गया है। उसकी चुप, उसके भीतर किसी चमगादड़ की तरह चिपकी है। वो चारू को देख लेता है चोर नज़रों से। अपने दुस्साहस पर पछताता है। जल्दबाज़ी के

अंगारे फाँककर क्या हासिल हुआ? मुँह झुलसा और ख़ुद विलेन बन गया।

न आता तो अच्छा था—प्रेमसिंह मन-ही-मन कहता है। लेकिन चारू को कनखियों से देखना, कुछ नायाब शय हासिल करने-जैसा होता है। आर.एम. आनन्द ड्रिंक्स की दावत देते हैं और वो इंकार नहीं कर पाता।

गिलास ख़ाली होते हैं। चारू स्कॉच भरती है गिलासों में। अच्छा लगता है प्रेमसिंह को। हैरान होते हैं मिस्टर आनन्द!

प्रेमसिंह चारू आनन्द के खेल को कभी नहीं समझ पाया। लेकिन चारू को पता है। खेल की सारी सिक्वेंस उसके अपने पास हैं। शराब से चिढ़नेवाली और प्रेमसिंह से बहुत ज़्यादा ख़ार खानेवाली चारू, प्रेमसिंह के लिए पैग बनाती है। आइसक्यूब मिलाती है। मुस्कराते हुए कहती है, ''सर, इंजाय!''

चारू, प्रेमसिंह के भीतर पेट्रोल की कई सारी बूँदें टपकाती और एक जलती हुई तीली छोड़ जाती है।

उसके चले जाने के बाद दृश्य बदल जाता है। प्रेमसिंह का रूप बदल जाता है। छः फुट का धाकड़, स्नॉब, गोरा-चिट्टा, भरे-भरे शरीरवाला नौजवान, बालू की दीवार में बदल जाता है—गिरती, भुरभुरती हुई दीवार-सा।...कभी खड़े होकर, रिजनल मैनेजर मिस्टर आनन्द के सामने दोनों हाथ जोड़ता हुआ प्रेमसिंह तो कभी रोता हुआ...टप-टप आँसू गिराता प्रेमसिंह!

एक बुलन्द हौसलाकुन और दबंग आदमी इतना दनयीय क्यों हो जाता है?'' इसे और कोई नहीं समझ सकता। इसे या तो मिस्टर आनन्द जानते हैं या फिर खुद प्रेमसिंह!...दोनों जानते हैं यह खेल है। मिस्टर आनन्द का मुस्कराते रहना खेल और प्रेमसिंह का रोना भी खेल! ताज्जुब है, खेल से बाहर कोई निकलना नहीं चाहता।

रिजनल मैनेजर ने और कुछ सीखा हो या न सीखा हो, वो जाल फैलाने के हुनर ख़ूब जानते हैं। जाल फेंकते हैं। सामनेवाला इसे दोस्ती समझता है। सामनेवाला इसे जज़्बा समझता है। सामनेवाला इसे कौतुक समझता है और फिर जाल में फँसता चला जाता है।

''मैं तुम्हें अपना समझता हूँ प्रेमसिंह!'' मिस्टर आनन्द की आवाज़ में माधुर्य है। वो काजू का एक पीस मुँह में डालते हैं। जैसे प्रेमसिंह के व्यक्तित्व का टुकड़ा उन्होंने अपने मुँह में डाल लिया हो।

''माई प्लैजर सर।'' प्रेमसिंह कहता है। मुसकराने की कोशिश करता है। बड़ा-सा घूँट और मन में बड़ी-सी कल्पना।

''यू आर माई राइट हैंड।'' मिस्टर आनन्द प्रेमसिंह को देखते हैं। विश्वास दिला रहे हों जैसे।

''थैंक्यू सर।'' प्रेमसिंह आभार में दबा हुआ महसूस करता है। आभार और

संशय के बीच कहीं खड़ा है प्रेमसिंह। उसे आनन्द साहब के शब्दों में अजीब-सी गन्ध महसूस होती है—बे-यकीनी की गन्ध। लेकिन यकीन करना सबसे बड़ी ज़रूरत है और विवशता भी।

"यू नो?" आनन्द साहब छोटा-सा घूँट भरते हैं। वो भुक्खड़ों की तरह न खाते हैं न पीते हैं। लेकिन प्रेमसिंह को छकाते हैं।

इस बीच चारू आयी है। लॉन में टहलने या फिर जायज़ा लेने। प्रेमसिंह ने अपनी लाल सुर्ख़ आँखों से चारू को देखा है। चारू ने मन-ही-मन कहा है—'पालतू!' मन-ही-मन मुस्कराई है। उसे पाप का यह खेल अच्छा लगता है। वो अपने घर में अपने अधीनस्थ अफ़सरों को बुलाते हैं। पिलाते हैं और फिर 'पपेट शो' का मज़ा लेते हैं।

"यू नो प्रेम...माई डीयर प्रेम! मैं जानबूझकर ऑफ़िस में तुम्हारे साथ ऐसा 'ट्रीट' करता हूँ कि लोगों को हमारे असली रिलेशन का पता न चले।" आनन्द साहब रहस्यमयी हो गये हैं। प्रेमसिंह उतना ज़्यादा नर्वस!

"यू नो...मैं किन लोगों की बात कर रहा हूँ?" मिस्टर आनन्द ऐसे पूछ रहे हैं जैसे कोई अबोध बच्चा सवाल करता है।

"आई नो वैरी वैल सर...दे थ्री!...डर्टी थ्री।" प्रेमसिंह ने जैसे अपने मन की भड़ास निकाली हो।

"बिल्कुल वही...यू आर करेक्ट मिस्टर प्रेम!...माई डीयर प्रेम...उन लोगों के बीच में तुम्हारे साथ ऐसा ट्रीट करता हूँ...।" मिस्टर आनन्द ने बात अधूरी छोड़ दी। जानबूझकर छोड़ दी। रहस्य गहरा हो गया।

"आई नो सर।...आपकी मुझ पर ग्रेस न होती तो...।" प्रेमसिंह कहते-कहते रुक गया। मन-ही-मन पता नहीं उसने जैसे कोई गाली दी हो। मिस्टर आनन्द ने वो गाली नहीं सुनी थी। बेशक, वो जानते थे प्रेमसिंह जो सोच रहा है, वो अच्छा नहीं सोच रहा।

रिजनल मैनेजर को जब लगता कि प्रेम सिंह सचेत होने लगा है, वो और ज़्यादा आत्मीयता से बात करते। वो और ज़्यादा महीन किस्म का फ़रेब रचते। वो और ज़्यादा अपनी ज़ुबान को विनम्र बनाते। विनम्र और गहराती हुई आवाज़ में बात करते। वो प्रेमसिंह को जान गये थे। जंगली भैंसे-जैसा। बिगड़ गया तो सब कुछ नष्ट कर देगा। ख़ुद तो नष्ट होगा ही। इसलिए आनन्द साहब इस भैंसे को खुला छोड़ने के बावजूद, एक अदृश्य किस्म के खूँटे से बाँधकर रखते।

आनन्द साहब ख़ुद कौन-से पाक साफ़ थे? महाभ्रष्ट! लेकिन लेमिनेशन ईमानदारी का। उन्हें डर इसी बात का रहता कि उनके लेमिनेशन की परतें, स्टाफ़ के ख़ुराफ़ाती और प्रेमसिंह जैसा 'इगनोरड' ऑफ़िसर मिलकर उखाड़ न दें।

आनन्द साहब ख़ुश करने की मासूम तरक़ीबें जानते थे। वो पार्टियों का आयोजन करते रहते। घर पर कॉकटेल और ऑफ़िस में टी-पार्टी—स्नैक...स्वीट और साल्टेड काजू!

लेकिन धीरे-धीरे पार्टियों का मक़दस साफ़ होता गया था। आनन्द साहब के लिए यह चिन्ता का प्रश्न था। फिर भी उन्हें लगता था वो फूट डालकर, अपना काम चलाते रहेंगे।

काम चल भी रहा था।

प्रेमसिंह जैसा बिगड़ैल, अक्खड़, छः फुटा नौजवान किसी मेमने-जैसा नज़र आता था।

आनन्द साहब ने प्रेमसिंह के गिलास में बची स्कॉच को उठाकर थोड़ी-सी अपने गिलास में डाल ली है। अपनत्व जताने का यह भी एक गुर है। प्रेमसिंह देख रहा है। वो प्रेमसिंह को दिखाना चाहते हैं कि उसकी जूठी शराब को पी लेने में भी उन्हें कोई संकोच नहीं।

गिलास ख़ाली हो गये हैं। प्रेमसिंह ने कहा है, "नहीं, सर...और नहीं।" उसने कह तो दिया है। लेकिन वो चाहता है कम-से-कम एक लार्ज तो और पी ही ले।

"एक-एक 'लवली' हो जाए प्रेम।" आनन्द साहब ने लवली के नाम पर लार्ज पैग तैयार किये हैं।

"सर, मेरी एक प्रॉब्लम है।" प्रेमसिंह अपने ज़ख़्म पर हाथ रख रहा हो जैसे। गिलास उठाकर उसने एक बड़ा-सा घूँट भरा है।

"प्रेमसिंह...यू नो...वो तुम्हारी नहीं, मेरी प्रॉब्लम है।" आनन्द साहब अपना किरदार निभाना ख़ूब जानते हैं।

"थैंक्यू वैरी मच सर!...यू आर रियली सेंसेटिव एंड इमोशनल बॉस।" प्रेमसिंह भी अपनी भूमिका को बेहतर ढंग से निभाने की कोशिश कर रहा है।

"मेरी नेचर ही कुछ ऐसी है।" आनन्द साहब कहते हैं। घूँट भरते हैं। प्रेमसिंह को देखते हैं।

"अफकोर्स!...वी नो ऑल।...हम सब जानते हैं...जो आपके क्लोज़ हैं।" प्रेमसिंह ने कहा है।

"मैं ख़ुश हूँ प्रेमसिंह...आप मेरे दिल को...मेरी फीलिंग को समझते हैं। आनन्द साहब कह रहे हैं। दोनों जज़्बाती नज़र आ रहे हैं। छलनाओं के खेल शायद इसी तरीके से खेले जाते होंगे।

"सर, मेरे कुछ डॉक्यूमेंट्स आपके पास हैं।" प्रेमसिंह ने अपने मन की बात कह दी है।

आनन्द साहब थोड़ा ख़ामोश हो गये हैं। जैसे याद कर रहे हों कि प्रेमसिंह किन डॉक्यूमेंट्स की बात कर रहा है?

''सर, माई हम्बल रिक्वेस्ट है कि आप मुझे वो डॉक्यूमेंट्स वापिस कर दें। बहुत बड़ी ग़लती हुई थी मुझसे।'' प्रेमसिंह गिड़गिड़ा रहा है।

''प्रेमसिंह तुम्हारी ग़लती को मैंने छुपा लिया था। कवरनोट और क्लेम पेपर...अगर हेड ऑफ़िस चले जाते तो तुम ख़त्म थे...पूरी तरह से फ़िनिश्ड!'' आनन्द साहब का लहज़ा एकदम बदल गया है।

''सर, अब तो उस बात को दो-ढाई साल हो गये हैं। अब तो...।'' प्रेमसिंह ने आवाज़ को बेहद मातमी बना लिया है। हाथ जोड़ दिये हैं उसने।

''तो क्या दो-ढाई साल पुराना क़त्ल क़त्ल नहीं रहता?'' आनन्द साहब का तर्क अचूक है।

''नहीं सर, वो बात नहीं।'' प्रेमसिंह को समझ में नहीं आ रहा क्या कहे? बोलते-बोलते हकलाने लगा था। दरअसल बहुत व्यग्र था वो।

''वक़्त आने पर सब ठीक हो जाएगा।...मुझ पर फ़ेथ रखो।'' आनन्द साहब ने प्रेमसिंह का हाथ थपथपाया है।

''फ़ेथ!...आप पर पूरा फ़ेथ है सर!...तभी तो मैं सर्वाइव कर गया।'' प्रेमसिंह शह दे रहा है।

''तुम्हारे डॉक्यूमेंट्स मेरे पास हैं।...मेरे पास रहेंगे। मैं जानता हूँ, हेडऑफ़िस चले गये ये डॉक्यूमेंट्स तो तुम्हारा क्या हाल होगा।...लेकिन मैं ऐसा नहीं होने दूँगा।'' आनन्द साहब प्रेमसिंह को सान्त्वना दे रहे हैं और हलाल भी कर रहे हैं।

प्रेमसिंह चुप है। उसे चढ़ गयी है। वो गाने लगा है—''मैं तां सदके जावां उनां उच्चियां दे, जिन्हां नीवियां नाल निभाई।''

''आवाज़ अच्छी है तुम्हारी प्रेमसिंह।'' आनन्द साहब उसकी तारीफ़ कर रहे हैं।

फीकी-सी हँसी हँसा दिया है प्रेमसिंह! लोक-गीत की कोई ओर पंक्ति याद आ गयी है उसे, ''मैं नींवां मेरा मुरशद उच्चा...ते अस्सा उच्चियां दे नाल लाई...सदके जावां उनां उच्चियां दे, जिन्नां नींवियाँ नाल निभाई...मैं तां सदके जावां...।'' आगे आवाज़ टूट गयी। प्रेमसिंह का गला भर आया। धाकड़, बेबाक, स्नॉब अधिकारी भावुक हो उठा।

स्कॉच पड़ी रही। भुने हुए...रोस्टेड काजू पड़े रहे। नॉनवेज पड़ा रहा। प्रेमसिंह कहीं दूर चला गया हो जैसे। यह लोकगीत का असर है, या फिर रिजनल मैनेजर मिस्टर आनन्द की स्कॉच का, या फिर चारू आनन्द के अप्रतिम सौन्दर्य का...पता नहीं, प्रेमसिंह किसके असर में है। इतना चुप...इतना चुप कि ख़ुद आनन्द

साहब उसकी चुप से डरने लगे हैं। ट्रिपल फ़ाइव के पैकेट में से सिगरेट निकालकर लाइटर से जलाकर प्रेमसिंह को को पेश की है, सिगरेट पीते हुए प्रेमसिंह...''यू लुक स्मार्ट यंगमैन।''

''प्रेमसिंह ने सिगरेट ले ली है। थैंक्स भी कहा है। लेकिन वो अब भी चुप है। सोच रहा है शायद—ग़लत काम न किया होता तो इस तरह मेमना बनकर न बैठा होता, इस शातिर आनन्द के सामने। कितना सोफ़ेस्टेकेटिड है ब्लैकमेलिंग का तरीक़ा। स्कॉच पिला रहा है और उसको 'लिलिपुट' बनाता जा रहा है।

''क्या सोचने लगे प्रेमसिंह?'' आनन्द ने प्रेमसिंह को जगाया हो जैसे।

''कुछ भी नहीं सर।...वैसे सर सोच रहा हूँ कि ''...मुझे क्या बुरा था मरना अगर एक बार होता।'' प्रेमसिंह ने सिगरेट का कश लेकर धुआँ दूर कहीं छोड़ा है। मुस्कराया है प्रेमसिंह और आनन्द साहब ने अर्थपूर्ण तरीके से प्रेमसिंह को देखा है।

''तुम्हें एक राज़ की बात बतानी है प्रेमसिंह।'' आनन्द साहब की आवाज़ में रहस्य टपकने लगा है।

प्रेमसिंह सिगरेट पी रहा है और धुएँ के छल्ले मुँह से निकाल रहा है।

''मैंने तुम्हारी स्पेशल इंक्रीमेंट के लिए हेडऑफ़िस में 'डी.ओ.' लिखा है।'' आनन्द साहब ने राज़ की बात बतायी है। उन्होंने सोचा था प्रेमसिंह इस बात पर उछल पड़ेगा।

उसने 'थैंक्यू सर' कहा है। न उत्साह न उत्तेजना। 'थैंक्यू सर' कहते हुए भी वो जैसे शब्दों को घसीटता रहा हो।

आनन्द साहब गेम खेलते हैं तो उसे पूरा करके छोड़ते हैं। उन्होंने सर्वेंट से कहकर ब्रीफ़केस मँगवाया है। एक फ़ाइल निकाली है। फ़ाइल में एक लैटर है। जो हैडऑफ़िस भेज गया है उसकी कार्बन कॉपी—प्रेमसिंह की स्पेशल इंक्रीमेंट के लिए। (असल में लैटर भेजा ही नहीं गया।)

''थैंक्यू सर!...थैंक्यू वैरी मच! यू आर ग्रेट सर! रियली यू आर अवर बिग बॉस।...बट सर...प्रेमसिंह आनन्द साहब के सामने हाथ जोड़कर बैठा है, ''सर, मेरे डॉक्यूमेंट्स...सर, वो कवरनोट और क्लेम पेपर वापिस कर दीजिए सर!...मेरी बिनती है सर!'' प्रेमसिंह की आवाज़ भारी हो गयी है। अटक गया है गले में कुछ और पानी-जैसा आँखों में तैरने लगा है।

''डोंट वरी प्रेमसिंह।...दिमाग़ से निकाल दो। सोचो कि डॉक्यूमेंट्स ड्रिस्ट्राय कर दिये हैं मैंने। यह कभी मत सोचना कि मैं इनका मिसयूज़ करूँगा।...बट मिस्टर प्रेमसिंह, यू नो,...ऑफ़िस पालिटिक्स कितनी टीडियस है?''

गहरी साँस लेते हुए मन-ही-मन कहा है प्रेमसिंह ने—सारी-की-सारी पॉलिटिक्स तूने ही तो क्रिएट की है। लोग टेंशन पालते हैं। तू इंजाय करता है।

"मैं...प्रेमसिंह सिर्फ़ तुम्हें अपना समझता हूँ।" मि. आनन्द ने फिर शतरंज की बिसात बिछा दी है।

अपना समझता है तू मुझे—प्रेमसिंह मन-ही-मन बोल रहा है—तू मुझे अपना समझता तो दफ़्तर में इतना गन्द न फैलता। तू मुझे तो क्या, किसी को अपना नहीं समझता।

"प्रेमसिंह, मुझे एक बार सबसे निपट लेने दो।" आनन्द साहब कह रहे हैं।

फिलहाल तो तूने मुझे निपटाया। प्रेमसिंह अपने आप बोला है—मन-ही-मन।

"सबको ज़ीरो कर दूँगा।" आनन्द साहब का अहंकार बोलने लगा है।

प्रेमसिंह चुप है। सोच रहा है—हर बड़ा अधिकारी ख़ुद शिखर पर बैठना चाहता है और दूसरों से उनके पाँव तक छीन लेने की कोशिश करता है। ताकि वो चलें भी तो उसकी दी हुई बैसाखियों के साथ!

"मेरे पास एक-एक आदमी का एक्सरे है।" आनन्द साहब मुखर होने लगे हैं। वो प्रेमसिंह को अपनी हैसियत बता देना चाहते हैं।

प्रेमसिंह मन-ही-मन कहता है—आपका सी टी स्कैन भी है कुछेक लोगों के पास।

नयी सिगरेट पीने लगा है प्रेमसिंह। आख़िरी पैग का बचा हुआ तरह हलक में उतारकर चुपचाप बैठ गया है। उँगलियों के बीच रखी हुई सिगरेट राख़ हो रही है।... सिगरेट और वक़्त दोनों एक-जैसे हैं—राख़ होते रहते हैं।

बहुत देर गुज़र गयी है। इतना उदास मंज़र पहले कभी नहीं हुआ था, जितना आज। न शब्द बचे न शराब। वक़्त भी जैसे कहीं मर गया हो और चाँद टूट-फूट गया हो आसमान में कहीं।

प्रेमसिंह देखता है मेज़ की तरफ़। लुड़के हुए गिलास। नुची हुई हड्डियाँ। ऐशट्रे में सिगरेट के टोटे। राख़। अँधेरा।

प्रेमसिंह ने उठने की कोशिश की है। लड़खड़ाया है। कार के भीतर बैठा ड्राइवर उसे देख रहा है। प्रेमसिंह कुर्सी हटाकर खड़ा हो गया है। ख़राशज़दा...बल्कि ग़मज़दा आवाज़ उभरी है प्रेमसिंह की, "सर, आपने हमेशा...।" शब्द खो गये हैं। शब्दों को तलाश करते हुए प्रेमसिंह फिर बोल रहा है, "आनन्द साहब, आप...आप गिराते रहे सबको।...किसी दिन...किसी को उठाया भी होता।"

आनन्द साहब को ऐसे जुमले की बिल्कुल उम्मीद नहीं थी।

"बहुत पी ली है तुमने।" आनन्द साहब की आवाज़ में थोड़ी घबराहट है, थोड़ी तल्ख़ी।

"सर, सी दिस ऐश ट्रे।" प्रेमसिंह लड़खड़ाती-सी आवाज़ में कह रहा है,

"हम सब प्रामिनेंट इंश्योरेंस कम्पनी के ऑफ़िसर...एंड दोज़ थ्री...डर्टी थ्री...सबके सब ऐशट्रे में पड़े सिगरेट के टोटों जैसे हैं...इज़ इट नॉट सर?"

ड्राइवर प्रेमसिंह को ले जा रहा है। कार जा चुकी है प्रेमसिंह की। आर.एम. मिस्टर आनन्द लॉन में अकेले बैठे हैं। ऐशट्रे में पड़े सिगरेट के टोटों को देखते। सच तो ये है वो ख़ुद भी किसी टोटे की तरह हैं। तुच्छता आदमी को 'टोटे' में बदल देती है।

सात साल गुज़र चुके हैं...पूरे सात साल! मुड़कर देखता हूँ तो लगता है जैसे बहुत लम्बी यात्रा करके आया हूँ। कई बार लगता है जैसे कल की ही बात हो। दफ़्तर। तनाव। इंटरव्यू। उपेक्षा। हिक़ारत।

इसी उपेक्षा ने मुझे शक्ति दी थी। मैं दफ़्तर में अकेला कर दिया गया था। लेकिन मैं सोचता था—ज़िन्दगी में जिन्होंने कमाल किया, वो सब अकेले ही तो थे। भीड़ हमेशा भेड़ों की होती है। बाज़ अकेला उड़ता है। फिर मेरे साथ रजत भी तो था। हम दोनों ने मिलकर, अलग तरह का माहौल रच दिया था। हमें धीरे-धीरे इस बात का अहसास होने लगा था कि सत्ता के भूखे लोग हर कहीं होते हैं, वो देश हो या दफ़्तर,... कुछ लोग सत्ता के खेल खेलते हैं। सत्ता का खेल, अपने भीतर (और बाहर) की कायरता को छुपा देता है। अपनी कायरता को छुपाने के लिए यह ज़रूरी होता है कि भय का वातावरण बनाए रखो...डराए रखो लोगों को। और ऐसा अहसास कराओ कि डरानेवाले लोग आपके हितैषी हैं।

हम दोनों ने इस प्रपंच को जान लिया था। डर हमें अब दफ़्तर से निकाले जाने का नहीं रह गया था। डर हमें ट्रांसफ़र का ज़रूर रहता था। हम दोनों में इतनी ज़्यादा समझ विकसित हुई थी कि हम एक-दूसरे को छोड़कर कहीं भी नहीं जाना चाहते थे। बस, यही एक कारण था। बाक़ी सब कुशल था। हम युवा थे। हमारे अन्दर साहस था, उत्साह था और ऊर्जा भी। हम हैरान होते। हम दोनों शाम तक अपना काम निपटा लेते। कुछेक ख़ासमख़ास, शाम के वक़्त काम शुरू करते। यह दिखावा था। यह छद्म था। यही लोग 'लायल' थे। लोग छुट्टी के बाद साइकिलों-स्कूटरों पर अपने घरों के लिए निकल पड़ते। कुछेक 'काम' करते नज़र आते। ऐसा लगता जैसे वफ़ादारियों के घोषणापत्र तैयार किए जा रहे हैं।

महत्त्वाकांक्षाओं के खेल कितने-कितने वीभत्स होते हैं, यह हमने यहाँ आकर जाना था। ऐसा लगता था सूखे दरियाओं में सफ़ीने बहाने की कोशिशें की जा रही हैं। उनके खेल में हम भी शरीक़ हो जाते। हम दोनों अपनी जेब में लम्बी पतली सुई रखते। कुछेक 'महत्त्वपूर्ण' वफ़ादारों की साइकिलों के टायरों में सुई

घुसेड़ते। चुपचाप अपनी सीट पर आ बैठते। शाम तक टायर-ट्यूब पिचक जाते। हवा ख़ारिज। ऐसा लगता जैसे पंक्चर हुआ है। ऐसा नहीं लगता था कि हमने सुई चुभोई है।

शाम के वक़्त सब लोग घंटियाँ बजाते, साइकिल पर सवार होकर जा रहे होते। तो एक-दो लोग अपनी बूढ़ी साइकिलों, बूढ़ी इच्छाओं और बूढ़ी तुच्छताओं के साथ, घिसटते हुए होते।

यह हमारा बदला लेने का तरीक़ा था। बेशक ख़राब तरीक़ा था। हमें जिस तरह से तंग किया गया था हम भी चाहते थे, तीनों कुमारों के कारिन्दे थोड़ा-सा कष्ट झेलें। इसके पीछे हमारी बदला लेने की भावना कम थी, मसख़री का भाव ज़्यादा था।

शुरू-शुरू में मेरे साथ जो तनाव का वातावरण रचा गया, उसे याद करके मैं आज भी सिहर उठता हूँ। यह कैसा दफ़्तर था जहाँ मुझे पहले दिन से ही, बिना किसी जुर्म के सज़ा दी जान लगी थी। मुझे क़तार में खड़े बिल्कुल आख़िरी आदमी की तरह समझा गया। ऐसी जगह सीट दी गयी कि लगे मैं जिस सीमान्त में हूँ, वो जगह दफ़्तर का हिस्सा नहीं है। वो कोई अन्य 'नो मैन्स लैंड' है।

लेकिन मेरी सहनशक्ति, मेरे काम करने के तरीक़े, मेरे ख़ामोश रहने ने धीरे-धीरे, अपना असर दिखाया। फिर रजत का भी तो साथ था। उसकी 'मारेल स्पोर्ट' थी। उसने मुझे हमेशा रचनात्मक बनाया। वो मेरी परेशानी पर ठहाके लगाकर हँसता। मेरे साथ तो यह पैदा किया गया तनाव बीस-पच्चीस दिन, महीना-डेढ़ महीना रहा। फिर तनाव गलने लगा। लेकिन रजत के साथ तो कई महीने तक उन्होंने यही माहौल बनाए रखा। दरअसल, वो मनोवैज्ञानिक रूप से नये कर्मचारी का मनोबल तोड़ते थे। इस तरह से तोड़ते थे कि कि बन्दा, चलता-फिरता पुतला बनकर रह जाए।

हमें हमारे नाम से तो बहुत बाद में बुलाया जाने लगा। तब, जब हम दोनों ने मिलकर अहसास कराया कि व्यक्ति को उसके नाम से बुलाया जाना ही शिष्टता होती है। संज्ञा, विशेषण तो किसी पर भी इस्तेमाल किए जाते हैं।

रजत मुझसे कुछ लम्बा था। उसे कभी लम्बू तो कभी 'पिलर' कहा जाता। मुझे कार्टून!

एक शाम हमने सदर बाज़ार में क्वालिटी रेस्तराँ के सामने टी. पी. सिंह को ख़ूब मारा। ख़ूब सारा मारने के बाद, हमने उसे खड़ा किया और अपने नाम पूछे।वो रिरियाते हुए बोला, "चेतन!" वो सिसकते हुए बोला, "रजत।"

यह एक सन्देश था। मार-पीट में हमारा विश्वास नहीं था। लेकिन हम समझा देना चाहते थे कि हम मनुष्य हैं। कि हम 'नाम' हैं। कि हम प्रतिष्ठित हैं।

सबसे बड़ी बात यह कि हमें कमज़ोर समझनेवाले, हमारे साहस, ताक़त और हमारी ज़िन्दादिली से परिचित हो गये थे।

बेशक, दफ़्तर था राजनीति का अखाड़ा। हम सब लोग जितना काम करते, उससे ज़्यादा ऊर्जा हमारी राजनीति में 'ख़र्च' हो जाती। सचेत रहना ज़रूरी था। धीरे-धीरे हमें यह बात भी मालूम हुई थी कि डिफेंसिव रहते हुए हम सिर्फ़ अपना बचाव ही कर पाते हैं। इसलिए यह ज़रूरी था कि हम आफ़ेंसिव बनें।

तीन महीने का प्रोबेशन पीरियड...छः महीने तक लटकाया गया। 'उनका' बस चलता तो हमें हमेशा 'प्रेबेशन' पर रखा जाता। हमें 'अड्हाक' टेमपरेरी या कैजुअल समझा जाता। वो लोग हमें 'गिरमिटिया' बनाकर रखना चाहते थे। जैसे बहुत-बहुत साल पहले बिहार के ग़रीब लोगों को गन्ने की खेती के लिए मारीशस भेजा गया—अँग्रेज़ी हुक़ूमत द्वारा--गिरमिटिया बनाकर।...लगभग गुलामों की तरह।

प्रामिनेंट में हमें गुलामों की तरह रखा गया। ऐसा लगता था कि सामन्ती व्यवस्था समाप्त नहीं हुई। वो जीवित है। किसी अन्य रूप में...किसी दूसरी शक़्ल में...किसी तीसरे चेहरे के रूप में।

दिन!...मेरे पहले प्रेम की लघुकथाओं जैसे दिन। दिन...जो कभी खिड़की बन जाते और मैं उसमें वक़्त के उड़ते परिन्दे को देखता रहता। दिन...मेरी ज़िन्दगी के आईने में किसी अक़्स की तरह उभरते-मिटते दिन। दिन...मेरे पाँव के तलुओं में चिपके किसी फेंके गये च्युइंगम की तरह। दिन...किसी अनाथ बच्चे की उँगली जैसे। मेरे पीछे घिसटते। दिन...फूल की पत्ती पर,ओस के घर जैसे। दिन...इतने तनावभरे कि जैसे जख़्मों पर नमक। दिन...इतना सताते कि जैसे उँगली से उखड़ा नाख़ून!...

दिन!...जैसे मदारी का डमरू। जैसे जमूर की बेबसी। जैसे आढ़ती की वीभत्स हँसी। जैसे भिखारी का कशकोल। जैसे नये टाट में पुराने दुख। जैसे वीरान टीले पर बैठा उदास जोगी। जैसे बुल्लेशाह की मुल्तानी कॉफ़ी।

दिन! जैसे यादें के अन्धे सिक्कों की गुल्लक। दिन! जैसे मेरे होने की सूचना। मेरे न होने का फ़तवा! दिन! जैसे लहू-लुहान सूरज की अलविदा! दिन! जैसे धूप का कथ्य...शाम की भूमिका।

वो दिन। मेरी उमंगों के दिन। शुभ कामनाओं के दिन। मेरी कशमकश पर मुस्कराते। मेरे फ़िक्रज़दा होने पर मेरे कन्धे पर, किसी दोस्त के हाथ की तरह चले आते। दिन...वो दिन किसी ऐसी रचना जैसे, जिसका आरम्भ मैंने कभी नहीं किया था।

वो दिन, जब मैं ठहाके लगाकर हँसता। जब मैं माँ की याद में किसी अकेली

जगह जाकर सुबकता। वो दिन, जब मैं विद्या अंडन के ख़्यालों में खोया रहता और दफ़्तर के तनाव में किसी काँच के गिलास की तरह गिरता...और टूटता।

वो दिन,...जब मुझे साँस लेने का तो इल्म था...ज़िन्दगी जीने का नहीं।

वो दिन—जब मैं और रजत, महत्त्वाकांक्षाओं के ज़र्रों से सूरज टटोलने की ज़िद करते थे। हम दफ़्तर की राजनीति से परेशान होते तो सदर बाज़ार चले जाते। सदर बाज़ार और राय मार्केट को जोड़नेवाली पुलिया पर बैठ जाते। हम चुप रहते। हमारी आँखें वाचाल हो जातीं। हम देर तक बैठे रहते। कभी-कभी मालाबार में बैठकर आइसक्रीम खाते या फिर कंचेवाली सोडावाटर की बोतलें लेकर बैठ जाते। हमें सोढ़ावाटर से ज़्यादा बोतल में कंचे का होना दिलचस्प लगता। कई बार हमें लगता जैसे प्रामिनेंट इंश्योरेंस कम्पनी सोडावाटर की बोतल है और हम दो नौजवान उसमें कंचों की तरह फँस गये हैं।

अब सात साल गुजारने के बाद मैं सोचता हूँ कि अगर दफ़्तर में बहुत सामान्य-सा वातावरण होता तो क्या मैं उन दिनों को याद करता?...दिन, सारे-के-सारे दिन, कागज़ की चिंदियों की तरह उड़ जाते। मैं आगे निकल आता। अब पीछे चला जाता हूँ। उन दिनों की तरफ़। जब मैं पूरा दिन चुप रहता और मेरे अन्दर की तमाम आवाज़ें, कभी टूट-टूटकर गिरतीं तो कभी मुझे हैरान होकर देखतीं कि मैं इतना चुप क्यों हूँ।

मुझे लगता, मैं किसी अँधेरे तलघर में बैठा उजाले की प्रतीक्षा में हूँ...।

और कुछ साल बाद मैंने देखा—मेरी जेब में छोटा-सा सूरज बैठा हुआ है—उजालों के सिक्के खनकाता।

हमने,...रजत और मैंने एक साल तक तो पता ही नहीं चलने दिया था कि हम साथ-साथ रहते हैं...यानी, एक कमरे में...रूम पार्टनर बनकर। हमने यह भी पता नहीं चलने दिया था कि हम दो जन नहीं, दो दोस्त हैं। हमने यह भी पता नहीं चलने दिया था कि हम दोनों एक-दूसरे के तनाव को फुटबाल बनाकर 'किक' मारते हैं...और नार्मल हो जाने की कोशिश करते हैं।

पता तो तब चला जब हम दोनों, एक-दूसरे के कपड़े पहनकर दफ़्तर आने लगे। रजत के कपड़े अच्छे होते। नये होते। वो मेरी आँखों में छुपे उस सपने को ढूँढ़ लेता, जिसे मैं मारने की कोशिश करता। पैंट-शर्ट मेरे सामने रखता, "चेतन, तू पहन। तुझे जँचेंगे।"

मैं हतप्रभ-सा खड़ा रहता। वो मेरे कपड़े पहन लेता। कमीज़ का बटन टूटा होता तो ऑलपिन खोंस लेता। पैंट टखनों तक होती तो कहता, "इसे देवानन्द स्टाइल कहते हैं।"

जब हमारे साथ-साथ रहने का पताचला तो 'डर्टी थ्री' और उनके कारिन्दे

सकते में आ गये। अगर उनके गुप्तचर कामयाब हो जाते तो वो हमें कभी भी साथ-साथ न रहने देते। पता नहीं क्यों और कैसे उन्होंने दोस्ती के स्कूल में दुश्मनी का पाठ सीख लिया था। वो लोग, रजत और मुझे दुश्मन नहीं तो अजनबी ज़रूर बनये रखते। लेकिन जब उनहें पता चला, तब बहुत देर हो चुकी थी। हम एक-दूसरे की ज़रूरत बन चुके थे।...या शायद रजत को ज़्यादा ज़रूरत थी मेरी।

वो अकेला था—पूरे संसार में अकेला। न माँ न बाप। न भाई न बहन। बस दुर्घटना में सब मारे गये। बचा सिर्फ़ रजत! चाचा ने उसे पाला। पढ़ाया। बड़ा किया। घर में एक चाचा था जो रजत के प्रति संवेदनशील था। बाक़ी सबमें रजत के प्रति हिकारत। अकेलापन, तिरस्कार, उपेक्षा और कष्ट—इनके निहितार्थ क्या होते हैं—रजत ने छोटी-सी उम्र में समझ लिये थे, जब वो बी.ए. में पढ़ रहा था। कोर्स के अतिरिक्त अन्य किताबें पढ़ने का शौक़ उसे तब हुआ। जब पूरे घर में एक-अकेला लड़का। संवादहीनता का शिकार। आवाज़ के नाम पर अपनी पदचाप!

यह उन्हीं दिनों की बात है, जब रजत के अन्दर किसी चट्टान ने जन्म लिया।

वो कहता भी था, ''चेतन, जब मैं किताब पढ़ता हूँ तो ऐसा लगता है जैसे दुनिया के बहुत सारे अदीब मेरे आसपास आकर बैठ गये हैं।

यह भी उन्हीं दिनों की बात है जब हिन्दी के एक छोटे-से अख़बार में, टेंडर नोटिसों के बीच, तीनलाइन का विज्ञापन छपा था—प्रामिनेंट इंश्योरेंस कम्पनी में सहायक/टाइपिस्ट पद के लिए टाइप टेस्ट/इंटरव्यू...तारीख़...स्थान...और बस।

और उसी दिन। एक इत्तेफ़ाक यह भी रहा। टेंडर नोटिसों की इबारत को ख़ामख़ा पढ़ते-पढ़ते रजत, प्रामिनेंट इंश्योरेंस कम्पनी के विज्ञापन पर जा अटका। अगले दिन टेस्ट और इंटरव्यू था। चुपचाप तैयारी की। प्रमाण-पत्र लिफ़ाफ़े में रखे।

चाचा से पचास रुपये उधार माँगे। चाचा ने तीस दिये। यह भी कहा कि चाचे-भतीजे में उधार नहीं चलती। फिर थोड़ी देर बाद पराँठे, अख़बार में लपेटकर देते हुए कहा, ''अपनी आँखों में देखने दे मुझे।''

चाचा, देर तक पता नहीं क्या तलाश करता रहा रजतन की आँखों में। कुछ देर बाद रजत के सिर पर हाथ रखकर बोला, ''तेरी आँखों में तो सपने बोलते हुए नज़र आये हैं मुझे। रज्जी...तेरी नौकरी सौ फ़ीसदी पक्की।''

रजत की आँखों में बोलते हुए सपने देखने वाला चाचा, अपने सारे सपने ख़त्म कर चुका था। ज़िन्दगी से हारे हुए लोग, सबसे पहले अपने सपनों को मरता देखते हैं... फिर ख़ुद मर जाते हैं।

यह बात रजत ने ही बतायी थी कि उसका चाचा कुछ दिन बाद मर गया। रजत के लिए उस घर के सारे रास्ते बन्द हो गये।

रजत चाहता था कोई हो...उसके-जैसा। उसकी उम्र जितना...जिसके साथ वो हँसे। जिसके साथ वो रोये। बातें करे। चुप रहे। घूमे और बेपरवाह हो जाए। जिसके साथ ज़िन्दगी ऐसे गुज़ारे जैसे कोई उत्सव मना रहा हो। और बीसियों साल के जमे हुए शब्दों के मोम को पिघला दे।

उसने ऐसा किया भी।...पता नहीं उसने मुझे चुना या मैंने उसे। नहीं, कोई चीज़ थी जो हम दोनों को ढूँढ़ने निकली थी। शायद उसका नाम ज़िन्दगी हो या फिर दोस्ती।

पता नहीं किस मिट्टी का बना था रजत! हम दोनों चाय पी रहे होते तो वो चाय जल्दी पी लेता। फिर मेरे कप के ख़ाली होने का इन्तज़ार करता। मैं ज्योंही कप मेज़ पर या फ़र्श पर रखता, वो झट से कप उठाता। दोनों कप धोता। उन्हें स्लैब पर रख देता।

हम कभी-कभी घर में खाना बनाते। वो सब्जी काटने के लिए मुझे कहता। ख़ुद प्याज़ छीलता। मुश्किल काम ख़ुद करता। मैं रंजीदा-संजीदा होता तो मुझे हँसाने जैसा मुश्किल काम भी उसके ज़िम्मे होता। कभी-कभी वो दफ़्तर से जल्दी आ जाता। मैं दफ़्तर से घर आता तो हैरान रह जाता। वो अपने कपड़ों के साथ-साथ, मेरे कपड़े भी धो डालता।

मैं प्रतिवाद करता। वो मुस्कराते हुए कहता, "मुझे अच्छा लगता है।...मुझे ये चीज़ें शक्ति देती हैं।"

"लेकिन ये चीज़ें मुझे कमज़ोर बना देती हैं।" मैं झुँझलाकर कहता।

वो फीकी हँसी हँसता। फिर संजीदगी के साथ कहता, "यार चेतन, पूरे चौबीस साल बाद कोई मिला है, जो अपना लगता है।...मैं तुझे अपनेपन के जिस रूप में भी देखता हूँ, तू मुझे देखने दे।...मुझे पराया मत बना।"

एक दिन जब वो मेरा चाय का कप धोने लगा तो मैंने अपना कप उससे छीन लिया। वो हैरान-सा मुझे देखता रहा। कहा उसने कुछ भी नहीं था। महसूस उसने बहुत किया था।

उस दिन उसने प्याज़ मुझे दिये। आलू वो ख़ुद छीलने लगा। आलू छीलते हुए तो आँखों में से आँसू नहीं आते। लेकिन वो आलू छीलते हुए रो रहा था। ठहाके लगानेवाला, हमेशा ख़ुशबाश रहनेवला रजत, रो रहा था। मैंने उसे पहली बार रोते देखा। और देखता रह गया। उसने मुस्कराने की कोशिश करते हुए कहा, "प्याज़ तीखा था यार!...आँसू आ गये।"

"लेकिन तू प्याज़ नहीं आलू छील रहा था।" मैंने कहा।

विज्ञापन इस तरह से (जानबूझकर) छपवाया गया था कि उसे कोई भी न पढ़े और बाहर का कोई कैंडीडेट टेस्ट के लिए न पहुँचे। इस तरह डर्टी थ्री 'अपने लोगों' को नियुक्त कर सकते थे—जिनको ये तमाम जानकारियाँ पहले उपलब्ध करा दी गयी थीं।

विज्ञापन पर सचमुच किसी की नज़र नहीं पड़ी थी। सिवाय एक के। बाहर का सिर्फ़ एक नौजवान था जिसने इस वैकेंसीवाले विज्ञापन को पढ़ लिया था। उसका नाम रजत था।

पाँच रिक्तियाँ थीं। 'अपने लोग' भी पाँच ही थे, जिन्हें पहुँचना था। लेकिन उनमें से एक को एपेंडिक्स का इतना ज़्यादा दर्द हुआ कि रात-रात में आप्रेशन करना पड़ा।

चार 'अपने लोगों' के अतिरिक्त जो पाँचवाँ था, वो रजत था। रजत, जिसकी टाइपिंग स्पीड पचपन निकली—बाक़ी चार उम्मीदवारों से ज़्यादा!

तीनों कुमार और ए.आर.एम., रजत की योग्यता तथा अपने लोगों के निकम्मेपन से इतना घबरा गये कि इंटरव्यू ख़त्म कर दिया गया।

उन चार लोगों के साथ रजत भी नौकरी के लिए चुन लिया गया।

लेकिन बाक़ी बातें मेरी जैसी। मेरे जैसा तनाव। मेरे जैसी उपेक्षा। मेरे जैसी चुप। मेरे जैसे दुख।

मनोबल तोड़ने के वो सब टोटके, जो उनके पास हमेशा से मौजूद रहते थे—रजत पर आज़माए गये। उन्हें शायद मालूम नहीं था, इस उपेक्षा का...या फिर इस तरह के तिरस्कार का, रजत पुराना अनुभवी है। उसे पुश्तैनी विरासत में जो मिला, वो अकेलापन ही तो था। वो चुप थी—जिसे रजत ने अपना दोस्त बना लिया था।...रजत पर आज़माए गये हथियार, बूमरेंग साबित हुए।

वो चुपचाप मुझे देखता रहा।

उस दिन मुझे पता चला कि मन दुखी हो तो प्याज़ ही नहीं, आलू छीलते हुए भी आँखों में से आँसू निकल आते हैं।

इस घटना के बाद मैंने उसे कभी नहीं टोका था। वो मेरे कपड़े धोता। चाय का कप धोता और मेरे झूठे बर्तन भी माँज देता।

एक दिन उसने बताया कि वो बहुत छोटा था जब उसके परिवार के लोग बस हादसे में मारे गये। उसने माँ की छवियों को मन में बसा लिया है—बर्तन माँजती, कपड़े धोती, गीत गाती हुई माँ को अपने अन्दर महसूस करता है।

रजत मेरे लिए एक ऐसी किताब की तरह था जिसे मैं जितना पढ़ता, उतना उलझता।

उन दिनों मैं सबसे ज़्यादा परेशान रहा जब उसने मेरे साथ बोलना बन्द कर

दिया। मैं विचलित हो उठा। आख़िर उसने बोलना बन्द क्यों किया? मैंने दो-चार बार पूछा। लेकिन उसने कोई जवाब नहीं दिया। मैंने दीवार पर चस्पां उस इबारत की तरफ़ भी उसका ध्यान दिलाया जिसमें हमने संवाद बनाए रखने का उल्लेख किया था।

सिर्फ़ बोलना बन्द नहीं हुआ था। हमारा आना-जाना भी अलग-अलग हो गया था।

क़रीब एक हफ़्ते बाद वो दफ़्तर से आते वक़्त कई तरह की मिठाइयाँ ले आया। बोला, ''चेतन, आज मेरा जन्मदिन है।''

''जन्मदिन की बधाई।'' मैंने कहा। इतने दिनों की चुप के बाद उसका जन्मदिन... और मिठाई। फिर भी मुझे अच्छा लगा।

''मुझे पता होता तो मैं कोई गिफ़्ट ले आता।'' मैंने कहा।

''चेतन, तेरा संवाद मेरे लिए बहुत बड़ा गिफ़्ट है।'' उसने कहा।

''और तेरा बोलचाल बन्द करना?'' मैंने पूछा।

''अभ्यास।'' उसने कहा।

''अभ्यास?'' मैंने पूछा।

''कौन जाने कब बिछुड़ जाएँ हम दोनों।...इसलिए सोचा...।'' उसने कहा। चुप हो गया। मेज़ पर मिठाइयाँ थीं, आँखों में पानी!

वो अपना बर्थडे मना रहा था और मैं जानता था, आज उसका बर्थडे नहीं है।

वो ऐसा ही था—फ़क्कड़, जज़्बाजी, शैतान, मनचला, फ़राख़दिल, बोलता हुआ, मुस्कराता हुआ, कल्पनाशील, अपने दुखों को छुपाता और मेरे तनाव की चिन्दी-चिन्दी करता, समय का पारखी, अपनी ऊर्जा को बचाता और कभी-कभी इतना आक्रामक कि दीवार पर मुक्के मारता...। रजत मेरे लिए किसी ज़रूरत की तरह था। मेरा हमउम्र रजत, कभी-कभी मेरा 'गुरु' बन जाता। फ़लसफ़े झाड़ता। ठहाके लगाता और कहता, ''चेतन, ज़िन्दगी की यही तो विडम्बना है। हम सब...सबके सब, सुख को ढूँढ़ते निकलते हैं और जा खड़े होते हैं दुख के कारख़ाने में।''

में भौंचक्क-सा उसे देखता रहता। तब तक वो मेरी किसी कमीज़ के टूटे बटन को सुई-धागे से पिरो चुका होता।

वो बिखरे हुए मनकों को पिरोना जानता था। मैं इतना बेशऊर था कि मुझसे चीज़ें छिटक जातीं। गिरतीं और टूट जातीं। वो इतना लुभावना था कि टूटी हुई डंडीवाले चाय के कप को किसी जाम की तरह उठाता...मेरी चाय साबुत कप में डालता।

मैं कुछ कहने लगता तो मुस्कराता। मुझे चुप कराता। ख़ुद बोलता, ''पता है

चेतन, तेरे अन्दर मैं अपने आपको देख लेता हूँ। सच!...तुझे यकीन नहीं आएगा, न सही।...लेकिन..." फिर बात बदलते हुए कहता, "मैं समझता था दोस्तों का घर बहुत दूर होता है।...आश्चर्य है न चेतन! मेरे दोस्त का घर इतने क़रीब कि मैं उसकी साँसों की आवाज़ भी सुन सकता हूँ...उसे पलकें झपकते हुए देख सकता हूँ।"

शाम को हम दफ़्तर से वापिस आते। चाय बनाते। पीते। और फिर निकल पड़ते आवाराग़र्दी पर। कई बार हम दोनों पेरिज़ होटल के गेट के पास खड़े रहते...रजत कुछ दूर जाकर खड़ा हो जाता और मैं चाय की गुमटी के पास...विद्या टंडन की एक झलक देखने के लिए।

कई बार मन में आता उसके घर चला जाऊँ। लेकिन मेरे सामने दस सवाल आ खड़े होते। मैं गुमटी के पास खड़े-खड़े बेचैन हो जाता। रजत आता। मेरे कन्धे पर हाथ रखता। "चल चलें...फिर किसी दिन आएँगे।" उसका यही वाक्य होता हर बार। मैं गहरी साँस लेता हर बार।

हम तीसरी मंज़िल पर स्थापित अपने कमरे में चाय पीते। दफ़्तर की बातें करते। बेशक हमारा मन दफ़्तर की बातें करके उचाट हो जाता। हम जिस हेल्थी परिवेश की कल्पना करते थे, वो कल्पना रोज़-रोज़ टूटती। फिर भी हम ख़ुश रहने की कोशिश करते। हम दो थे—शायद इसलिए। या फिर, हम दोनों मिलकर एक-दूसरे का तनाव कम करते।

शाम को रोज़ाना घूमने निकलते। राय मार्केट, क्वालिटी रेस्तराँ, फिर सदरबाज़ार, फिर आकाश होटल, फिर ग्लोरी रेस्तराँ में खाना, फिर बंगाली मौहल्ला, फिर जगाधरी रोड से होते हुए अपने घर।...कभी-कभी हम टाँगरी नदी की तरफ़ चले जाते। एस.डी. कॉलेज, महेश नगर और बिल्कुल आख़िर में टाँगरी नदी। बारिश में टाँगरी नदी को देखना अच्छा लगता। वो भरभराकर, तेज़ रफ़्तार से बहती। उसका मटमैला, चाय की रंगत-जैसा पानी—जिसे हम देर तक देखते रहते। हम बहती हुई नदी को देखकर उल्लास से भर उठते। नदी जब सूख जाती तो वो वीरान नज़र आती। वो बहुत ज़्यादा अकेली नज़र आती। हम उस अकेली, वीरान, सूखी हुई नदी को देखते रहते। दोनों चुप होते। तीसरी नदी होती। वो भी चुप होती। ऐसा लगता हम चुप्पियों के पानी में अपने आपको भिगोकर आये हैं।

हम ख़राब दिनों को अच्छे दिनों में बदलने का हुनर सीख गये थे। हम अपनी-अपनी उदासियों को स्थगित रखते हुए, ठहाके लगाते तो ज़िन्दगी हैरान होकर हमें देखती।

धीरे-धीरे हम दफ़्तर की राजनीति से वाकिफ़ होते गये थे। हमने कुछ ऐसी

अफ़वाहें फैलायीं जो बहुत जल्दी सच में तबदील हो गयीं। नरेश कुमार के स्टेनो को हम दोनों सबक सिखाना चाहते थे। वो हमारे ख़िलाफ़ कुछ-न-कुछ कहता रहता। हमने नरेश कुमार के स्टेनो —वेदप्रकाश को केपिटल सिनेमा में टिकटों की ब्लैक करते देखा ओर फिर सिपाही से पिटते देखा।...अफ़वाहों के पैर नहीं होते। इसलिए वो चलती नहीं, उड़ती हैं। अफ़वाह उड़ी और दफ़्तर के कोने-कोने में फैल गयी। वेदप्रकाश भौंचक और हम ख़ुश! हम दो नहीं, कई लोग ख़ुश। अफ़वाह इतनी सरमस्त और सरज़ोर थी कि रिजनल मैनेजर के ऑफ़िस में बिना परमिशन के घुस गयी।

बेचारा वेदप्रकाश! सफ़ाइयाँ देता रह गया। उसी तरह, जैसे हम कभी सफ़ाइयाँ देते थे और हमारी सच्ची बातों पर कोई यकीन नहीं करता था।

रजत की ट्रांसफर! हमें यह ख़बर रिकार्ड क्लर्क ने बतायी जब वो लिफ़ाफ़े तैयार करने लगा। दिन भर के टाइप किये गये लैटर वो लिफ़ाफ़े में डालता। सदर बाज़ार के बड़े डाकघर में डालकर आता। अममून वो लैटर पढ़ता नहीं था। दसवीं पास था वो। अँग्रेज़ी कमज़ोर थी उसकी। लेकिन अचानक रजत कुमार खन्ना उसे लैटर में टाइप किया नज़र आया। उसने चुपचाप लिफ़ाफ़ा तैयार किया। लिफ़ाफ़ा बड़े डाकघर में डालने के बजाय अपनी जेब में रख लिया। वो लिफ़ाफ़ा हमें मिला। हमने सिर्फ़ इतना किया कि आर. के. खन्ना को इरेज़ करके आर. के. नीरूला टाइप किया। लैटर हेडऑफ़िस पोस्ट कर दिया।

पन्द्रह दिन के अन्दर आर. के. नीरूला के ट्रांसफ़र ऑर्डर। दफ़्तर में हड़कम्प मच गया। हमने अहसास करा दिया कि कभी-कभी चिड़ियों के हाथ भी बाज़ मारे जाते हैं।

कितनी सारी बातें हैं—बयान करूँ तो करता चला जाऊँ। कितने दिन...कितने सारे दिन! रोमांचक! रोमांचक और चुनौतीभरे। एक-एक पल किसी कहानी-जैसा। खुले तो खुलता चला जाए।

रजत के साथ मैंने जैसे एक युग व्यतीत किया हो। वो किसी खुले लिफ़ाफ़े-जैसा था। वो किसी बन्द किताब-जैसा था। वो किसी बीहड़-जैसा था। वो किसी दरिया-जैसा था। वो था...अपनी सम्पूर्ण चेतना के साथ...मेरे साथ। हम थे। हम दो।...साथ-साथ!

मुर्ग़ेवाली बात याद करते हुए मैं थर्रा जाता हूँ। वो एक ऐसी घटना थी जो बाहर घटी और हमारे दिलो-दिमाग़ पर असर कर गयी।

वो एक इतवार का दिन था। इतवार को हम दोनों पूरी मस्ती में होते। कपड़े

धोते। कमरे का फ़र्श धोते। कभी-कभी मेटिनी शो देखने चले जाते—केपिटल, निशात या फिर अम्बाला सिटी के हरिपेलेस में। पिक्चर देखने का हम दोनों को ज़्यादा शौक़ नहीं था...एडवेंचर का था।शायद इसलिए हम उन अनाम जगहों पर भटकते...घूमते, जहाँ कुछ भी न होता। लेकिन हम वहाँ से कुछ लेकर आते...थकान के अतिरिक्त एकान्त और विश्राम करता सन्नाटा!

वो एक इतवार का दिन था। हमने घर में खाना बनाने का फ़ैसला किया। यह भी फ़ैसला किया कि कुछ रोमांचक होगा। यानी मुर्ग़ा बनाएँगे। उसे कटवाकर नहीं लाएँगे। ख़ुद काटेंगे।

हम, दरअसल अपने कमरे में शिकार का 'दृश्य' क्रिएट करना चाहते थे। मुर्गा कटवाकर लाना जैसे कायरों का काम हो। हम 'शूरवीर' नज़र आना चाहते थे।

हम स्टाफ रोड की एक बैरक में बने बूचड़खाने में कुछ देर यूँ ही खड़े रहे। कसाइयों को देखना भी जैसे नये तज़ुर्बे हासिल करने-जैसा हो। वो मुर्गों को टाँग से, पंखों से या कहीं से भी पकड़ते। मुर्गे अपनी आख़िरी आवाज़ों में जीवन की भीख माँगते नज़र आते। कसाई मुर्गों को तौलते। इस तरह तौलते जैसे कोई पंसारी सामान तौलता है। फिर...एक 'खट्ट' की आवाज़ आती। एक तड़पती हुई देह, किसी कनस्तर के अन्दर बन्द हो जाती—तब तक के लिए, जब तक कि उसका फड़फड़ाना बन्द न हो जाता।

बहरहाल, हमने एक सेहतमन्द मुर्गा ख़रीदा। मुर्गा ख़रीदने का यह हमारा पहला अनुभव था। वो मुर्गे को कटाने लगा तो हमने रोक दिया कि इसे हम ख़ुद काटेंगे। वो हमारी बेवकूफ़ी पर हैरान हुआ। फिर तरस खानेवाली नज़रों से हमें देखने लगा। अन्ततः उसने मुर्गे की दोनों टाँगें, एक छोटी-सी रस्सी से बाँधीं। मुर्गा हमारे हवाले किया।

बूचड़खाने से रेजिमेंट बाज़ार क़रीब आधा किलोमीटर दूर था। रास्ते में, कभी मैं मुर्गे को उठा लेता कभी रजत। हम उसे बग़ल में दबाते। वो अपनी छोटी-सी आँखों से हमें देखता। हम उसकी गर्दन पर हाथ फेरते। वो आँखें मूँद लेता। उसकी कलगी पर उँगली रखते तो वो सिहर उठता। उसे शायद यह महसूस हो रहा था कि हम उसे काटने के लिए नहीं, पालने के लिए अपने घर लिये जा रहे हैं।

हमने अपने कमरे की खिड़कियाँ, दरवाज़े, सब बन्द कर दिये। चारपाइयाँ खड़ी कर दीं। फ़र्श पर रखा सामान, ऊपर शेल्फ़ और स्लैब पर रख दिया। इसके बाद हमने मुर्गे की टाँगों से बँधी रस्सी तोड़ दी। मुर्गे को हमने कमरे में छोड़ दिया। छोटे-से बक्से में पड़ा मुर्गा अचानक इतने बड़े कमरे में आकर हैरान-सा खड़ा रहा। कहाँ बूचड़खाने की गन्दगी, ख़ून, दुर्गन्ध और कसाई की वहशत...और कहाँ यह कमरा...साफ़-सुथरा। उसने एक बार हम दोनों को देखा—धन्यवाद कर रहा हो

जैसे।

मुर्गे को हैरत हुई—इतना बड़ा कमरा और इतने अच्छे लोग! वो मस्ती में टहलता रहा। कमरे के अन्दर। अपनी कलगी को उठाए, छोटे-छोटे क़दम भरता। रुकता। वो बड़ी शान से चलता। वो बड़ी अदा से रुकता। वो बड़े तअज्जुब से हमें देखता। हमें ही नहीं, पूरे कमरे को। उसकी आवाज़ में पता नहीं क्या था—शायद ख़ुशी छुपी हो। या शायद वो यह कह रहा हो कि अब मैं यहाँ आराम से रहूँगा। यह भी सम्भव है कि वो शिकायत कर रहा हो कि हमने सब खिड़कियाँ, दरवाज़े बन्द क्यूँ कर रखे हैं?

कई बार वो हमारे पास चला आया। वो चाहता तो उड़कर कहीं दूर जा खड़ा होता। लेकिन वो हमारे पास खड़ा रहा—अपनी बिल्कुल छोटी-सी, प्यारी-सी गोल-गोल, मासूम आँखों से हमें देखता। वो हमें दोस्त समझकर देखता। हम उसे देखते। उसे थोड़ा-सा सहलाते। उसकी आँखें मुँद जातीं। वो चाहता हम उसे सहलाते रहें। उसे मालूम नहीं था कि हमारी उसकी दोस्ती थोड़े समय की है। फिर हमारी भूमिका बदल जाएगी। हम हिंसक हो उठेंगे। एक मासूम, कमज़ोर, अबोध मुर्गा होगा और हम होंगे—शिकारियों की तरह। खेल खेलते। हत्या का खेल खेलते। मुर्गा हैरान-परेशान होगा कि दोस्त अचानक दुश्मन कैसे बन गये। हम उसे समझा नहीं पाएँगे कि मनुष्य ने दोस्ती की आड़ में हमेशा, शिकार कथाएँ ही लिखी हैं।

फिर हमने मुर्गे को समझा दिया कि हम वो नहीं हैं जो वो हमें समझ रहा है। हमारी दोस्ती बेहद संक्षिप्त थी। समाप्त हो गयी। अब वो मुर्गा है, हम शिकारी।

हम अचानक उस पर झपटे। वो अचानक कूद गया। पहले तो उसने यह भी हमारा खेल समझा। फिर उसकी समझ में आ गया कि वो दोस्तों के बीच नहीं, चालाक लोगों के बीच है—जहाँ उसका वजूद किसी जीव जैसा नहीं, किसी 'गोश्त' जैसा है।

पहले वो अपनी छोटी, गोल आँखों से हमें किसी दोस्त की तरह देखता थ। अब याचक की तरह देख रहा था। हम उस पर झपटते। वो कूद जाता। हम हाथ बढ़ाते। वो हमारे हाथ से फिसल जाता। वो कभी चारपाई के पीछे छुप जाता और कई तरह की थकी-थकी आवाज़ें निकालता। उसकी बोली हम नहीं समझ पा रहे थे। लेकिन ऐसा लगता था जैसे वो कह रहा हो—मुझे सहलानेवाले दोस्तो, अचानक तुम्हें क्या हो गया है?...तुम्हारे हाथ हत्यारों जैसे तो नहीं थे।

आख़िर वो चारपाई से निकला। उड़ा। कूदा। और बाल्टी के पीछे जा छुपा। वो वहीं बैठा-सा गया। अपनी देह को अपने भीतर समेटते हुए। यह उसका छुपना नहीं था, समर्पण था। हमने उसे तुरन्त दबोच लिया।

हम जल्दी में थे। हमारी शिकारकथा बहुत लम्बी हो गयी थी। अब हम तुरन्त कार्रवाई करने के मूड में थे। हमें भूख भी लगने लगी थी।

रजत ने उस पर चाकू का वार किया। वो उछला। चीखा। कई तरह की आवाज़ें। कोई बाँग-सी। जैसे ज़िन्दगी को आवाज़ दे रहा हो। वो उछला तो ख़ून के छींटे फ़र्श पर फैलते चले गये। घायल हो चुका मुर्गा, गिरता-पड़ता-सा कोई छुपने की जगह ढूँढ़ रहा था। जहाँ ज़िन्दगी उसे शरण में ले ले। लेकिन वो नहीं जानता था कि कमरे में हर कहीं उसकी मौत के निशान हैं।

फिर मैंने उसे पकड़ा। उसे घुटनों में दबोचकर उसकी गर्दन काटी। मैंने अब तक कॉकरोच, च्यूँटियाँ, मकौड़े और एक आध बिच्छू मारा था। मुर्गा पहली बार मारा। गर्दन काटते वक़्त, मैं मुर्गे को देखता रहा। वो गहरे दर्द से छटपटा रहा था। मैं पूरी क्रूरता से उसकी गर्दन काट रहा था। गर्दन काटते वक़्त मैं थोड़ा विचलित भी हुआ। लेकिन उसे बीच में छोड़ देता तो रजत मेरा मज़ाक उड़ाता। मुर्गे ने तो तब भी मर ही जाना था।

मैंने मुर्गे को काटा और एक बाल्टी, औंधे मुँह करके उस पर रख दी। बाल्टी के भीतर उसका फड़फड़ाना जारी था। फड़फड़ाती हुई आवाज़ें, ज़िन्दगी की आख़िरी आवाज़ें थीं एक निर्दोष, बेकसूर, निहत्था, और मासूम जीव, मृत्यु से कैसे संघर्ष करता है—बाल्टी के भीतर, वही कशमकश थी। आवाज़ें कमज़ोर पड़ती गयी थीं। संघर्ष ढीला होता गया था। फिर न आवाज़ें थीं न फड़फड़ाना था। फिर किसी मुर्गे का बाल्टी के अन्दर पथरा जाना था। सन्नाटा बाल्टी के अन्दर छा चुका था। हम उस सन्नाटे की प्रतीक्षा कर रहे थे। मृत्यु का सन्नाटा शायद ऐसा ही होता है। वहाँ जीवन की कोई आवाज़ नहीं होती।

हमने बाल्टी हटायी। ख़ून से लथपथ, निर्जीव मुर्गा पड़ा था। उसके चमकीले पंख मुरझा गये थे। उसकी कलगी लुढ़क गयी थी।

हम दोनों एक पल के लिए मुर्गे को देखते रहे। फिर उसे साफ़ करने में जुट गये। मुर्गा पंखविहीन हो गया था। अब वो 'चिकन' हो गया था।

हमने जितनी मेहनत से शिकार किया। उतनी मेहनत से उस मुर्गे को पकाया। पूरे कमरे में ख़ुशबू फैल गयी। हम दोनों ने बड़े कटोरों में डाला। टेबल पर हम दोनों आमने-सामने बैठ गये। लगता था बड़ा लज़ीज़ बना है मुर्गा।

कटोरे हमारे सामने थे। ख़ुशबू उठ रही थी। हल्की-सी भाप भी थी जो हमें आमन्त्रित कर रही थी। कटोरों में लेग पीस थे। गाढ़ी तरी थी। महक थी। बहुत कुछ था। हमारी भूख भी थी।

लेकिन हम खा नहीं रहे थे। एक-दूसरे को देख रहे थे। हम चाकुओं को देख रहे थे। बाल्टी को देख रहे थे। जहाँ वो मुर्गा छुपकर बैठा था और बाद में हमने

काटकर उसे बाल्टी में छुपा लिया था। हम अपने हाथों को देख रहे थे—हत्यारे हाथों को। हम उसको खा नहीं रहे थे। याद कर रहे थे। उसका कलगी तानकर कमरे में चलना—जैसे पूरा कमरा उसी का हो। उसका मासूम गोल आँखों से हमें देखना—जैसे हम उसके नये-नये दोस्त बने हों...। हम उसका शिकार कर रहे थे। वो पागल इसे खेल समझ रहा था।

"कुछ देर पहले इस कमरे में तीन जीव थे।" बहुत देर बाद रजत बोला।

"अब हम दो रह गये हैं।" मैंने कहा।

"तीसरा इन कटोरों में पड़ा है।" वो बोला।

"क्या हत्यारों के हाथ भी हमारे जैसे होते होंगे?" मैंने पूछा।

"शायद!...शायद हमारे हाथों-जैसे होते हों।...हम जब मुर्गे को काट रहे थे तो हमारे हाथ पत्थर के हो गये थे।"

"मुझे भी तब ऐसा लग रहा था।" मैंने कहा।

कुछ देर तक दोनों चुप बैठे रहे।

रजत ने कहा, "चिकन ठंडा हो रहा है...खाता क्यूँ नहीं?"

"तू क्यूँ नहीं खाता?"

"मुझसे नहीं खाया जाएगा।"

"क्यूँ?"

"जीता-जागता मुर्गा सामने आ खड़ा होता है।" रजत ने गहरी साँस ली।

"जो हमें अपना दोस्त समझ रहा था।" मैं बोला।

"और हम उसके हत्यारे निकले।" रजत दुखभरी आवाज़ में बोला।

हम दोनों ने एक-एक रोटी प्याज़ के साथ खायी। पानी पीया। टेबल पर कटोरे पड़े रहे और हमारे मन में कई दिन तक पश्चाताप का कीचड़ हमें सताता रहा।

रजत खिलन्दड़ा था। ख़ुशबाश था। वो शैतानियाँ करना जानता था। उसमें ग़ज़ब का स्वाभिमान था। वो लड़ाकू था। लेकिन उसने मेरे साथ कोई लड़ाई नहीं लड़ी थी। बेशक, कई बार बोलचाल बन्द हुई। एक बार तो दस दिन तक अनबन! न वो बोला न मैं। दीवार पर लिखी इबारत अपनी जगह थी। लेकिन रजत को मनाये कौन? दस दिन बाद, एक शाम को रम का अद्धा, नमकीन, सलाद, मेज़ पर रखकर मेरी इन्तज़ार करता रजत। दो गिलास। कटोरे में बर्फ़। जग में पानी। और मेज़ पर एक कतरन—"आई एम सॉरी चेतन...आई एम रियली सॉरी।"

मैं आया। मेज़ देखी। रम का अद्धा देखा। मेज़ की परली तरफ़ रजत को देखा—उदास रजत!

मैं उसे देखता रहा, वो मुझे।

कुछ देर बाद वो बोला, ''चेतन, अपनी ज़िन्दगी के मैंने दस वैल्यूएबल दिन खो दिये हैं।''

''लीव इट।'' मैंने कहा।

''रिपेंट कर रहा हूँ।'' उसने मेज़ पर रखे रम के अद्धे की तरफ़ इशारा किया। फिर लिखी हुई चिट मुझे दिखायी। इसके बाद वो उठा। हम दोनों एक-दूसरे को देखते रहे। पास आये। गले लगे। हम दोनों रो पड़े।

उसने पैग तैयार किये। वो पहले दो-चार बार पी चुका था। मैं पहली बार पी रहा था। मैंने उसे मना नहीं किया था।

हम घूँट-घूँट पीते रहे। क़तरा-क़तरा दूसरी दुनिया में उतरते रहे। फिर वो अपने अतीत को खोलता चला गया और मैं अपने।

उसने कहा, ''यार भूख बहुत बुरी चीज़ होती।''

''सिर्फ़ भूख?'' मैं भी नशे में था।

''नहीं, अकेलापन भी बुरा होता है।...लेकिन उसे हम जैसे-तैसे काट लेते हैं... लेकिन भूख...।''

उसने एक बड़ा-सा घूँट भरा। उसकी आवाज़ भारी और ख़शशज़दा हो गयी, ''कई साल पहले की बात है...मेरा चाची से झगड़ा हो गया था।''

वो रुक। ज़रा-सा मुझे देखा। गिलास उठाया। फिर गिलास को, पता नहीं क्या सोचते हुए मेज़ पर रखकर बोला, ''वो बुरे दिन थे।...लेकिन सबसे बुरा वो दिन था, जब चाची ने कहा—मुस्टंडा हमारे टुकड़ों पर पल रहा है।''

''ओह!...बहुत बुरा कहा उसने।'' मैंने गहरी साँस ली।

''उसने मेरे दिलपर नहीं, मेरी आत्मा पर वार किया।'' रजत की आवाज़ अब बदल गयी थी।

''बेशक!'' मैंने कहा।

''मेरी जेब में आठ रुपये थे और मैं घर से निकल पड़ा।'' रजत गम्भीर आवाज़ में बोला।

''तेरा आत्मसम्मान और तेरी बेवक़ूफ़ी।'' मैंने कहा।

''दोनों बातें।'' उसने घूँट भरा।

''मैंने आठ रुपये, छः दिन चलाये। कभी दोपहर को भूखा रहा तो कभी रात को।...लेकिन छः दिन के बाद जेब में एक चवन्नी थी और भूख थी...कई दिनों की भूख!''

मैंने रजत को देखा। वो कहीं और देख रहा था। शायद पुराने दिनों को देख रहा हो—ज़िन्दगी की एलबम में रखे पुराने और मुश्किल दिन...

"एक चवन्नी थी। सिर्फ़ एक चवन्नी। जिसे मैं ख़र्च नहीं करना चाहता था। वो चवन्नी ख़र्च हो जाती तो क्या बचता?"

"फिर?"

"चेतन, मैं कई दिनों का भूखा था और बेघर था। रात जब गहराने लगती तो मैं किसी दुकान के तख़्तपोश पर पसर जाता। पर नींद न आती। आती तो झटके से खुलती। मुझे लगता कोई चोर मेरी चवन्नी चुराकर जा रहा है। मैं जाग जाता।"

हमारे गिलास ख़ाली हो गये थे। रजत ने गिलास भरे। पानी मिलाया। गिलास उठाकर देते हुए बोला, "पहली बार किसी को अपने मन की बात बता रहा हूँ।" रजत ने कहा। घूँट भरा। वो बोलता तो उसकी आवाज़ लड़खड़ा जाती। मैं भी बात करते-करते अटक जाता।

"एक दिन मैं एक बेकरी की दुकान के सामने खड़ा रहा। एक बिस्कुटवाले मर्तबान को मैंने टारगेट बनाया। पहले सोचा कि मर्तबान खोलकर, बिस्कुट निकालकर भागूँगा। लेकिन उसमें वक़्त ज़्यादा लगता। बस, फिर तय किया कि पूरा मर्तबान उठाकर भागूँगा।"

"मर्तबान की चोरी?" मैंने घूँट भरा। थोड़ा-सा हँसा।

"हाँ!" उसने मेरी तरफ़ देखा। बोला, "भूख चोर भी बना देती है।"

"तो तू मर्तबान उठाकर भागा?" मैंने कहा।

"भागा! हाँ...भागा ही तो था। काउंटर से मर्तबान उठाना। उसको हाथों में मज़बूती से पकड़ना। दुकान से पलटना और फिर बेतहाशा भागना...।...मैं भागा... मर्तबान की चोरी करके। पीछे से शोर उठा। मैं आगे। शोर मेरे पीछे।...मेरा पीछा करता शोर।...मेरा पीछा करते लोग!"

रजत बोलता जा रहा था। मैं उसे टोकना नहीं चाहता था। उसके चेहरे के भाव बदल रहे थे।

"तेरे हाथ से मर्तबान गिर पड़ा?" मैंने पूछा।

"नहीं, मर्तबान नहीं गिरा। मैं गिरते-गिरते बचा। एक गली में जाकर खड़ा हुआ ही था कि एक मकान का दरवाज़ा खुला। लड़की थी दरवाज़ा खोलनेवाली। उसने कहा, "अन्दर आ जाइए।" मैं हैरान-सा उसे देखता रहा। फिर कमरे के अन्दर चला गया। उसने कुर्सी पर बैठ जाने के लिए कहा। मैं बैठा तो वो बोली, "आप यहाँ बैठकर इत्मीनान से बिस्कुट खाइए। कोई कुछ नहीं कहेगा। जहाँ से आप मर्तबान उठाकर लाये हैं। वो बेकरीशॉप मेरे पापा की है।...मेरे पैरों के नीचे से ज़मीन सरक गयी।"

मैं रजत को देखता रहा। वो बड़ी गहरी आवाज़ में बोला, "मुझे बहुत भूख लगी थी और मैं बिस्कुटोंवाला मर्तबान छोड़कर बाहर चला आया।"

गिलासों में शराब पड़ी थी और हम कहीं-के-कहीं भटक रहे थे। न वो पी रहा था न मैं। न वो जल्दी में था न मैं। न उसे कहीं जाना था न मुझे। न मैं बोर होता था उसकी बातें सुनकर न वो।

कई बार तो हमें ऐसा लगता जैसे हम एक-दूसरे से मिले ही शायद इसलिए हैं कि एक-दूसरे को अपने मन की बात कह सकें।

"तू कोई बात सुना चेतन?" रजत कहीं बहुत दूर से बोला हो जैसे।

"मैं?" मैंने गहरी साँस ली। रजत ने मेरी तरफ़ देखा। मेरे बोलने का इन्तज़ार कर रहा हो जैसे।

"रजत, हम दोनों का एक-जैसा किस्सा है। तू बेगाने घर में रहकर प्रताड़ित होता रहा और मैं अपने घर में रहकर ग़रीबी की मार झेलता रहा।"

रजत मुझे देख रहा था।

"यार, पीते हुए ग़रीबी का रोना, रोना भी कोई अक्लमन्दी नहीं है।" मैंने कहा।

"हम अक्लमन्द हैं ही कहाँ?...वैसे ग़रीबी के पस:मंज़र हमारे संघर्षों के किस्से होते हैं।" रजत बोला।

"बहुत सारे किस्से हैं यार! संघर्षों से अपना पक्का दोस्ताना रहा है।" मैंने कहा।

"जद्दोजहद ख़त्म हो जाए चेतन, तो ज़िन्दगी की किताबें सारे अक्षर ही मिट जाएँ।" रजत बोला।

हम दोनों ने एक-एक घूँट भरा। पीने के मामले में मैं तो नया था रजत भी मेरी तरह ही था। गिलास में रम डालता और ऐसे लेकर बैठा रहता जैसे कई दिन तक यूँ ही बैठकर पीते रहना हो। यह तो रम का असर था कि हम नशे में थे। बल्कि एक ऐसे सरूर में जहाँ हम खड़े होकर हम अपने-अपने व्यतीत को याद कर सकते थे। हम अतीत के अँधेरों में यादों के जुगनू ढूँढ़ रहे थे। किसी-किसी वक़्त घूँट भरते। हमें न वक़्त का पता था न रात का। हम जाग रहे थे। रात किसी भिखारिन की तरह भटक रही थी और हम गुजिश्ता वक़्त के सिक्कों को ढूँढ़ रहे थे।

"रजत।" मैंने रम का घूँट भरा। मुँह बिचकाया और अपनी रामकहानी सुनाने लगा, "मैंने बी.ए. फर्स्ट ईयर का इम्तेहान दिया। तीन-साढ़े तीन महीने का ख़ाली वक़्त था। अप्रेल में इम्तेहान, जुलाई के आख़िर में रिज़ल्ट! तब तक कुछ करने का सोचा। एक जान-पहचान निकाली। वो चीफ़ इंजीनियर था कारपोरेशन में। मुझे देखकर सोचता रहा। फिर बोला, "काम तो निकल आएगा छोटा-मोटा...लेकिन एक-दो दिक्कतें हैं।"

मैंने कहा, "साहब, दिक्कतों की मैं परवाह नहीं करता।...मैं तो नंगेपाँव

पहाड़ पे चढ़ जाऊँ।''

चीफ़ इंजीनियर को मेरी बात ख़राब-सी लगी। बोला, ''मुँह छोटा है। बात बड़ी करते हो।...दिक्कतें क्या हैं, मैं बता नहीं सकता।...ख़ैर, कल चले जाना। डिलाइट सिनेमा से आगे।...अजमेरीगेट के पास...एक छोटी-सी सड़क है। वहाँ थोड़ा आगे चलकर कारपोरेशन का टेम्परेरी दफ़्तर है। सरदारजी ओवरसीयर हैं...उनसे मिल लेना। वहाँ मेट, मज़दूर, और चौकीदार होंगे।...तुम्हारा नाम मेट वाली शीट में लिखा जाएगा। काम वहीं, सरदारजी समझा देंगे।''

रजत ने घूँट भरा। बर्फ़ पिघल गयी थी। रात का अँधेरा भी पिघलता नज़र आता था। ऐसा लगता था वक़्त भी धीरे-धीरे पिघल रहा है और घड़ी की सुइयाँ भी।

''तो?'' रजत ने गहरी साँस ली।

''दफ़्तर क्या था...एक कच्चा-सा कमरा। पीपल का पेड़। अहाता। मेज़-कुर्सी, बैंच, फावड़े, गैती, कस्सियाँ, तसले, सिमेंट, रेत, क्रेशर, हाथ से खींचनेवाली दो रेहड़ियाँ।'' मैंने दफ़्तर का भूगोल बताया।

''फिर?'' रजत ने घूँट भरा। मैंने भी गिलास उठाया। थोड़ी-सी पी। जल्दी से नमकीन खायी—ज़ायका बदलने के लिए।

''सरदारजी ओवरसीयर वहाँ मौजूद थे। मुझे देखकर चौंक गये। वैसे मेरे आने का उनके पता चल चुका था। वो पंजाबी लहज़े में बोले, ''बाऊजी, कित्थे गन्द विच्च आ फँसे हो?''

मैंने इधर-उधर देखते हुए कहा, ''यहाँ तो सारी जगह साफ़ है।''

वो मज़ाक उड़ानेवाले लहज़े में बोले, ''अज्जे तुआनूं कुज्ज वी पता नईं। बैठो। पाणीं-शाणीं पीयो। साइट देखो। काम देखो। तुआनूं सुपरविज़न करणी है। कामचोर हैं सब।...सबके सब हरामी। हरामी और चोर।...तुआनूं सतरक रहणां है।''

''ओवरसीयर साहब उठकर बाहर चले गये। हेड मेट सारी बात सुन रहा था। वो मुझे समझानेवाले लहज़े में बोला, ''छोटा भाई जांण के समजा रिया ऊँ। किसी से बी कोए पंगा मत न लीयो।''

''मैं समझ गया यहाँ कोई खेल चल रहा है।'' मैं कहते-कहते चुप हो गया। रजत भी चुप रहा। हम दोनों कुछ देर के लिए चुप रहे। अपने-अपने स्मृतियों के ख़ेमे में चले गये हों जैसे।

''फिर क्या हुआ?'' रजत ने पूछा।

''साइट क्या थी एक तिराहा था। बीच में ख़ाली, खुली जगह। मेरे लिए यह बिल्कलु नयी तरह की जगह थी। मुसलमानों की आबादी। मुसलमानों का अपना

रंग-ढंग...अपना मिज़ाज। अलग-सा लहज़ा। अलग-सा जीवन।...मेट ने एक ठीक-सी जगह देखकर कहा कि मैं यहीं रुका रहूँ। मेरे हाथ में मर्चेंट ऑफ वीनेस नाटक था। वो बोला कि मैं चाहूँ तो खड़े-खड़े किताब पढता रहूँ। उन्होंने थोड़ा अन्दर जाकर गली का फ़र्श बनाना था। वो मुझे वहाँ तक नहीं ले जाना चाहते थे। मैं भी नहीं जाना चाहता था। मुझे यह तिराहा पहेली जैसा लग रहा था। और मैं इस पहेली को सुलझाते-सुलझाते ख़ुद उलझ गया।''

''वो कैसे?'' रजत ने पूछा।

''पहले तिराहे के बारे में सुन।...पूरा हंगामाखेज़ माहौल था। पनवाड़ी के खोखे। रेडियो की आवाज़ें। दातुन बेचनेवालों की एक कतार और दूसरी कतार भिखमंगों की। तीसरी कतार गजरे बेचनेवालों की। गजरे बेचनेवालों को देखकर मैं पहले पहल बहुत हैरान हुआ। बाद में बात समझ आयी।...कई सारी गोश्त की दुकानें। कई सारी परचून की। एक पेशाबघर—सड़ाँध मारता।''

''तू उस तिराहे पर खड़ा था—मर्चेंट ऑफ़ विनेस पढ़ता?'' रजत मुस्कराया।

''मर्चेंट ऑफ विनेस नहीं...तिराहे को पढ़ता।

''तो?''

''बड़ी विचित्र जगह थी। मैं विस्मित था और घबराया हुआ भी। मेरी बग़ल में एक होटल था—नाज़ होटल। होटल के मालिक ने बाहर भट्ठी पर देग़ची चढ़ा रखी थी। वो उसमें बड़े का गोश्त बना रहा था। बाद में पता चला कि कटड़े के गोश्त को 'बड़े' का गोश्त कहते हैं। कभी वो हट्टा-कट्टा आदमी मुझे देख लेता कभी मैं उसको।''

''फिर?''

''अचानक मेरी नज़रें इधर-उधर घूमने लगीं—पता नहीं क्यों? और सामने के चौबारे पर अटक गयी। चौबारा...रेलिंग...लड़कियाँ।'' मैं कहते-कहते ठिठका।

''तो सारा माहौल रोमेंटिक हो गया।'' रजत बोला। उसने गिलास ख़ाली किया। बोतल में बची रम को उसने दोनों गिलासों में डाला। सुराही का पानी मिलाया।

''माहौल रोमेंटिक भी और डरावना भी।...मैं एकटक देखता रहा चौबारे की तरफ़। स्कर्ट पहने हुए उस लड़की को जो मुझे भी एकटम देखती जा रही थी। ज़िन्दगी में पहली बार किसी लड़की ने मुझे इतनी देर तक देखा होगा। वो अब भी देख रही थी मुझे। मैं अब भी देख रहा था उसे। वो थोड़ा-सा मुस्करायी थी। मैं हैरान रह गया। तब तो मैं सचमुच घबरा गया जब उसने अपनी स्कर्ट को थोड़ा-सा ऊपर उठाया और मुस्करायी। और हाथ के इशारे से कोई संकेत किया। मैं घबरा गया। मेरी साँस तेज़-तेज़ चलने लगी।''

''फिर?'' रजत ने घूँट भरते हुए पूछा।

''फिर मुझे इतना याद है कि एक ज़ोरदार थप्पड़ मेरे गाल पर पड़ा। मैं बिल्कुल तैयार नहीं था। मैंने सोचा तक नहीं था कि यूँ खड़े-खड़े कोई मुझे अचानक इतनी ज़ोर का थप्पड़ मारेगा कि मैं लुढ़कता चला जाऊँगा। मैं एक तरफ़ जा गिरा, मेरी क़िताब दूसरी तरफ़।''

रजत मुझे देख रहा था।

जिस आदमी ने मुझे थप्पड़ मारा था। उसी ने मुझे उठाया। किताब उठायी। उसे पलकों से छुआकर और मुझे उठाकर बोला, ''क्या देक रिया था वहां कू?...जाएगा वआं?...रंडीखाना है...कोठे हैं सारे।...बोल, तेरे को जाना हो तो...वो देक...वो सामने जो गले में रूमाल बाँध के खड़ा है...दल्ला है वो। ले जाएगा तेरे को ऊपर।''

''मैंने उस आदमी से अपनी किताब ली। मेरी आँखों से आँसू निकल आये थे। मैंने आँसू साफ़ किये। एक बार उस मुस्टंडे को देखा। जिससे न मैं लड़ सकता था न जिसको मैं मार सकता था। मैं वहाँ से चला आया।''

''फिर?'' रजत ने पूछा।

''वो मेरी एक दिन की नौकरी थी।...फिर मैं उधर कभी नहीं गया।'' मैंने बड़ी संजीदगी से कहा।

''तो वो तेरा पहला इश्क़ था।'' रजत ने कहा। फिर हम दोनों देर तक हँसते रहे।

हम अक्सर इसी तरह रहते—मस्ती में। हमेशा ख़ुश। दफ़्तर का तनाव एक तरफ़। बाक़ी हमारा अपना जीवन। हम घूमते। हम नाचते। हम एक-दूसरे को छेड़ते। हम लड़ते-झगड़ते। रूठते-मनाते। एक-दूसरे को अपने संस्मरण सुनाते।

इस तरह हमारे ख़ूबसूरत दिन गुज़रते रहे। हमने कभी सोचा भी नहीं था कि हम कभी अलग होंगे।

लेकिन पाँच साल बाद...रजत की भटिंडा ट्रांसफर हो गयी। हम दोनों बहुत उदास हुए। बहुत चुप। बहुत ख़ामोश।

रजत ने चुपचाप सामान बाँधा और चला गया। मुझे लगा सामान में और कुछ नहीं तो मेरी ज़िन्दगी के बहुत अच्छे दिन भी वो साथ ले गया है।

मैं अकेला हो गया था। अकेलापन मुझे कई बार शक्ति देता तो कई बार किसी अन्धी दीवार की तरह मेरे सामने आकर खड़ा हो जाता।

प्रामिनेंट इंश्योरेंस कम्पनी और सात साल! इन सात सालों में मैंने अजीब-सी कशमकश में दिन गुज़ारे। उन अनुभवों को इकट्ठा करूँ तो ज़िन्दगी की लम्बी

दास्तान बन जाए।

इंश्योरेंस कम्पनी के बाहर उसकी प्रतिष्ठा थी। भीतर दलदल। जो सामान्य नज़र आता था, वो सामान्य होता नहीं था। पूरा दिन खड़ी चढ़ाई जैसा गुज़रता या फिर किसी कुशल नट की तरह तनी हुई रस्सी पर चलने और सन्तुलन बनाए रखने के कौशल में। आप ज़्यादा चुप होते तो आपकी चुप को ख़तरनाक समझ लिया जाता। यह समझ लिया गया था कि चुपज़दा आदमी के भीतर कोई ख़ामोश-सा बारूद होता है। अगर, दफ़्तर में किसी बात पर हँस पड़े तो आपकी हँसी को दफ़्तर के ख़िलाफ़ की गयी टिप्पणी समझा जाता। और 'मीमो' तक इशू हो जाता। यानी आप हँसे तो डिस्पिलिनेरी एक्शन। और आप चुप तो आपके ख़िलाफ़ कोई अन्य मुहिम!

चुनांचे, नेपियर-सी रोड के पास, कोएक्सल दफ़्तर की इमारत के पीछे की बैरक में शाम को जमावड़ा होता। वहाँ, सब मिलते। सब नहीं, वो लोग इकट्ठा होते जो मैनेजमेंट के 'सताए' हुए थे। वहाँ 'क्लीगों' का मिलना नहीं होता था, यारों-दिलदारों का बड़ी बेताबी और बेकरारी से मिलना होता था। सब ठहाके लगाते। मैं हैरान होता। ये ठहाके कहाँ से निकल आये। हँसनेवालों में मैं भी शामिल होता। वहाँ मैनेजमेंट यानी तानाशाही का जमकर विरोध करते। आगे की रणनीति तय करते। ख़ुद को बचाए रखने की, और मैनेजमेंट को कमज़ोर करने की कोशिशें होतीं।

मैनेजमेंट के लिए हम सब लोग 'ब्लैकशीप' थे। और मैनेजमेंट हमारे लिए बहुत बड़ा प्रपंच थी।

अजीब बात थी। दिन भर मनहूस शक्लें बनाए क्लीग यहाँ ठहाके लगाते। नाचते। गाते। पीते। एक-दूसरे के गले लगते।

मैं भी अपने साथियों के साथ जब हँसता तो मुझे लगता कि मैं हँसना भूला नहीं।...मुझे हँसना आता है। ये लोग बेशक, पपलू, फ़्लैश, रम्मी खेलते। पीते। गालियाँ बकते।...लेकिन जीने का सलीका मैंने इन लोगों से सीखा। ये लोग, बेशक बहुत ज़्यादा भरोसेमन्द नहीं थे...बहुत ज़्यादा अन्तरंग भी नहीं थे, इसके बावजूद, मुझ जैसे अकेले हो गये अनुभवहीन नौजवान को इन्होंने हौसला दिया।

सात सालों के दौरान बहुत कुछ बदला—समय बदला। समाज बदला। लोग भी बदले। लेकिन प्रामिनेंट का मिज़ाज वही रहा—तल्ख और तनावभरा।...इसके बावजूद, यहाँ नौकरी करना अच्छा लगता था क्योंकि यहाँ ख़ुद को बचाए रखने का संघर्ष भी शामिल था।

इन सात सालों में मेरी भूमिका बहुत ज़्यादा महत्त्वपूर्ण तो नहीं रही। इसके बावजूद, मैंने अपनी चुप से मैंने अपने व्यक्तित्व से, तीनों कुमारों को ही नहीं, उनके

कारिन्दों को भी अहसास करा दिया कि अकेला लड़नेवाला आदमी बेशक निहत्था होता है लेकिन उतना दृढ़ भी होता है।

भूमिका!

मुझे अपनी भूमिका निभाते हुए, चेखव की कहानी को वो क़िरदार अक्सर याद आता था—जो भँवर में डूबने का नाटक करता है। यही उसका तमाशा है, यही उसकी भूमिका।...दुस्साहसी भूमिका...ख़तरनाक खेल और खेल का रोमांच! डूबते हुए आदमी को छटपटाता हुआ देखना। एक दिन वो अपनी भूमिका निभाते-निभाते, असल में डूब जाता है।

ज़िन्दगी के यथार्थ और उसके नाटक का फ़र्क ख़त्म हो जाता है।

इन सात सालों में पता नहीं कितनी तरह की भूमिकाएँ निभानी पड़ीं...पता नहीं, भूमिकाएँ अपनी थीं या फिर हम सब, एक-दूसरे की भूमिका निभाते रहे?

सात साल बाद! अचानक गेट-टू-गैदर का विचार। पिछले पाँच सालों से छोटी-मोटी पार्टियों के आयोजन तो होते रहे, लेकिन गेट-टू-गैदर का सोचा तक नहीं गया। माहौल ही ऐसा था—कशीदा!

माहौल अब भी वैसा ही है—रंजीदा!...लेकिन मैनेजमेंट इस बार गेट-टू-गैदर करने पर अमादा है। रिजनल मैनेजर मिस्टर आनन्द इस गेट-टू-गैदर के ज़रिए, अपनी पहुँच दूर तक बनाएँगे। और ज़्यादा लोग उन्हें जानेंगे। अपनी परसनेलिटी निखारने, सँवारने और चमकाने का यह बेहतर और ख़ूबसूरत ज़रिया है। वो चाहते हैं, गेट-टू-गैदर हो—एक आलीशान समारोह के बीच, आलीशान अफ़सर...अज़ीम शख़्सियत—आनन्द!...रिजनल मैनेजर आनन्द!

लेकिन उन्होंने यह चेतावनी दे डाली है कि वो किसी न्यूसेंस को बर्दाश्त नहीं करेंगे। बेशक, थ्रिल हो। एक्साइटमेंट हो। इंजायमेंट हो। दिलकश मंज़र हो। बट, सब कुछ ग्रेसफुल हो।

एक मीटिंग बुलायी गयी है। बताया गया है कि मैनेजमेंट और स्टाफ़ के बीच 'गैप' बढ़ता जा रहा था, यह गेट-टू-गैदर उसे कम करने के लिए है। यानी अंडरस्टैंडिंग और विश्वास पैदा करने के लिए। तथा यह भी कहा गया कि इंश्योरेंस सेक्टर में 'टफ़ वैदर' बन गया है। कम्पीटीशन बहुत ज़्यादा हो गया हैं। प्राइवेट सेक्टर में बिजनेस कैप्चर करने के लिए 'बिग हाउसेज़' को अपनी तरफ़ खींचने के लिए इस तरह के आयोजन ज़रूरी हैं।

यूनियन सचिव मिस्टर लाल को भी समझा दिया गया कि वो अपने कामरेडों को सँभालकर रखे। मिस्टर लाल के तर्क शार्प और दृष्टि मारक होती थी। उसने

आश्वस्त किया कि उसके कामरेड कोई ग़लत काम नहीं करेंगे। लेकिन उसने यह भी कह दिया कि मैनेजमेंट अगर ट्रांस्पेरेंट रही होती तो स्टाफ के प्रति ऐसा संशय पैदा न होता।

इक्तीस दिसम्बर की शाम गेट-टू-गैदर की शाम थी। दफ़्तर में नोटिस बोर्ड पर नोटिस लगाकर सबको आमन्त्रित किया गया था। बाहर के मेहमानों को कार्ड भेजे गये थे। उनके लिए गिफ़्ट वगैरा का भी प्रबन्ध किया गया था।

नोटिस में दो शब्द—सौहार्दपूर्ण और आत्मीयता का प्रयोग, किसी छल-जैसा प्रतीत होता था। ये शब्द बहुत विनम्र थे। इसलिए डराते थे। मनुष्यहीनता की पाठशाला बन चुकी प्रामिनेंट इंश्योरेंस की मैनेजमेंट के पास, ऐसे शब्द कहाँ से आये थे? लगता था, ये शब्द चुराए गये हैं। लगता था, ये शब्द उसके अपने नहीं, कहीं से ख़रीदे गये हैं।

यूनियन सचिव लाल साहब ने अपने कामरेडों को बैरक में बुलाया था। समझाया था कि गेट-टू-गैदर में शिरकत करें। चौकन्ने रहें। बेशक पीएँ लेकिन कोई भी इनडीसेंट न हो...बदनामी होगी और हम बेवजह टारगेट बन जाएँगे।

इकत्तीस दिसम्बर की शाम!

सर्द शाम। लेकिन दिलकश। उत्तेजना से भरी। मस्ती और रोमांच बिखेरती शाम।

शाम, जैसे जाते हुए दिन का आख़िरी सलाम। इकत्तीस दिसम्बर की शाम, जैसे गुज़िश्ता वक़्त को खोलती...तहाकर रखती कोई याद! शाम, जैसे यादों का जश्न! शाम, जैसे किसी फ़नकार का तसव्वुर...किसी सूफ़ी का कलाम। या फिर किसी भड़कीले जज़्बे का आवेग।

प्रामिनेंट इंश्योरेंस कम्पनी में जश्न-जैसा माहौल है। कारों की लम्बी कतार है। दूर तक कारें हैं। यहाँ तक कि बाहर, माल रोड के किनारे-किनारे कारों को खड़ा किया गया है।

पंडाल दो जगह लगाये गये हैं। हॉल के अन्दर संगीत का कार्यक्रम है। कुर्सियाँ लगी हैं। बीच में ख़ाली जगह है। दीवार के पास मंच है। स्टेज है। आर्केस्ट्रा है। आर्केस्ट्रा कुछ भिन्न प्रकार का है। यहाँ ड्रम का शोर और बाँगो-चाँगो की कर्कश आवाज़ें नहीं हैं। वायलिन की रेशमी आवाज़ है। सेक्सोफोन का जादुई स्पर्श!

पंडाल में लोगों का हजूम है। एक पंडाल में वी.आई.पी. हैं। दूसरे में अन्य सब। लोग पंडालों में खड़े हैं और पंडालों के बाहर भी। खुले आसमान के नीचे। एक-दूसरे को तलाश करते। एक-दूसरे से मिलते। सब अच्छे लिबास में हैं। सब अच्छे मूड में भी हैं।

सरगर्मिये-हयात—शायद इसी को कहते हों। उमंग। तरंग। जोश। मस्ती। खुशी। उल्लास।...पार्टी शायद इन्हीं बातों के मिश्रण का नाम हो।

एक खुशरंग माहौल है और उस माहौल में सब डूबे हैं। रिजनल मैनेजर से लेकर, क्लास थ्री एम्पलाई तक सबमें उत्साह है, आवेग है और मस्ती का आलम है। लगभग सबके साथ में गिलास है। लोग पी रहे हैं। वातावरण को रेलिश कर रहे हैं।

ऐसे आयोजनों में हर कोई किसी का साथ तलाश करता है। अकेला हो जाना...ऐसी पार्टियों में खलने लगता है। ऐसा लगता है जैसे कोई टापू उग आया हो—कोई वीरना-सा टापू।

जैसे कि मैं!

इस गेट-टू-गैदर में मैं बहुत अकेला हो गया हूँ। रजत भी नहीं है। रजत मेरी फ़ितरत से वाकिफ़ था। वो होता तो मेरे साथ रहता। वो भटिंडा जा चुका है।...फिलहाल मैं अकेला, कभी यहाँ तो कभी वहाँ खड़ा हो जाता हूँ। ऐसी पार्टियों में वो लोग अपना दायरा बना लेते हैं जिनके पास जुमले होते हैं...किस्से होते हैं...चटख़ारेदार ज़बान होती है—यानी जिन लोगों में छा जाने का हुनर होता है।

ऐसा नहीं कि कोई मुझसे मिला नहीं। सब मिले हैं—बड़े तपाक़ से। लेकिन तेज़ी के साथ, हाथ मिलाकर छिटक भी गये हैं।

मैंने सिर्फ़ एक बार रजत के साथ शराब पी थी। उसके बाद कभी नहीं पी। न पीनेवाला ऐसे आयोजनों में अकेला पड़ जाता है।

मेरा मन करता है पार्टी से बाहर चला जाऊँ। लेकिन क्यों? क्या इसलिए कि मैं अकेला रह गया हूँ। मैं पंडाल में, अपने आपको एक कोने में ले जाता हूँ। सब मंडलियों में हैं। मैं अकेला। सबके हाथ में गिलास है। मेरे हाथ ख़ाली। मन करता है टेबल पर रखे शराब के गिलास को उठाऊँ। एक-दो पैग पी जाऊँ। मस्ती में आ जाऊँ। तब मंज़र दूसरा होगा। अब मैं सचेत हूँ। अपने प्रति इतना ज़्यादा सचेत कि अकेले खड़े होने के लिए भी माकूल जगह ढूँढ़ रहा हूँ।

मैं पंडाल से निकलकर हॉल में चला आया हूँ। यहाँ मैं अपने आपको ज़्यादा सहज महसूस कर रहा हूँ। हॉल में कुर्सियाँ बिछी हैं। अधिकांश ख़ाली हैं। किसी एक ख़ाली कुर्सी पर मैं, झिझकते-सकुचाते हुए बैठ गया हूँ।

वायलिन बजानेवाला, साँवली रंगत का एंग्लो-इंडियन है। उसकी पोशाक

भी थोड़ी अलग है जैसे कि वाद्ययन्त्र बजानेवालों की होती है। उसकी कमीज़ सफ़ेद है काला कोट और उसी रंग की पतलून। काले रंग की 'बो' उसे जँच रही है। उसे हैट भी जँच रहा है जो उसने सिर पर डाल रखा है। जिसे वो कभी-कभी उतार भी देता है। कमर में उसने मोटी, चमड़े की बेल्ट लगा रखी है। बेल्ट पर गोल्डन बटन हैं, जो उस शख़्स के हिलने-डुलने पर चमकते हुए नज़र आते हैं।

वायलिन वादक के सफ़ेद-काले-लम्बे बाल हैं, जो हैट से बाहर निकलकर लहरते हैं। वो पार्टी का 'मास्टर' है। उसका व्यक्तित्व शानदार है। वो ख़ुशमिज़ाज नज़र आता है। वायलिन बजाते हुए संजीदा हो जाता है। वायलिन बजा चुकने के बाद वो झुककर थोड़ा-सा मुस्कराता है।

लगभग ख़ाली हॉल में जब वायलिन के मासूम सुर निकलते हैं तो ऐसा लगता है जैसे संगीत का प्रकाश फैलता चला गया हो।

ऐंग्लो इंडियन वायलिन वादक जो इस आर्केस्ट्रा पार्टी का मास्टर है और कंडक्टर भी है, वायलिन बजाते हुए खो-सा जाता है। आँखें मूँद लेता है। किसी अन्य संसार में चला जाता है। या फिर अपनी आत्मा के साथ संगीत का रिश्ता जोड़ लेता है।

जब वो अपनी आइटम समाप्त करता है तो ख़ाली कुर्सियों के आगे थोड़ा-सा झुकता है। ख़ाली पड़ी कुर्सियों को ताली बजाना नहीं आता। बजाना आता होता तो वो ज़रूर तालियाँ बजातीं।

वो बैठ जाता है। तब बैंडवाले उठते हैं। तब सेक्सोफोन की स्वर लहरियाँ, हॉल में गूँजती चली जाती हैं।

यह एक छोटी-सी पार्टी है—संगीत के संसार को रचती। यहाँ कोई प्रोफेशनल नहीं लगता। ऐसा लगता है, जैसे उन्हें संगीत से लगाव है। संगीत पेश करते हुए वो कभी बहुत कारुणिक हो जाते हैं तो कभी बहुत आत्मीय! जैसे गुज़िश्ता साल को विदा करने का समय...विसर्जन का समय बन गया हो...

बाहर हंगामा है। आवाज़ें हैं। शोर है। गिलासों को टकराने, हँसने-हँसाने, मिलने-मिलाने की आवाज़ें हैं। मस्ती का आलम है।

यहाँ मैं हूँ। हॉल के भीतर। कुछ और लोग भी हैं—मुझसे दूर बैठे हैं। वो प्रामिनेंट के लोग नहीं...बाहर के हैं। कुछ देर बैठे रहने के बाद वो भी उठकर चले गये हैं।

अब अकेला मैं हूँ और सामने स्टेज पर संगीत!...वायलिन बजाता, लहीम-शहीम, साँवली रंगत का शानदार इनसान!

बिल्कुल इसी समय एक सुन्दर लड़की हॉल में दाख़िल हुई है। मैं सामने स्टेज की तरफ़ देख रहा था। लड़की को देखा तो चौंक गया—विद्या टंडन!

विद्या टंडन को देखकर मैं सकपका गया। रोमांच और घबराहट—दोनों भाव मेरे मन में। मन हुआ उठकर उसके पास जाऊँ...लेकिन मैं बैठा रहा।

मुझे लगा वो मुझे देखकर मुस्करायी है। शायद यह मेरा वहम हो। मुझे यह भी लगा था कि वो मेरे पास पड़ी किसी ख़ाली कुर्सी पर आकर बैठेगी। लेकिन वो दरवाज़े के पास ठिठकी रही।

संगीत की आइटम समाप्त होने तक वो वहीं रुकी रही। फिर उसने बाहर बरामदे में खड़े एक नौजवान को बुलाया। नौजवान उसकी तरह स्मार्ट, ख़ूबसूरत, गोरा-चिट्टा सूटेड-बूटेड था। विद्या टंडन ने उसके हाथों में अपना हाथ भरते हुए कहा, "चेतन, आप हैं...शेखर!...शेखर मेरे वो..."

मैं हैरान-सा दोनों को देखता रहा। मैंने हाथ जोड़ दिये।

नौजवान ने मुस्कराते हुए कहा, "चेतनजी, मैं इनका मंगेतर हूँ।" फिर मुझसे हाथ मिलाया। हाथ ऐसे मिलाया जैसे कोई बड़ा आदमी, छोटे आदमी के साथ हाथ मिलाता है।

विद्या टंडन ख़ुश नज़र आ रही थी। चहक रही हो जैसे। उसने थोड़ा-सा शेखर को देखते हुए कहा, "मैं जानती थी चेतनजी यहाँ होंगे।"

"सबकी अपनी-अपनी जगह निश्चित होती है।" शेखर मुस्कराया।

"इतने बड़े संसार में हम सब एक छोटे-से कोने की तलाश में भटकते रहते हैं।" मैंने कहा।

"शुक्र है, आपको अपना कोना मिल गया।" शेखर बोला। फ़ब्ती-सी कसी हो जैसे उसने।

मैं उसकी फ़ब्ती को कुनैन की गोली की तरह गटक गया। मुस्कराया। और जहाँ खड़ा था वहाँ, उसी कुर्सी पर, बैठ गया।

वो दोनों मुझसे कुछ दूर जा बैठे। हाथ में हाथ डाले हुए। जैसे यह संगीतभरी शाम उन दोनों के लिए हो—रोमांचकारी...प्रेम से लबरेज़ शाम!

मैं विचलित था। वो दोनों आपस में खोये थे। मैं तनाव में था। वो तनावमुक्त थे। मैं इस शाम की पार्टी में कुछ इस तरह हाज़िर था, जैसे कोई ग़ैर-हाज़िर होता है। वो दोनों—विद्या टंडन और शेखर, उपस्थित थे। उनकी उपस्थिति को महसूस किया जा रहा था। वो चाहते थे उन्हें महसूस किया जाए। उनकी उपस्थिति किसी सेलीब्रेशन की तरह थी। मैं अकेला। स्मृतियों के पतझड़ में, टूटे पत्तों पर चलता हुआ-सा।

मन किया उठकर बाहर चला जाऊँ। लेकिन बाहर जहाँ आवाज़ों का सैलाब था। लोगों का हजूम था। शराब के जाम थे। वहाँ मुझे किसी शरणागत की तरह खड़े होने के लिए स्थान ढूँढ़ना था। यहाँ...इस हॉल में...जो मेरे ऑफ़िस का हिस्सा था,

जाने क्यों मुझे अनायास शरणार्थी शिविर जैसा लगने लगा था?

विद्या टंडन और शेखर के आने के बाद!

विद्या टंडन यहाँ न आती तो कितना अच्छा होता। उसने आकर मुझे कितना ज़्यादा व्याकुल कर डाला है—जैसे कोई सदियों का प्यासा, अपने आँसुओं को चाटने की कोशिश कर रहा हो।

वायलिन मास्टर ने थोड़ा सर झुककर कहा, "मैं यहाँ मौजूद नौजवानों का ख़ैरमक़दम करता हूँ।...एक नयी धुन बजाने की इजाज़त चाहता हूँ। यह धुन अलग तरह की धुन है...यादें...उम्मीदें...उदासियाँ...पुराने वक़्तों के साये...ज़िन्दगी की सताइशें... लम्हें...गुज़र चुके लम्हों को पकड़ने का तसव्वुर...। मैं उसी तसव्वुर को संगीत के ज़रिए ज़िन्दा करने की कोशिश करूँगा...।"

पूरे हॉल में सन्नाटा। वायलिन की धुन। उदासी। ख़ामोशी। यादें।

अद्भुत मंज़र।

एक अदृश्य प्रेम की भावना। जो पूरे हॉल में किसी अहसास की तरह छा गयी थी। यह समय, स्मृतियों में खो जाने और अकेले होते चले जाने का समय था। यह समय एक पर्व की तरह था—विदाइयों के जलते हुए चराग़ों को, नदी के हाथ पर रखकर रुख़सत करने का पर्व!

हॉल में संगीत था। संगीत जो अपनी भाषा में जीवन के अर्थ तलाश कर रहा था। विद्या टंडन अगर मेरे पास किसी कुर्सी पर बैठी होती तो मैं उसके हाथ पर अपना हाथ रख देता। संगीत होता और स्पर्श होता। स्पर्श भी तो देह का संगीत होता है।

वो मुझे अपलक देखती। या शायद पलकें झपकाते हुए...मैं उससे बहुत आहिस्ता से पूछता, "क्या प्रेम का आरम्भ वहाँ से शुरू होता है, जहाँ संगीत होता है या फिर जहाँ दो आत्माओं के बीच मौन!"

यह तब होता अगर विद्या टंडन मेरे पास बैठी होती। लेकिन विद्या टंडन मुझसे कुछ दूर, अपने मंगेतर के साथ बैठी थी। वो शायद मेरे बैठे होने को भूल चुकी थी। मैं था कि उसके बैठे होने को ज़रूरत से ज़्यादा याद कर रहा था।

बिल्कुल इसी वक़्त सुदेश कुमार ओर महेश कुमार हॉल में उपस्थिति हुए। वो धड़धड़ाते आये। वो संगीत सुनने नहीं, अपने होने का अहसास कराने आये हों जैसे।

उन्होंने बेअदब तरीके से कुर्सियाँ खींचीं। कर्कश-सी आवाज़ पैदा होती चली गयी। एक ओर वायलिन के स्वर कहीं दूर खींचकर ले जाते हुए। दूसरी ओर कुर्सियों को खींचने की फ़र्श पर उभरी आवाज़ें—दख़ल पैदा करती हुई।

वो दोनों धप्प-से बैठे। जैसे कई सारे पैग चढ़ाकर आये हों।

वायलिन की धुन...आकर्षक। सम्मोहन पैदा करती...उजाड़ जज़ीरों पर अपनी पदचाप को रखती धुन। ज़िन्दगी के दरिया पर उँगलियों से नाम लिखती...उस कश्ती का नाम लिखती, जो ध्यान यात्रा के लिए रवाना हो चुकी हो।

तभी...बिल्कुल उस वक़्त जब वायलिन की धुन अपने चरम पर थी, सुदेश कुमार, बैठे-बैठे ऊँची आवाज़ में चीखा, ''मास्टर...ओ मास्टर जी!...ओ बैंडमास्टर, स्टाप इट!...जस्ट स्टाप इट।...बन्द कर ये मुर्दाराग। ये श्मशान भैरवी बजा रहा है क्या?...ये सब क्या है? लोग इंजाय करने आये हैं और तू...डेथ ट्यून्ज़ बजा रहा है।... बन्द कर ये सब। लिसन, हम शोक सभा में शामिल नहीं हुए...।''

वायलिन बजना अचानक बन्द हो गया। जैसे वायलिन वादक के हाथ जम गये हों...बर्फ़ के हो गये हों हाथ। और गलने लगे हों।

खड़ा रहा वायलिन वादक। अज़ीम शख़्सियत। वो एंग्लो-इंडियन। जिसके बाल लम्बे काले-सफ़ेद थे। जिसने सिर पर हैट डाल रखा था। हैट उसको फ़बता था। वो धुन बजाने से पूर्व हैट उतारकर अभिवादन करता। और धुन की समाप्ति पर भी हैट उतारकर, थोड़ा-सा झुककर, ज़रा-सा मुस्कराते हुए अभिवादन करता।

अब न अभिवादन था, न हैट उतारने की अदा। अब वो तिरस्कृत-सा खड़ा था—किसी बुत की तरह। जैसे कोई शाप दे गया हो उसे। यूँ ही खड़े रहने का शाप!

उसकी धुन बिखर गयी। वो ख़ुद किसी आईने की तरह दरक गया। उसकी संगीत रचना की यह अकाल मृत्यु थी।

मास्टर का बैटन थरथराया। थरथराई उँगलियाँ। थरथराया हाथ। थरथराई पलकें। थरथराए आँसू।

बहुत मुश्किल से मास्टर ने एक शब्द बोला सुदेश कुमार से, ''सॉरी सर!''

फिर बैठ गया मास्टर! जैसे वो न बैठा हो, कोई बहता हुआ दरिया थम गया हो।

तभी सेक्सोफोन बजानेवाले ने अपने मास्टर के दोनों कन्धों पर अपने हाथ रखे। दोनों ने एक-दूसरे को देखा। निशब्द दोनों। लेकिन बहुत कुछ कहते हुए।

सेक्सोफोन बजानेवाले ने सुदेश कुमार को सुनाते हुए कहा, ''सर, हम आपके टेस्ट का ध्यान रखेंगे।''

सुदेश कुमार और महेश कुमार उठकर बाहर चले गये। वो क्यों आये...क्या करने आये...? वो शायद अपनी अश्लील उपस्थिति लेकर आये।

मैं पता नहीं क्या सोचकर खड़ा हुआ। बड़ी गम्भीर आवाज़ में बोला, ''ए बुल इन चाइन क्ले शॉप।''

मेरी बात सुनकर दोनों ने पलटकर मुझे देखा। वायलिन मास्टर ने उठकर, हैट

उतारकर मेरा अभिवादन किया।

मेहमान जा चुके हैं। पंडाल ख़ाली हो गये हैं। ख़ाली बोतलें। ख़ाली गिलास। ख़ाली टेबलें। हड्डियों के ढेर। सिगरेटों के टोटे। शराब की गन्ध।

आवाज़ें थम गयी हैं। लोग अपनी-अपनी आवाज़ों के साथ आये और अपनी-अपनी आवाज़ें उठाकर चले गये।

आर्केस्ट्रा पार्टी जा चुकी है। बाहर से बुलाए गये सब विशिष्ट मेहमान और बिजनेस आइकन भी चले गये हैं।

गेट-टू-गैदर सफ़ल रहा। उम्मीद से ज़्यादा सफ़ल रहा। रिजनल मैनेजर सबसे ज़्यादा ख़ुश हैं। यह सफलता उनकी सफलता है। इसका उनहें लाभ मिलना है, वो जानते हैं। वो बेहद चीयरफुल मूड में हैं।

उन्होंने स्टाफ के लोगों से कहा है, "अब आप सब हॉल में बैठिए। मन की बात कहिए। निडर होकर कहिए। आज आप कहेंगे। मैं सुनूँगा।...जो भी ख़राब बात है वो कहिए। मैं वचन देता हूँ कि मैं उसे सुधारूँगा।...मैं दफ़्तर को एक फैमिली बनाना चाहता हूँ...राजनीति का अखाड़ा नहीं।"

आनन्द साहब की बात पर देर तक तालियाँ बजती रही हैं। लेकिन मन की बात कहने के लिए कोई तैयार नहीं हुआ। सब डरपोक हैं या फिर समझदार।

तीनों कुमार चुप बैठे हैं। उन्होंने सैनी, कपिलजी, दीनानाथ, दिलेराम, अग्रवाल, ढाँढा, पुरी, सूरी, जैन, सबको उकसाया है कि वो बोलें।

लेकिन लोग चुप रहे। वो अनुभवी हैं। मौक़ाशनास भी हैं। जानते हैं, बोलनेवाला अपने पैर पर आप कुल्हाड़ी मारेगा। मैनेजमेंट उसे टारगेट बनाएगी और फिर यातना देगी।

अनुभवी लोग जानते हैं—एक चुप सौ सुख! चुप रहना सुरक्षित रहना होता है। बोलनेवाला मन की बात कह जाता है। और इस ऑफ़िस में, अपने मन की बात को कोई भी ज़ुबान पर नहीं लाना चाहता।

सब वैरी गुड...वैरी गुड कह रहे हैं। रिजनल मैनेजर की तारीफ़ कर रहे हैं। खाने की प्रशंसा और गेट-टू-गैदर का सफ़ल होना—लोगों की ज़ुबान पर है।...ये सब बनावटी बातें हैं। फिर वही खेल। फिर वही इन डोर गेम! सब पर्दे के पीछे छुपकर बैठे हैं। सामने आकर संवाद नहीं बोलना चाहते। डरे हुए लोग, दरहक़ीकत चालाक लोग होते हैं।

मैं हैरान हूँ यूनियन की मीटिंगों में ये लोग कितने आवेश में आकर बोलते हैं। जैसे शब्दों के ज़रिए पानीपत की तीसरी-चौथी या पाँचवीं लड़ाई लड़ने आये

हों।...उनके तेवर, उनकी भाषा, उनकी गालियाँ, उनकी भंगिमाएँ!...कितने जवाँमर्द...जाबाँज़ नज़र आते हैं—मैनेजमेंट का विरोध करते हुए।...और अब! जैसे कुछ हुआ ही न हो। मैनेजमेंट का एक छोटा-सा निवाला, किस तरह मुँह बन्द कर देता है...मैं चकित हूँ। परेशान भी हूँ।

"मैं कुछ कहना चाहूँगा।" मैं अपनी कुर्सी से उठ खड़ा हुआ हूँ।

कइयों ने मुझे इशारों से बैठ जाने के लिए कहा है। लाल साहब, सूरी साहब, सैनी...इनको संकेत करते मैंने देखा है। लेकिन मैं अनदेखा कर गया हूँ।

"दोस्तो!" मैंने एक शब्द कहा है। रिजनल मैनेजर और प्रेमसिंह ने मेरे इस सम्बोधन पर तालियाँ बजायी हैं।

"दोस्तो...मुझे यहाँ काम करते हुए सात साल हो चुके हैं।...मैं सात साल तक आप सबको सुनता रहा।...आज मैं अपनी बात कहना चाहता हूँ। आज आप मुझे सुनें।...इस दफ़्तर के सबसे ज़्यादा अनुभवहीन एम्पलाई की बात...हो सकता है आपके दिल की बात भी हो...।" मैं थोड़ा रुका। फिर तालियाँ बजीं।

मैंने एक बार हॉल में देखा। सबके सब मेरी तरफ़ देख रहे हैं। रिजनल मैनेजर तक ने उत्सुकता से मुझे देखा है। सब पी चुके हैं सब नशे में हैं और शायद इसलिए बेबाक़, विशाल हृदय, आत्मीय और अपने-अपने-से लग रहे हैं...सचमुच किसी परिवार जैसे!

मैंने बोलना शुरू किया है। मेरी आवाज़...मेरी इकलौती आवाज़ गूँजती चली गयी है।

"मिलना किसी त्यौहार जैसा होता है। जब हम दोस्तों से मिलते हैं तो वो दोस्ती का त्यौहार होता है। हमारे मन के अँधेरे कक्ष में कोई चिराग़ जल उठता है...दोस्ती का चिराग़!...आज हम कितने सारे दोस्त मिले...कितने सारे चिराग़ जले...यह गेट-टू-गैदर...जश्ने-चराग़ाँ था। यह गेट-टू-गैदर रोशनी का उत्सव था।"

मैं ज़रा-सा रुका। तालियाँ बजीं। देर तक तालियाँ बजतीं रहीं। मैंने धन्यवाद कहा।

"दोस्तो, आज हम पेट भरने के लिए इकट्ठे नहीं हुए थे। न कोई शख़्स यहाँ पीने की नीयत से आया था। आज जितने भी लोग यहाँ आये थे...जज़्बातें की हलचल मचाने आये थे। न किसी के हाथ पर रबड़ के दस्ताने थे न किसी की आँखों पर चमड़े की पट्टियाँ!...सब खुले दिल से आये थे और इसलिए भी आये थे कि सब, अपने-अपने हिस्से की दुर्भावना को अपने जूते के नीचे दबाकर चले जाएँ...और ऐसा हुआ भी है दोस्तो।"

मेरी इस बात पर आनन्द साहब झूम-से उठे। उन्होंने बकअप कहा। तालियाँ...

और तालियाँ!

"दोस्तो, हम ज़िन्दा हैं, इसलिए हमारे जश्न ज़िन्दा रहते हैं। हम दफ़्तर में, कार्बन, रबड़, पेन, पेंसिल, एक-दूसरे को देते हुए...यहाँ तक कि मेज़ पर पड़ी किसी क्लीग की झूठी चाय को पीते हुए, जश्न मना रहे होते हैं। जश्न किसी-न-किसी रूप में ज़िन्दा रहते हैं...क्योंकि हमारी भावनाएँ जीवित रहती हैं।"

यहाँ तक सब ठीक था। यहाँ तक सबने मेरे भाषण पर खूब तालियाँ बजायीं। यहाँ तक मैं जितना बोला सब प्रामिनेंट की मैनेजमेंट के लिए सुविधाजनक था।

लेकिन बाद में दृश्य बदलता चला गया।

"हम हर साल पुराने कलैंडर फेंक देते हैं।...इस साल भी फेंक देंगे।...पुराने कलैंडर फेंकने में हम देर नहीं लगाते। लेकिन क्या हम अपने मन की ईर्ष्या, द्वेष, कुटिलता, चालाकी और राजनीतिक समीकरण को फेंक पाये?"

मैं एक पल के लिए चुप हुआ। हॉल में न तालियाँ न बकअप! एकदम सन्नाटा।

सन्नाटा जैसे सवालिया निशान हो।

"हम सब...जी हाँ, हम सब इस दफ़्तर में अपनी ऊर्जा...अपनी ताक़त का ज़्यादा हिस्सा इस बात में ख़पाते रहे कि हम इस दफ़्तर में सर्वाइव कर सकें।...आख़िर क्या बात है?...पूरे दफ़्तर में ख़ौफ़ का आलम क्यूँ है?...यहाँ सब इतने चौकन्ने क्यूँ हैं?...डरते क्यूँ हैं एक-दूसरे से?"

मैं कुछ पल के लिए ख़ामोश हुआ। मेरी ख़ामोशी से ज़्यादा हॉल में मौजूद साठ लोगों की ख़ामोशी थी। बहुत सारे लोग चाहते थे कि मैं बोलता रहूँ। क्योंकि मेरी वेदना उनकी वेदना भी थी। लेकिन वो अपनी आवाज़ बहुत अरसा पहले कहीं खो चुके थे।

तीनों कुमारों में खुसर-पुसर होने लगी थी। रिजनल मैनेजर को भी शायद मेरा वक्तव्य अच्छा नहीं लग रहा था।

"यहाँ कुछ लोग...।" मैंने फिर कहना शुरू किया, "यहाँ कुछ लोग, मनुष्यों-जैसे लगते हैं...लेकिन वो हैं नहीं। वो कुछ और हैं। दूसरा संस्करण। जो अपने अतिरिक्त, शेष सबको तनाव में रखना चाहते हैं।...मेरी उनसे गुज़ारिश है, वो स्वयं को बन्द कमरों-जैसा न बनाएँ। बन्द कमरों की तहज़ीब आख़िरकार दिमाग़ों की खिड़कियाँ बन्द कर देती है और यहीं से शंकाओं का जन्म होता है।"

मैंने अभी बात पूरी की थी कि ताली बजनी शुरू हुई—हॉल में मौजूद साठ लोग और ताली एक शख़्स की...प्रेमसिंह की।

प्रेमसिंह अपनी कुर्सी से उठकर ताली बजा रहा है। मैं भौंचक हूँ। हॉल में एक अकेले व्यक्ति की ताली मुझे परेशान कर रही हे। मुझे प्रेमसिंह की ताली भी

एक वक्तव्य-जैसा प्रतीत होती है।

प्रेमसिंह बैठ गया है।

मैंने फिर बोलना शुरू किया है। मैं जानता हूँ मेरे भाषण से कुछ लोग उकताने लगे हैं।

"क्षमा करना बड़े ओहदों पर विराजमान शख़्सियतो!" मेरे इस सम्बोधन से हलचल हुई है। मैं यही चाहता था।

"हमने कभी महसूस किया है...कितना कम वक़्त बचा है हमारे पास!...बहुत छोटी-सी ज़िन्दगी लेकर आये हैं हम!...इस छोटी-सी ज़िन्दगी में प्रेम के लिए समय कितना कम है...दोस्ती के लिए समय कितना कम...सद्‌भावना के लिए समय कितना कम, और हम,...और हम हैं कि सारा समय नफ़रत करने में ज़ाया कर रहे हैं।"

एक आवाज़ आयी है, "एक्ज़ेक्टली।"

एक और आवाज़ उभरी है, "बिल्कुल ठीक।"

एक दबी-सी आवाज़, "बिल्कुल ठीक कह रहे हो बच्चे।" यह आवाज़ दिलेराम की है—बूढ़ी और विनम्र आवाज़।

"अन्त में मैं कहना चाहूँगा।" मैंने गहरी साँस लेते हुए कहा—हमारी ज़िद्दें, हमारी छोटी-छोटी लड़ाइयाँ, हमारी महत्त्वाकांक्षाएँ जैसी भी हों...हम अपने संस्थान... हम अपनी प्रामिनेंट के प्रति सदैव संवदेनशील बने रहेंगे।"

मैं चुप हुआ तो एक पल के लिए सब चुप रहे। फिर रिजनल मैनेजर मिस्टर आनन्द ने खड़े होकर शाबाशी दी। फिर तालियाँ...देर तक तालियाँ।

फिर मेरे भाषण के एक-एक शब्द की जाँच-पड़ताल। फिर नया तनाव। फिर नया लिटमस टेस्ट!

यूनियन सचिव लालसाहब ने एक दिन मुझे कहा भी कि मैं ज़्यादा इमोशनल हो गया था। ये लोग इतने शरीफ़ नहीं हैं।...बहुत शातिर हैं।

एक शाम दफ़्तर से वापिस घर जाते वक़्त सूरी साहब मेरे साथ-साथ चलने लगे। उन्होंने बोलना शुरू किया, "मैं तुमसे उम्र में काफ़ी बड़ा हूँ चेतन!...मेरे तजुरबात भी तुमसे ज़्यादा हैं।"

वो थोड़ा रुके। मैं चलते-चलते उनकी तरफ़ देखने लगा।

"भाषण अच्छा था तुम्हारा...लेकिन ग़ैर-ज़रूरी।" उन्होंने बड़े स्पष्ट लहज़े में कहा। मैं ज़रा-सा चौंक गया।

"ग़ैर ज़रूरी?" मैंने पूछा।

"बिल्कुल ग़ैर ज़रूरी। आप किसके आगे इतनी अच्छी बातें कह रहे थे? सोचते ज़रा।...मैथेमेटिक्स की किताबें हैं वो सब।...आपके जज़्बात को वो अदरवाइज़ लेंगे।... दूसरे मीनिंग निकालेंगे।" सूरी साहब कहते चले गये। मैं चुपचाप उन्हें सुनता रहा। मैं सोचता रहा यहाँ हर शख़्स इतना ज़्यादा डरा हुआ है कि अपनी भावना को ख़ुद प्रतिबन्धित करने पर तुला है।

"समझदार लोग चुप रहे।" सूरी साहब ने कहा।

"या यूँ कहूँ कि कायर लोग चुप रहे।" मैंने कहा। पहली बार मैंने उनकी बात का प्रतिवाद किया। उन्हें बुरा लगा। वो अपनी साइकिल पर चढ़कर चले गये।

दो दिन बाद मुझे नरेश कुमार ने बुलाया। बैठने के लिए कहा। सीधे-सीधे सवाल किया, "क्या समझते हो तुम अपने आपको?...तुम सिर्फ़ क्लासा थ्री एम्पलाई हो। अंडरस्टैंड! और क्लास थ्री का अपना कोई रुतबा नहीं होता।...कोई क्लचर भी नहीं होता।...हमें प्रवचन दे रहे थे तुम!...क्या सोचा था तुमने?...ये हम सबकी शराफ़त थी कि तुम्हें सुनते रहे।"

"अब आप मुझे हमेशा सुनेंगे।" मैंने कहा। बड़ी दृढ़ता से कहा। अचकचा गया नरेश कुमार। सकपकाकर मुझे देखता रहा। फिर उसने सिर हिलाया। जैसे कह रहा हो—"आई विल सी यू।"

मैं अपनी सीट पर चला आया। नरेश कुमार की कुर्सी के नीचे मैं थोड़ा-सा ज़लज़ला ज़रूर छोड़ आया।

हम सबको अच्छा लगता। हम सब अभिभूत नज़र आते। कृतज्ञ और अहसानमन्द। जैसे कोई देवता हमारे बीच आ बैठा हो। जैसे कोई ऋषि हो अपनी तपस्या के तप के साथ... हमारे बीच! जब हमारे बीच रिजनल मैनेजर मिस्टर आनन्द आकर बैठते।

हम सब बेहद ममनून नज़र आते। रिजनल मैनेजर मन-ही-मन प्रसन्न-से दिखते। वो हमें सम्मोहित करने आते और हम उनके सम्मोहन में क़ैद हो जाते। मैं ही नहीं...प्रोमिनेंट के सीनियर मोस्ट एम्लाई तक उनके पाखंड में शामिल हो जाते। वो तमाम धाकड़, खिलन्दड़े, बेबाक, बकवासी, अक्खड़ और बातूनी जो कोएक्सल ऑफ़िस के पीछेवाली बैरक में ख़ूब हो-हल्ला मचाते। रिजनल मैनेजर के सामने ऐसे बैठे होते जैसे किसी के जादू के असर में हों।

रिजनल मैनेजर जिसके 'अंडर' चार डिविजनल ऑफ़िस और तेरह ब्रांच ऑफ़िस थे, जब हमारे बीच आकर बैठते तो करिशमई-व्यक्तित्व नज़र आते। इतना बड़ा ओहदेदार और हमारे बीच! हम उन्हें देखते रहते। उनके विराट व्यक्तित्व को। जैसे हम उनकी छाया हों...परछाई हों या फिर हम कुछ भी न हों।...हम उनको

देखते रहते। इस अन्दाज़ से देखते रहते कि वो भी ज़रा-सा...बिल्कुल ज़रा-सा हमें देख लें। वो हमें देखते। ज़रा-सा मुस्कराते। पूछते, "घर में सब राज़ी-खुशी हैं सैनी?...माँ कैसी है चेतन?...तुम्हारे बच्चे का सेंट्रल स्कूल में दाख़िला हो गया भसीन?...और पुरी...क्या हाल हैं तुम्हारे पापा के?

वो प्रश्न करते। हम सारे मन-मुटाव भूल जाते। वो इतने ज़्यादा 'घरेलू' नज़र आते जैसे कि दफ़्तर में नहीं, गाँव की चौपाल में बैठे हों।

और इसी तरह एक दिन हम सब ठगे गये...।

यह सद्भावना पार्टी थी!

बेशक सद्भावना का अन्तरपाठ कुछ और था। जो हमें तब पता चला जब हमारे सर पर खड़ा आसमान और पाँव के नीचे की ज़मीन, दोनों छिन चुके थे।

हमने रिजनल मैनेजर की सद्भावना को न सिर्फ़ एक बहुत बड़े अफ़सर की दरियादिली समझा था, बल्कि एक ऐसी दयानतदारी जो किसी शख़्सियत को और ज़्यादा बड़ा और ज़्यादा मोतबर बना देती है। लेकिन हमें इसकी जानकारी भी बाद में मिली कि सद्भावना जैसा संवेदनशील शब्द किसी रेग़मार जैसा असर रखता है। बशर्ते कि वो निरंकुशता की जेब से निकला हो।

गेट-टू-गैदर का आयोजन सफल रहा था और उसे दो महीने गुज़र चुके थे।

यह फ़रवरी का दिन था। फ़रवरी के दिन जब तेज़ हवाएँ चलती हैं और दरख़्तों से पत्ते टूटकर गिरते हैं। फ़रवरी के दिन, जब कुनकुनी धूप अच्छी लगती है और हम सर्दियों के बहुत सारे कपड़े उतार चुके होते हैं। हम जाड़े के दिनों को याद करते हैं और फ़रवरी महीने में टूटते पत्तों की आवाज़ को सुनते हैं। इस आवाज़ में हमें पता नहीं क्यों, स्मृति की आवाज़ भी सुनाई देती है।

यह फ़रवरी का दिन था। वक़्त शायद तीन सवा तीन या इसके पास!

रिजनल मैनेजर आनन्द साहब अपने ऑफ़िस से उठकर हॉल में आये थे। एक पल के लिए वो खड़े रहे। फिर स्टूल पर बैठे चपरासी रत्तीराम से जाकर हाथ मिलाया। रत्तीराम तो चकरा गया। गिरते-गिरते बचा। कहाँ काला-कलूटा रत्तीराम और कहाँ गोरे रंग के आनन्द साहब। दोनों हाथों की रंगत का जो फ़र्क था, कमोबेश वही ओहदे का भी था। रत्तीराम की तो आँखें सजल हो गयीं। हाथ मिल चुकने के बाद, उसने झुककर आनन्द साहब के पाँव छू लिये। आनन्द साहब ने उसे खड़ा किया। बोले, "आज का दिन मैं दोस्ती के दिन के रूप में मनाना चाहता हूँ।...हम सब दोस्त हैं...।"

फिर उन्होंने रिकार्ड क्लर्क गोविन्दराम से हाथ मिलाये। फिर फ्रेंकिंग मशीन

ऑपरेटर से फिर...सफ़ाई करनेवाले मुंशीराम से। मुंशीराम के हाथ में उस वक़्त झाड़ू था जब आनन्द साहब उससे हाथ मिलाने लगे थे। उसने तत्काल झाड़ू को दीवार के सहारे खड़ा किया। तत्काल हाथ धोए। तत्काल अपने मैले से रूमाल से हाथ पोंछे। आनन्द साहब चूँकि आज का दिन दोस्ती के दिन के रूप में मनाने का तय कर चुके थे, इसलिए मुंशीराम के लिए रुके रहे। फिर मुंशीराम से हाथ मिलाया।

स्टाफ़ के लोग हैरान थे। हैरान क्या हतप्रभ! उन्हें लगा रिजनल मैनेजर को कुछ हो गया है। लेकिन रिजनल मैनेजर तो 'फ्रेंडशिप डे' मना रहे थे। वो भी अपने स्टाइल में।

उन्होंने दिलेराम, जो इस दफ़्तर के सबसे पुराने कर्मचारी थे, से हाथ मिलाया सो मिलाया, फिर गले से लगा लिया। पीठ थपथपायी दिलेराम की। कहा उन्होंने, "तुम 'बैकबोन' हो दिलेराम!...तुमसे हाथ मिलाकर में कुछ हासिल कर रहा हूँ।"

दिलेराम तो भौंचक खड़े रहे। हमेशा ज़लील किए जानेवाले दिलेराम को आर.एम. मिस्टर आनन्द दफ़्तर की बेकबोन बता रहे थे।

फ्रेंडशिप डे का आरम्भ कितना अच्छा था।...कितना सुखद...कितना तपिशभरा, कितना जज़्बाती, कितना अपनापन लिये हुए...

रिजनल मैनेजर सबसे मिले।...एक-एक की सीट पर जाकर। हर एक को उसके नाम से बुलाकर हाथ मिलाते हुए आनन्द साहब सचमुच बहुत बड़े इनसान...बहुत बड़े दोस्त नज़र आ रहे थे।

आनन्द साहब ने सबसे हाथ मिलाए—चपरासी से लेकर सहायक रिजनल मैनेजर तक! वो सहायक रिजनल मैनेजर देवधर, जिनसे पिछले हफ़्ते इंश्योरेंस कमीशन पर अनबन हो गयी थी। उनसे भी आनन्द साहब ख़ुद जाकर मिले। प्रेमसिंह को तो उन्होंने गले से लगाया। ट्रिपल फाइव की सिगरेट को अपने होठों पर रखकर...लाइटर से सुलगाकर...एक कश खींचकर, प्रेमसिंह के होठों पर रख दी। गोया कि अपने होठों की मुस्कान कोई दूसरे को होठों पर रख दे।

आनन्द साहब हाथ मिलाते। एक वाक्य बोलते, "पास्ट इज लेफ़्ट!...प्रेजेंट टाइम इज फ्रेंडशिप टाइम!"

फिर उन्होंने हॉल के बीचों-बीच अपनी कुर्सी रखवायी। सबको अपने आसपास बैठ जाने के लिए कहा। ऐसे करतब वो पहले भी करते रहते थे। लेकिन आज जो वो कर रहे थे, वो इतना ग़ैर मामूली था कि यक़ीन नहीं होता था। यही तो बड़े लोगों की ख़ासियत होती है। वो जो काम करते हैं, वो चकित करता है...इतना चकित कि विश्वास करते हुए समय लग जाता है।

उन्होंने सबको बिठाया। अपनी जेब से चार-पाँच सौ रुपये निकाले। बोले, "नरेश कुमार...एक छोटी-सी पार्टी का बन्दोबस्त कराओ भाई।"

फिर उन्होंने हम सबकी तरफ़ मुँह किया। बोले, ''मैं बिल्कुल तुम्हारे-जैसा ही हूँ।...तुम्हारे पास एक टेबल की ज़िम्मेदारी है...मेरे पास ज़िम्मेदारियाँ थोड़ी ज़्यादा हैं। वरना बिल्कुल हम सब एक जैसे हैं। आप ग़लतियाँ करते हैं। मैं भी करता हूँ। यह भी मुमकिन है कि मैंने कुछ ऐसा किया हो जो आप सबको ख़राब लगा हो...उनसब बातों के लिए मैं सॉरी फ़ील करता हूँ।''

''नहीं सर, ऐसा कुछ भी नहीं हुआ।'' भसीनजी ने कहा। सूरीजी ने उनका समर्थन किया। ढाँढा, सैनी, जैन ने भी यही कहा कि आनन्द साहब बहुत बड़े इनसान हैं और वो उनका तहेदिल से आदर करते हैं।

रिजनल मैनेजर आनन्दसाहब फिर बोले, ''फ्रेंड्स, अगर मैं नरेश कुमार, सुदेश कुमार और महेश कुमार पर यक़ीन करता हूँ तो आप सब पर भी करता हूँ। लेकिन ये तीनों मुझ पर ब्लाइंड फ़ेथ रखते हैं।...दे आर लायल टू कम्पनी दे आर लायल टू मी आलसो।''...आर.एम. आनन्द साहब एक मिनट के लिए चुप हो गये।

लायलटी...यानी वफ़ादारी का इम्तेहान शुरू हो गया था। दफ़्तर में तीन वफ़ादार थे...यह बात थोड़ी अपसेट कर गयी थी सबको। रिजनल मैनेजर शायद हम सबको अपसेट ही करना चाहते थे।

वो फिर बोले, ''मैं इस दफ़्तर का हेड हूँ...मुखिया हूँ।...आप सब भी मुझ पर विश्वास करते होंगे।''

''ये सर!...वाई नॉट सर?...बाई ऑल मीन्ज़ सर।'' कई सारी आवाज़ें उभरीं।

''लेकिन ब्लाइंड फ़ेथ कुछ और होता है।...ये तीनों कुमार...ये लोग मुझ पर ब्लाइंड फ़ेथ करते हैं। अगर मैं इनसे रेज़िगनेशन देने के लिए कहूँ तो ये लोग सोचेंगे भी नहीं।''...क्यों नरेश...सुदेश और महेश?'' रिजनल मैनेजर ने वातावरण गम्भीर बना दिया था।

''सर, आप कहकर तो देखें।'' नरेश कुमार बोला।

''सोच लो।'' आर.एम. बोले।

''सोच लिया सर। इस बार सुदेश कुमार ने कहा।

इससे पहले कि रिजनल मैनेजर मिस्टर आनन्द उन तीनों को त्याग-पत्र देने के लिए कहते। तीनों ने दराज़ में से बांड पेपर निकाले। अपने-अपने त्याग-पत्र लिखे और आनन्द साहब के सामने रख दिये।

यह फ्रेंडशिप डे था।

यह सद्भावना पार्टी थी।

तीनों कुमारों के त्याग-पत्र आनन्द साहब के हाथ में थे। हॉल में सन्नाटा पसर गया था। एक ऐसा सन्नाटा जिसमें सनसनी से ज़्यादा रहस्य छुपा था।

मेज़ों पर काजू, बर्फी, समोसा, पेस्ट्री रखे थे। खा कोई नहीं रहा था। हैरान सब थे।

यह वफ़ादारी का इम्तेहान था जिसमें दफ़्तर के तीन लोग उत्तीर्ण हुए थे।

आनन्द साहब बोले, "लायलिटी इसे कहते हैं। इन्हें यक़ीन है कि मेरे हाथों से इनका बुरा नहीं होगा। मैं किसी का बुरा चाहता भी नहीं।"

"सर, आप हमें चैलेंज कर रहे हैं। अगर त्यागपत्र देने से लायलिटी का पता चलता है तो हम भी अभी रेज़िगनेशन लिखकर दे सकते हैं।" ढाँढा ने कहा।

"मैं भी दे सकता हूँ।" जैन बोला।

"मैं भी।" सूरी साहब ने कहा।

"और मैं भी।" भसीन...अग्रवाल, शामलाल, पुरी एक साथ बोले।

सबने दराज़ में से बांड पेपर निकाले। सबने एक-जैसी भाषा में अपना-अपना त्याग-पत्र लिखा। रिजनल मैनेजर के सामने रख दिया।

"आई एम आलसो लायल टू यू सर।" यह प्रेमसिंह था। अपने हाथ में त्यागपत्र लिये हुए।

उसके बाद तो त्यागपत्र देना जैसे लायलटी का प्रमाण-पत्र लेना हो।

उस दिन यूनियन सचिव लालसाहब दफ़्तर नहीं आये थे। यह हमारा दुर्भाग्य था और रिजनल मैनेजर का सौभाग्य।

त्यागपत्र रिजनल मैनेजर के सामने एक मेज़ पर रखे थे। विचित्र किस्म का वातावरण बन गया था। त्यागपत्र न देनेवाला 'डिस-लॉयल' हो सकता था। और ऐसे समय में जब रिजनल मैनेजर, बिल्कुल दोस्त जैसे लग रहे थे, उनके हाथ में अपना त्यागपत्र देना, बिल्कुल ख़राब नहीं था। त्यागपत्र ना देने की सूरत में मैनेजमेंट की आँखों खटकने जैसा था। त्यागपत्र देना शान की बात थी। त्यागपत्र देकर हम सब गौरवान्वित महसूस कर रहे थे। यह किसी ने नहीं सोचा था कि त्यागपत्र देना, अपने हाथ काटकर देने जैसा होता है—ख़ासतौर से ऐसी व्यवस्था को जो सामन्ती जूते पहनकर लोगों की भावनाओं पर चहलक़दमी करती हो।

कुल दो थे जिन्होंने त्यागपत्र नहीं दिये थे—सैनी और अशोक कुमार।

सैनी दबी ज़ुबान में कहता रहा कि यह वफ़ादारी दिखाने का नहीं, कोई दूसरा ख़तरनाक खेल है। लेकिन उस जुनून में...उस शहादत के जुनून में, सैनी की बात किसी ने नहीं सुनी थी। बल्कि सैनी और अशोक कुमार—दोनों, हमें प्रतिनायक लगे थे।

नायक हम सब थे।

ऐसे नायक जो अँधेरे की गुफा में धकेल दिये गये। यह बात हमें अगले दिन पता चली। उस दिन तो हमने बर्फी, पेस्ट्री, काजू खाये। कॉफ़ी पी। त्यागपत्र दिये।

घर चले आये।

व्यवस्था के खेल इसी तरह के होते हैं रंजकता से भरे...लेकिन क्रूर!

अगले दिन जब लाल साहब दफ़्तर आये तो उन्होंने अपना माथा पकड़ लिया। उन्होंने कहा, "यहाँ का सिस्टम आप सब देख-परख चुके थे। फिर ठगे गये उनके हाथों।... अब आप सब उनकी मर्ज़ी पर हो। आपकी नौकरी उनकी रहमो-करम पर है। आप सबके सब वेंटीलेटर पर हैं। व्यवस्था जब चाहेगी...वेंटीलेटर हटा देगी।"

लाल साहब उस दिन बहुत परेशान थे। मैंने उनको इतना परेशन, इतना उदास कभी नहीं देखा था। वो कम बोलते। लेकिन काम की बात कहते। वो हमेशा कुछ सोचते हुए-से नज़र आते। यह उनका स्वभाव था...उनकी फ़ितरत! लेकिन आज वो साफ़-साफ़ परेशान, झुँझलाए हुए नज़र आये थे। आज कोएक्सल दफ़्तर के पीछेवाली बैरक में न कोई नाचा न किसी ने शोर किया। न हुड़दंग न दारूबाज़ी!

आज सब सकते में थे।

फ्रेंडशिप डे का अन्त कितना कुछ छीनकर ले गया था—सब इसी बात को सोचकर फ़िक्रज़दा थे। सब अपने आपको कोस रहे थे कि ऐसी भी क्या बेअक़्ली कि रेज़िगनेशन लिखकर दे दिया। कहाँ गयी सोचने की शक्ति? कहाँ गया शऊर?

लाल साहब ने कहा था, "मेरा काम बढ़ा दिया है आप लोगों ने।...रिजनल मैनेजर एक साथ रेजिनेशन एक्सेप्ट करके हेडऑफ़िस नहीं भेजेगा। अपने भीतर से वो कमज़ोर दिल इनसान है। लेकिन एक-दो का भी इस्तीफ़ा अगर हेडऑफ़िस भेज दिया गया तो... ।" उन्होंने बात अधूरी छोड़ दी थी। गहरी साँस ली।

हम सब उस शाम चुपचाप अपने-अपने घर की तरफ़ रवाना हुए।

चार दिन तक दफ़्तर का माहौल ऐसा रहा जैसे श्मशान-सा बिछ गया हो। हम पश्चाताप के कीचड़ में धँसे हुए और व्यवस्था हमारे पछतावे का जश्न मनाती हुई।

लेकिन डर हर कहीं था। जहाँ डर था वहाँ संशय भी था। संशय के नाख़ून अदृश्य बेशक थे, लेकिन वो माहौल के वक्ष में गड़ते हुए नज़र आते थे।

रिजनल मैनेजर जैसे उच्च पद पर आसीन मिस्टर आनन्द ने कितना छोटा खेल खेला था...अपनी शख़्सियत के विपरीत...अपने रूतबे के ख़िलाफ़!

मिस्टर आनन्द चाहते तो वो यूँ भी दो-चार को शंट आउट कर सकते थे। लेकिन तब खेल अधूरा रहता। या फिर तब खेल खेला ही न जाता। खेल अब खेला गया। ठगने का खेल...ठगे जाने का खेल! इस खेल में क्रूरता थी। यही व्यवस्था का

परम सुख था।

दफ़्तर के आधे लोग निश्चिन्त थे। वो जानते थे उनका कुछ नहीं बिगड़ेगा। चिन्ता में बाक़ी थे। जो पहले से तनाव में थे, उनके तनाव में और ज़्यादा इज़ाफ़ा हो गया था।

दफ़्तर में सब यथावत् था। इंश्योरेंस। क्लाइंट्स। फोन। बीमा। क्लेम। चाय। काम। आउटपुट।...लेकिन अजीब तरह की ख़ामोशी। ऐसी ख़ामोशी, जो नाबीना होती है और अपने आपसे टकराती है।

हम भविष्य की चिन्ता में डूबे हुए दफ़्तर आते। व्यवस्था हमारी चिन्ता को सेलीब्रेट करती।

वो दिन जैसे ज़िन्दगी के आख़िरी दिन हों।...वो दिन, जैसे हम निहत्थे सिपाही हों और अपने आपसे लड़ रहे हों।

चार दिन बाद!

लाल साहब रिजनल मैनेजर मिस्टर आनन्द के ऑफ़िस में बैठे थे। उनके हाथ में एक फ़ाइल थी। उस फ़ाइल को उन्होंने एक अख़बार में लपेट रखा था।

शुरुआत यूनियन सचिव लालसाहब ने की, ''सर, गेंद आपके पाले में है।''

''हमेशा की तरह।'' आनन्द साहब ने जवाब दिया। उनके जवाब में निस्संगता थी।

''सर, गेंद हमेशा मैनेजमेंट के पास रहती है।'' लालसाहब बहुत शाइस्तगी से बोल रहे थे।

''ताक़तवर खेल को अपने तरीके से खेलते हैं।'' रिजनल मैनेजर ने कहा। उन्होंने सनमाइका की चमचमाती मेज़ पर अपनी कोहनियाँ टिकायीं। मुस्कराये।

''फ़ाउल तरीक़े से।'' लाल साहब बोले।

''माइट इज़ राइट।'' आनन्द साहब मुस्कराये।

''छल-कपट के खेल, खेल नहीं होते।'' लाल साहब बोले।

''आपकी आवाज़ में पछतावे की भी आवाज़ है।'' आनन्द साहब ने यूनियन सचिव को देखा। फिर मुस्कराए।

''पछतावा नहीं, चिन्ता कहिए।...मैं अपने कामरोडों के लिए चिन्तित हूँ।''

''यानी भेड़ों के लिए।'' रिजनल मैनेजर का अहंकारी स्वर फूटा।

''सर, चार दिन पहले आपने फ्रेंडशिप डे मनाया था।...इन्हीं भेड़ों से आपने हाथ मिलाये थे।'' लाल साहब ने कहा। रिजनल मैनेजर की तरफ़ देखा। इस बार लाल साहब मुस्कराये।

''आप उनकी पैरवी करने आये हैं?'' रिजनल मैनेजर का स्वर सख़्त हो गया था।

''डील करने।'' लाल साहब बोले। ज़रा-सा मुस्कराए।

''क्या मतलब?'' सशंकित हो उठे रिजनल मैनेजर।

''सर, मेरे कामरेडों ने वफ़ादारी का सबूत पेश किया है। उन्होंने अपने इस्तीफ़े तक आपको लिखकर दे दिये। अब आप दयानतदारी का सबूत दीजिए।'' लाल साहब ने बड़ी संजीदगी से कहा।

''कैसा सबूत?'' रिजनल मैनेजर ने जानबूझकर पूछा।

''रेज़िगनेशन वापिस कर दीजिए।'' लाल साहब ने बड़ी स्पष्ट आवाज़ में कहा।

''कर दूँगा।...डोंट वरी।...लाल साहब आप तो चिन्ता में पड़ गये। टेंशन बुरी चीज़ है। कोई जोक सुनाओ। तुम्हें याद नहीं तो कोई मैं सुनाता हूँ।'' रिजनल मैनेजर बोलते जा रहे थे। सचमुच इंजाय कर रहे थे वो।

''सर, चुटकुले मुझे बहुत याद हैं। लेकिन इस वक़्त हम सीरियस मैटर डिसकस कर रहे हैं।'' लाल साहब बोले।

''कुछ भी सीरियस नहीं। तुम्हें सीरियस लग रहा है कुछ। पता नहीं क्या है वो?'' रिजनल मैनेजर ने टेबल के पास बेल के बटन को पुश किया।

''सर, किसी तीसरे की प्रेजेंस आपके लिए ख़राब होगी।'' लाल साहब का स्वर बदल गया था।

रिजनल मैनेजर थोड़ा नर्वस हो गये हों जैसे। उन्होंने रूमाल से अपने चेहरे को थोड़ा-सा पोंछा। मुस्कराने की कोशिश की।

''सर, यह वक़्त मुस्कराने का नहीं।''

''यह वक़्त यूनियनबाज़ी का भी नहीं।''

''बेशक!...यह ऑफ़िस टाइम है और ऐसे वक़्त में यूनियनबाज़ी ठीक नहीं।... आप एम्पलाइज़ के रेज़िगनेशन वापिस कर दीजिए, सर।...यह बहुत घिनौना खेल है जो आपने खेला है।'' लाल साहब की आवाज़ में प्रतिवाद का स्वर मुखर होने लगा था।

''अगर यह खेल है मिस्टर लाल तो मेरी तारीफ़ करो। कितनी सफ़ाई से मैंने इस खेल को खेला।'' रिजनल मैनेजर ने तन्ज़ किया।

''बेशक।'' लाल साहब बोले।

''फिर...फिर क्या चाहते हो तुम?''

''रेज़िगनेशन वापिस चाहता हूँ।''

''मिस्टर लाल, स्टाफ़ और मेरे बीच एक रिलेशन बना है...तुम उसे 'किल'

नहीं कर सकते। जिन्होंने रेज़िगनेशन दिये हैं, गुडफ़ेथ में दिये हैं।'' रिजनल मैनेजर थोड़ा 'लाउड' हो गये थे।

''गुडफ़ेथ वर्सेज़ बेड इंटेंशन।'' लाल साहब ने गहरी साँस ली।

रिजनल मैनेजर बेशक डायबेटिक थे। लेकिन जब वो थोड़ा-सा अग्रेसिव होते तो उनका चेहरा लाल हो जाता। वो लाल साहब की बात सुनकर ताव खा गये थे।

''लिसन मिस्टर लाल। रेज़िगनेशन वापिस नहीं होंगे।'' आर.एम. मिस्टर आनन्द ने दो टूक फ़ैसला सुनाया।

''सर, एक फ़ायर क्लेम फाइल थी—82/10/72, पॉलिसी नम्बर 10/1007 डेकलेरेशन नम्बर 27...इंश्योरेंस था गोदाम में पड़ी कॉटन बेल्ज़ का...तीन हज़ार कॉटन बेल्ज़। डेट ऑफ लॉस के बाद फ़ायर इंश्योरेंस...बेक डेट इंश्योरेंस।...सर, आप फ़ाइल देखना चाहेंगे। मैं साथ लाया हूँ उस फ़ाइल को।'' लाल साहब कहते चले गये। इसी के साथ उन्होंने फ़ाइल को मेज़ पर रख दिया।

फ़क्क पड़ गया चेहरा रिजनल मैनेजर का। इसी फ़ाइल को तो वो सी.बी.आई. वालों से छुपाते फिर रहे थे।

''ये फ़ाइल...ये फ़ाइल आपके पास?...ये फ़ाइल आपके पास कहाँ से आयी?...ये फ़ाइल...ज़रा मुझे दिखाओ लाल साहब।'' परेशान हो गये आनन्द साहब। स्वर बदल गया उनका। न अहंकार, न निरंकुशता...एक अन्य भाव...दयनीयता से भरा।

''सर, मैंने 'डील' की बात की थी।'' लाल साहब बहुत सहज भाव से बोले।

''हाँ की थी...लेकिन कैसी डील?'' आनन्द साहब झुँझला गये हों जैसे।

''स्टाफ़ ने जो रेज़िगनेशन लिखकर आपको दिये हैं...अभी, इसी वक़्त वापिस कीजिए...सबके सब रेज़िगनेशन!...नहीं, तो एक नयी सी.बी.आई. इन्क्वायरी के लिए तैयार हो जाइए।'' लाल साहब की आवाज़ में दृढ़ता थी।

''मुझे धमकी दे रहे हो?'' आनन्द साहब की साँस तेज़-तेज़ चलने लगी थी।

''धमकी नहीं सर!...निवेदन कर रहा हूँ।'' यूनियन सचिव लाल साहब अचानक बहुत विनम्र हो गये। उन्हें लगा बात बिगड़ जाएगी। इसलिए वो बेहद बनावटी भाषा का इस्तेमाल करने लगे, ''सर, आप बहुत बड़े ऑफ़िसर हैं। ऑफ़िस के सब लोग आपकी रिस्पेक्ट करते हैं...सच बात तो ये है सर कि आपसे डरते हैं।...उन्हें आप और कितना डराएँगे?...यह डर सफ़ीशेंट है सर!...आप उनके रेज़िगनेशन वापिस कर दीजिए। मैं ये फ़ाइल यहीं छोड़ जाऊँगा।...हमारे रिलेशन भी

इस मूमेंट के बाद बहुत अच्छे रहेंगे।...मैं प्रॉमिस करता हूँ।''

आनन्द साहब सोचते रहे। कुछ पल के लिए वो मेज़ पर कोहनियाँ टिकाये बैठे रहे। देखते रहे लाल साहब को। बहुत आहिस्ता से बोले, ''ओ.के.! मिस्टर लाल। मैं सारे रेज़िगनेशन वापिस करता हूँ।''

उन्होंने मेज़ के पास रखे केबिनेट का ताला खोला। एक फ़ाइल निकाली। फ़ाइल में रखे त्यागपत्र लाल साहब के हवाले कर दिये।

''थैंक्यू सर।'' लाल साहब ने उठते हुए कहा।

''और ये फ़ाइल? आनन्द साहब की आवाज़ में डर-जैसा कुछ था।

लालसाहब ने फ़ाइल रिजनल मैनेजर आनन्द साहब के सामने रख दी।

फ़ाइल ख़ाली थी।

लाल साहब मुस्कराये। बोले, ''सर, हमारे और आपके बीच ये खेल तो चलता रहेगा।''

लालसाहब मिस्टर आनन्द के ऑफ़िस से बाहर आ गये।

फ़ुलिश! लाल साहब के बाहर चले जाने के बाद मिस्टर आनन्द ने मन-ही-मन कहा। वो मुस्कराये। फिर मन-ही-मन बोले—तू क्या खेल खेलेगा लाल! ये सारे इस्तीफ़े तो यूँ भी मेरे लिए बेकार थे। इतना नासमझ मैं भी नहीं कि पचपन-साठ लोगों के इस्तीफ़े रख के बैठ जाता। ये सब तो मैंने वापिस करने ही थे।

उन्होंने सर को झटका। केबिनेट में से एक और फ़ाइल निकाली। इस फ़ाइल में तीन रेज़िगनेशन रखे थे—प्रेमसिंह, महेश कुमार और चेतन!

तीनों रेज़िगनेशन अपने सामने रखकर बोले आनन्द साहब—बहुत ताक़तवर होते जा रहे थे डर्टी थ्री। ज़्यादा ताक़त ख़तरनाक होती है।...प्रीवियस रिजनल मैनेजर जगतप्रकाश सिंह को तुम तीनों ने मिलकर बेदख़ल किया था। वो बेचारा, अपने ओवर कांफीडेंस में मारा गया। डर्टी थ्री! मैं इतना बेवकूफ़ नहीं हूँ।...ट्रेंगल का एक कोना तोड़ दूँगा। ट्रिनिटी की पावर, उसकी ट्रिनिटी में है। मैं वो पावर ख़त्म कर दूँगा।

मन-ही-मन मुस्कराए रिजनल मैनेजर मिस्अर आनन्द। मन-ही-मन बोलने लगे—सॉरी महेश कुमार!...आई एम रियल सॉरी यार। तुमने ख़ुद ही तो दिया है रेज़िगनेशन। लायलटी की अग्नि-परीक्षा में तुम सफ़ल रहे महेश कुमार! तुम्हारा रेज़िगनेशन एक्सेप्ट करना पड़ेगा।...तुम्हें इस कम्पनी से जाना पड़ेगा। वैसे, मैंने तुम्हें क्लेम सेक्शन का हेड क्या बनाया कि तुम तो मेरी जड़ों में मट्ठा डालने लगे...

—और प्रेमसिंह! तुम तो शुरू से ही मेरे लिए ख़तरनाक रहे हो। क्या मैं जानता नहीं? तुम्हारी स्नॉबरी ने तो मुझे डराये रखा यार!...ये तो तुम्हारे डॉक्यूमेंट्स मेरे क़ब्ज़े में आ गये कि तुम्हें मैंने पालतू बनाकर रख लिया...वरना तुम मेरे ख़िलाफ़

कोई गेम प्ले करने का प्लान बना चुके थे।...अब मारे गये न!...मेरी गेम को तुम समझ ही नहीं पाये...ब्लाइंड चाल चले। और फँस गये। अब अपने घर बैठकर पीना ट्रिपल फ़ाइव और डनहिल की सिगरेटें!

—तुम यंगमैन...मिस्टर चेतन! बहुत बोलते हो तुम! ज़्यादा बोलनेवाले मुझे अच्छे नहीं लगते। पार्टी में तुम कितना ज़्यादा बोल गये! मैं तालियाँ बजाता रहा। क्या करता।...ये भी मेरा एक खेल था। कल का छोकरा प्रीचर बन जाए।...प्रवचन देने लगे।...ओह नो!...मैं ऑफ़िसर और स्टाफ के मुँह पर सेलो टेप चिपकाने की कोशिशें करूँ और तुम उनहें बोलना सिखा दो।...तुम तो बहुत बड़ा ख़तरा हो मेरे लिए।...तुम इतने यंग हो और इनोसेंट भी कि तुम्हारी नौकरी लेने को मेरा दिल नहीं करता। फ़्यूचर बरबाद हो जाएगा तुम्हारा। मैं तुम्हारा रेज़िगनेशन एक्सेप्ट नहीं करता। बस, थोड़ी-सी पनिशमेंट...तुम्हारा ट्रांसफर दिल्ली!...ओके! अलविदा दोस्तो!

शिखर पुरुष मिस्टर आनन्द किसी ऋषि जैसे नज़र आते थे। मन्द-मन्द मुस्कराते हुए...चाय पीते हुए जैसे आखेट के बाद कोई शिकारी बेफ़िक्र होता है।

□□□

णाणं पयासयं

वीर नि.सं 2470

ई.सन् 1944

भारतीय ज्ञानपीठ